Jaya

An Illustrated Retelling of the Mahabharata

インド神話物語

マハーバーラタ

上

by Devdutt Pattanaik
デーヴァダッタ・パトナーヤク
［文・画］
沖田瑞穂
［監訳］
村上 彩
［訳］

Illustration by the author

原書房

インド神話物語　マハーバーラタ　上

上巻　目次

下巻目次

物語の作者の覚書

ガネーシャが書き記したもの

それは、おそらく〝神〟の囁き、あるいは賢明なる者の洞察だったのかもしれない。それは、世界に意味を、人生に目的を与えた。これらの聖歌は、魂の平安を得られない人間たちの渇望（サンスクリット語でヴェーダナ）を癒してくれたので、まとめて「ヴェーダ」と呼ばれるようになった。このヴェーダに最初に耳を傾けた人々が、サンスクリット語で〝リシ〟と呼ばれる聖仙たちである*。

聖仙たちがヴェーダに基づいて築き上げた社会では、すべてのものにそれぞれの場所があり、すべてのものが周期的に規則正しく変化した。この社会を教え導く者がバラモンであり、クシャトリヤは守護者、ヴァイシャは物資の供給者、シュードラは奉仕者であった。

ヴェーダのおかげで、この社会のすべての人々は、自分の現世の〝生〟は、数多くの〝生〟の一つにすぎないことを知っていた。過去あるいは未来の他の〝生〟では、現世のシュードラはヴァイシャであるかもしれないし、クシャトリヤはバラモンであるかもしれない。あるいは、岩や植物や動物、神または悪魔かもしれない。このように、すべては相互に結びつき、すべては循環していた。絶えず

* 監訳注：本書では God と god(s) と deva が使い分けられている。God はヒンドゥー教の三大主神であるヴィシュヌ、シヴァ、ブラフマーを指している。これを〝神〟と訳す。god(s) および deva（サンスクリット語で「神」の意）はヴェーダ以来の神々を指している。こちらは神、神々、デーヴァ神族などと訳す。

激しく変化する世界に存在することの意義とは、願望を成就することではなく、自分自身を深く内省することだった。

やがて一四年間に及ぶ深刻な干ばつが発生すると、サラスヴァティー川は干上がり、社会は崩壊し、ヴェーダはほとんど忘れられてしまった。しかし、ついに雨が戻ってきたとき、女漁師の私生児として生まれた男が、散逸してしまったヴェーダ讃歌を編纂する役目を買って出た。男はクリシュナ・ドゥヴァイパーヤナ、その名前の意味は〝島で生まれた黒い子ども〟である。ドゥヴァイパーヤナの父は、偉大なヴァシシュタ（ヴェーダを最初に聞いた七聖仙の一人）の孫にあたるパラーシャラである。やがてドゥヴァイパーヤナは、ヴェーダ・ヴィヤーサ（〝知恵の書の編者〟の意）として世に知られることとなった。

聖仙ヴィヤーサは讃歌を『リグ・ヴェーダ』『ヤジュル・ヴェーダ』『サーマ・ヴェーダ』『アタルヴァ・ヴェーダ』の四部に分類して編纂した。ヴィヤーサはこの記念碑的な事業を完成させるとすぐに、物語を書きたいという説明のつかない衝動を感じた。その物語とは、ヴェーダに書かれている最も抽象的で難解な真理を、辺境の純朴な人々にも理解できるように、具体的に

わかりやすく伝えるものでなければならない。ヴィヤーサのこの思いを好ましく思った神々は、象の頭を持つガネーシャ神を遣わして、ヴィヤーサの話を書き取らせることにした。

ガネーシャは言った。「そなたは休むことなく語らなければならない」。そうすることで、ヴィヤーサの口述に、人間たちの偏見が混じらないようにしたのである。

「そうしましょう。でも、話の意味が解らないときには、筆を休めてください」と、ヴィヤーサは応じた。そうすることで、物語が神意にかなうようにしたのである。

ヴィヤーサの物語に登場するのは、ヴィヤーサ自身が知っている人物たちだった。悪役のカウラヴァたちも、実はヴィヤーサ自身の子孫なのだ。

また、ヴィヤーサは物語を『ジャヤ』、〝勝利の物語〟と名付けた。『ジャヤ』は六〇篇に分かれていたが、その中のたった一篇のみが、ヴィヤーサの弟子である聖仙ヴァイシャンパーヤナによって人間に伝えられた。つまり、ヴィヤーサが語ってガネーシャが記録した『ジャヤ』のすべてを知っている者は一人もいないのだ。

聖仙ヴァイシャンパーヤナは、ジャナメージャヤ王（＝パーンダヴァのアルジュナのひ孫）が主催した祭式でヴィヤーサの物語『ジャヤ』を語った。聞き手となったのは、サウティという名で知られている吟唱詩人のローマハルシャナだった。ローマハルシャナは『ジャヤ』を息子のウグラシュラヴァスに伝えた。そしてウグラシュラヴァスは、ナイミシャの森でシャウナカをはじめとする賢者たちに『ジャヤ』を語った。

ヴィヤーサ自身も、息子、聖仙シュカ*に『ジャヤ』を語った。シュカはジャナメージャヤ王の父に当たるパリクシット王が死の床にあるときに『ジャヤ』を語り聞かせ、その英知に満ちた言葉でパリクシット王を慰めた。

ヴィヤーサのもう一人の弟子であるジャイミニは、師から物語を聞いてはいたが、物語を十分に理解できていなかった。ヴィヤーサはジャイミニの疑問に答えてくれるほど身近な存在ではなかったので、ジャイミニは聖仙マールカンデーヤを訪ねることにした。マールカンデーヤは長生きで、ヴィヤーサの『ジャヤ』にインスピレーションを与えた数々の出来事を目撃していたからである。ところが残念なことに、ジャイミニがマールカンデーヤに会えたときには、マールカンデーヤは世捨て人となる決意を固めており、その決意の一環として、他人と話をすることも拒絶していた。そこでマールカンデーヤの弟子たちはジャイミニに、クルクシェートラの戦いを目撃した四羽の鳥たちを引き合わせた。この鳥たちの母鳥は、戦場の上空を飛んでいたときに、矢に射貫かれて腹が裂けて、飛び出した四個の卵が地面に落ちた。地面は血まみれになっていたがゆえに軟らかく、卵が割れることはなかった。

* 訳注：〝シュカ〟とはサンスクリット語で「鸚鵡《おうむ》」を意味する。

その卵の上に、戦象が付けていた鈴が落ちかぶさって、戦闘が行われている間中、卵を守った。戦いが終わった後に見つかった四羽の鳥たちは、戦いの最中に人間たちよりもずっと多くのことを見聞きしていたことを、聖仙たちは知ったのである。

この鳥たちの視点と洞察は、比類のない優れたものだったので、人間の言葉をしゃべる能力を与えられた。そのおかげで、鳥たちはジャイミニと話をして、その疑問を解いてやることができた。さらに鳥たちは、他の誰も知らない多くの物語をジャイミニに聞かせた。

ヴィヤーサの物語『ジャヤ』は、ある語り手から別の語り手へと語り継がれるにつれて、新しい話──先祖と子孫の物語、師匠と弟子の物語、敵と味方の物語など──が付け加わっていった。『ジャヤ』は小さな苗木から、多くの枝葉の茂る巨木へと成長したのだ。当初、ヴィヤーサの物語は思想に関する物語だったが、やがて変遷を重ねて、「ヴィジャヤ」(〝勝利〟の意)として知られるようになった。ほどなく、ヴィヤーサの物語は思想に関する物語というより、人間に関する物語となった。物語の題名も『ジャヤ』から『バーラタ』に変わった。つまり、バラタ族とその領土に関する物語となったのである。

物語はますます膨れ上がっていった。家系図、歴史、地勢、占星術、政治、経済、哲学、形而上学などに関する詳細な対話も挿入された。『バーラタ』は一八章と一〇万を超える詩節で構成されるにいたった。若き日のクリシュナを描いた物語『ハリヴァンシャ』までも、補遺として付け加えられた。こうして『バーラタ』は『マハーバーラタ』、すなわちインド民族の〝偉大な〟叙事詩となったのである。『マハーバーラタ』は何世紀にもわたって、寺院の中庭や、村に市が立つときなどに、さまざまな言語やさまざまな流儀で、幾度となく繰り返し語られてきた。語り手もまた、踊り子、歌手、画家、放浪の吟遊詩人、博識な学者などさまざまだった。『マハーバーラタ』が北はネパールから南はインドネシアまで広まっていくにつれて、筋書きは変化し、新たな登場人物も加わった。たとえば、アルジュナの息子であるイラーヴァーン（もしくはイラーヴァット、アーラヴァン）王子は、今日ではタミル・ナードゥ州のアリス（もしくはアラヴァニス）と呼ばれるトランスジェンダーの人々に崇拝されている。また、ビーマの息子であるバルバリークは、ラージャスターン州でカートゥ・シャームジーとして信仰されている。ベンガル地方に伝わる『マハーバーラタ』では、アビマニユの死後、ドラウパディーが女性軍を導いてカウラヴァたちを打ち破る物語が大きく取り上げられている。ケーララ州のテイヤム祭では、カウラヴァたちが魔法使いにパーンダヴァたちを呪う儀式を執り行うことを強要したが、魔法使いの妻によって退けられた話が歌われている。

二〇世紀になると、『マハーバーラタ』は現代の知性にも魔法をかけた。『マハーバーラタ』のかなり不道徳な内容を合理的に解釈するために、長大な評論がいくつも書かれた。その一方で、小説家、脚本家、映像作家は、フェミニズムから戦争やカースト制度に至るまで、さまざまな政治的・社会的問題を批評するための表現手段として、『マハーバーラタ』の筋書きを利用した。こうして『マハーバーラタ』に込められた英知は、そのエンターテインメント性の陰に隠れがちになり、物語をわかりやすく簡略化しすぎたために、現代の『マハーバーラタ』は伝統的な説話とは相容れなくなってしまった。

幾度となく語り直され、広く人気を博したので、『マハーバーラタ』は偉大な叙事詩というより、インドの偉大さを示す物語だと考える人々もいる。なぜなら『マハーバーラタ』は、今日のインド人が外面的な成功よりも内面的な知恵を重視する懐の深い民族となるに至った、あらゆる要因を内包しているからである。

本書もまた、『マハーバーラタ』という偉大な叙事詩の再話である。サンスクリット語で書かれた古典や、さまざまな地方や民族による異本の影響を受けてはいるが、本書はヒンドゥー教の聖典プラーナの世界観を土台としている。『マハーバーラタ』を合理的に説明することは一切試みていない。『マハーバーラタ』に登場する逸話の中には、性的に露骨なものもあるので、子どもたちには親の監督の下で読んでもらいたい。「森での流浪（ヴァナ・パルヴァン）」、「クリシュナの歌（バガヴァッド・ギーター）」、「ビーシュマの講話（シャーンティ・パルヴァンとアヌシャーサナ・パルヴァン）」は要約せざるを得なかったが、そのあらすじは原典に忠実である。「アーシュヴァメーディカ・パルヴァン」は、ジャイミニによる再話に基づいているため、軍事行動よりも信愛の教義に焦点を合わせてある。

本書『JAYA An Illustrated Retelling of the MAHABHARATA』には、著者自身の私見や現代社会の読者の要求が反映されているし、簡潔で首尾一貫した物語とするため、内容も再構成してある。ただし、本書の根本にある著者の信条は、以下の通りである。

果てしない伝説の中には、永久不変の真実が存在する。
そのすべてを理解できる人間は存在しない。
司法神ヴァルナは千の目を持ち、
主神インドラは百の目を持つ。

そして私の目は、わずか二つ。

Column

❖通説によれば、『マハーバーラタ』は遊牧民の間で起きた実際の戦いに基づいている。彼らはヴェーダを信奉して生活し、現代のデリー北部、ハリヤーナー州のクルクシェートラの町の周辺で牛を放牧していたらしい。

❖チャールキヤ朝の著名な王、プラケーシン二世の時代に作られたアイホーレの碑文には、「マハーバーラタの戦いから三七三五年が過ぎた」と記されている。碑文が作られたのは西暦六三五年なので、『マハーバーラタ』の戦争は紀元前三一〇二年に起きたと、古代インド人は信じていたようだ。

❖『マハーバーラタ』には、「戦が行われた時期に、一三日の間隔で二度の蝕（日蝕と月蝕）が起きた」という天文学的データが記載されている。これに基づいて、『マハーバーラタ』は紀元前三〇〇〇年頃の出来事だとする説もあれば、紀元前一五〇〇年頃とする説もある。この問題に関しては、学界でも統一見解は出ていない。

❖一四年にわたって干ばつが続き、サラスヴァティー川が干上がったこと、そしてヴェーダが失われたことは、いくつもの聖典で繰り返し取り上げられてきたテーマだ。地質学的調査が示唆するように、これらはおそらく本当に起きた出来事であり、そのことが紀元前一五〇〇年ごろのインダス文明崩壊につながったと考えられている。あるいは、ヴェーダ思想の核心が喪失して、英知を伴わない慣習と儀式だけが残ったことを考えると、形而上学的な事件であったと言えるかもしれない。

❖『マハーバーラタ』の最終的なかたちができあがったころ、バーサ*がサンスクリット語で『マハーバーラタ』を戯曲化したが、この戯曲には叙事詩とは全く異なるプロットがしばしば登場する。

❖一六世紀のムガル皇帝アクバルは『マハーバーラタ』をペルシャ語に翻訳させて、宮廷画家たちに挿絵を描かせた。これが『ラズム・ナーマ』(〝戦記〟の意)である。

❖サンスクリット語で書かれた『マハーバーラタ』は、星座**には言及せずに、月宿***だけを取り上げている。その理由は、ナクシャトラはインド発祥であるのに対して、ラシは西方(おそらくバビロン)から伝わったから、というのが研究者の結論だ。ラシがインドの占星術に取り入れられたのは西暦三〇〇年以降なので、サンスクリット語の『マハーバーラタ』が数世紀にわたる口伝を経て最終的な形に仕上がったのは、遅くとも西暦三〇〇年ごろだと結論付けられる。

* 訳注：三世紀頃に活躍したとされるインドの詩人。
** 訳注：インドではラシと呼ぶ。占星術で使われる太陽を中心とした黄道十二宮。
*** 訳注：サンスクリット語でナクシャトラ。月の通り道である白道を二七のエリアに分割したもの。

叙事詩を語った者

ヴィヤーサ
ヴァイシャンパーヤナ
ローマハルシャナ
ウグラシュラヴァス（サウティ）
シュカ
四羽の鳥

聞いた者

ガネーシャ、ジャイミニ、ヴァイシャンパーヤナ、シュカ
ジャナメージャヤ、ローマハルシャナ
ウグラシュラヴァス（サウティ）
シャウナカ
パリクシット
ジャイミニ

ヴィヤーサの家系図

ブラフマー
↓
ヴァシシュタ
↓
シャクティ
↓
パラーシャラ
↓
ヴィヤーサ
↓
ドリタラーシュトラ
↓
ドゥルヨーダナ
↓
ラクシュマナ

ヴィヤーサの叙事詩の構成

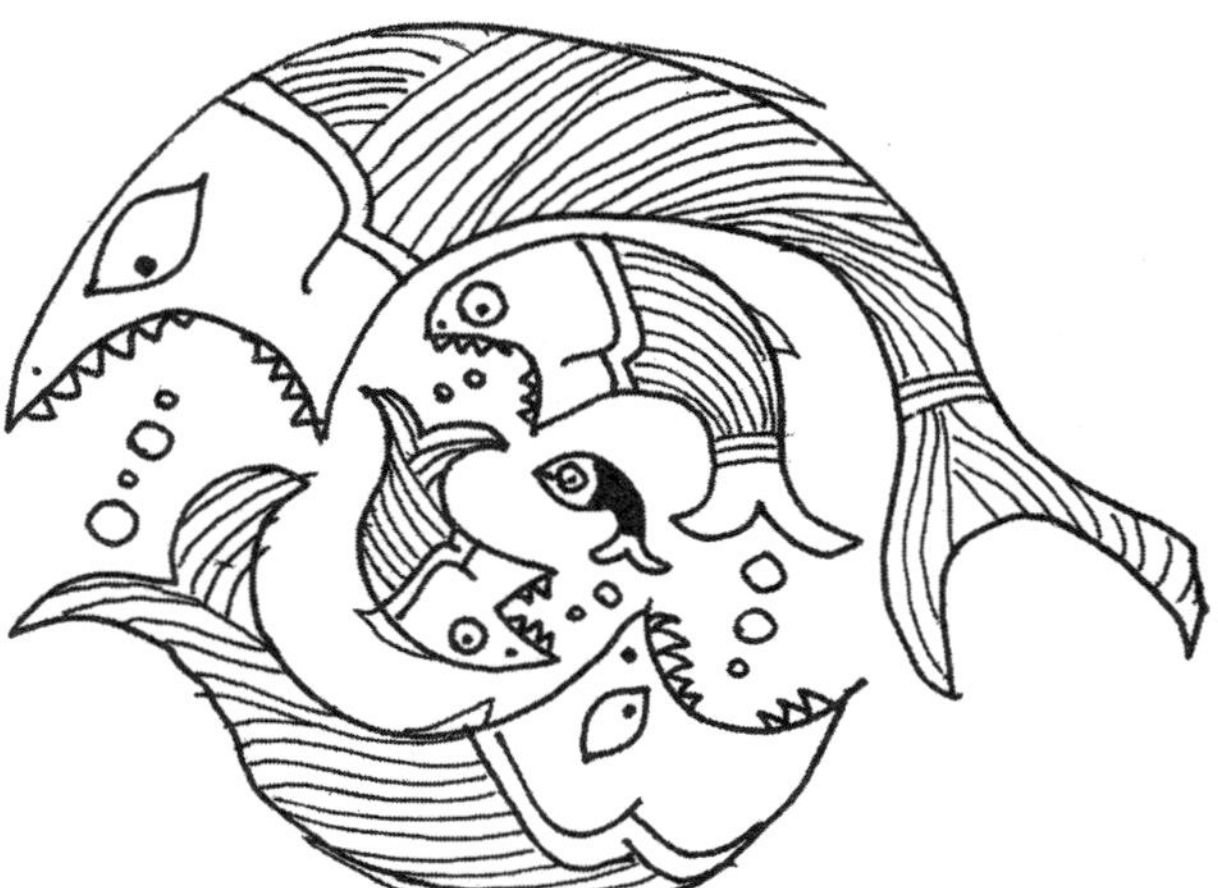

パルヴァ	原典の表題	詩節の数	表題の意味	原典の内容
1	アーディ	9984	原初	インドラプラスタを都としてパーンダヴァの王国が築かれるまでの登場人物と物語の紹介
2	サバー	4311	集会場	パーンダヴァが富を失うことになる賭博
3	ヴァナ	13664	森	12年にわたる森への追放
4	ヴィラータ	3500	マツヤの王	マツヤ王国に隠れ住んだ最後の年
5	ウドゥヨーガ	6998	努力	平和のための交渉
6	ビーシュマ	5884	カウラヴァ軍の最初の総司令官	バガヴァッド・ギーターを含む、戦いの最初の10日間の物語
7	ドローナ	10,919	カウラヴァ軍の2番目の総司令官	戦いの次の5日間
8	カルナ	4900	カウラヴァ軍の3番目の総司令官	さらに次の2日間
9	シャリヤ	3220	カウラヴァ軍の4番目の総司令官	戦いの18日目
10	サウプティカ	2870	夜襲	18日目の夜襲
11	ストリー	1772	女たち	未亡人たちの嘆き
12	シャーンティ	14525	寂静	平和の教え
13	アヌシャーサナ	12000	教説	組織論

パルヴァ	原典の表題	詩節の数	表題の意味	原典の内容
14	アーシュヴァメーディカ	4420	馬祀祭	パーンダヴァによる支配権の樹立
15	アーシュラマ	1106	隠棲	年配者たちの隠棲
16	マウサラ	300	棍棒	クリシュナ一族の滅亡
17	マハープラスターニカ	120	偉大なる旅立ち	パーンダヴァの隠棲
18	スヴァルガローハニカ	200	昇天	主神インドラの天国に到着したユディシュティラが受けた試練
付録	ハリヴァンシャ	16423	ハリの一族	付録:若き日のハリ（クリシュナ）

Column

❖ヒンドゥー教の聖典、『ヴィシュヌ・プラーナ』によれば、牛の姿となった大地の女神が、大地の守護者ヴィシュヌ神の化身である牛飼いのゴーヴィンダに訴えた不満が原因となって起きた出来事が『マハーバーラタ』である。つまり、『マハーバーラタ』という叙事詩は、より長大な物語の一部分に過ぎず、『マハーバーラタ』だけを切り離して理解することはできない。

❖『マハーバーラタ』は今日、全一八巻で構成されている。第一巻では、パーンダヴァとカウラヴァの間でライバル意識が生じたいきさつが語られる。第二〜四巻は、戦争に至るまでの状況を順次述べていく。第五〜一〇巻では、戦争の様子が詳細に語られる。続く第一一〜一八巻は、戦争がもたらした感情的・物質的・精神的影響を語る。

❖ヘブライ語で〝命《いのち》〟を意味する単語には、

数字の一八の意味もある。そこでユダヤ人のコミュニティでは、金銭を贈るときには長寿への祈りを込めて一八の倍数の金額にするのが伝統となっている。また、中国では昔から、数字の一八を意味する単語の発音は、〝富裕〟を意味する単語の発音と似ているとされてきた。その結果、ビルの一八階のフロアの価格は、富が約束されるとして、とても高額になる場合が多いそうだ。

❖『マハーバーラタ』は一〇万を超える詩節で構成されており、ギリシアの叙事詩『イリアス』と『オデュッセイア』を合わせたよりも長い。

❖『マハーバーラタ』の詩節の三分の一は、戦争の物語で占められている。戦争以前の物語の詩節では、主に恋愛、セックス、出産などの世俗的な話題が中心だ。しかし、戦争の後の物語に関する詩節は、戦争の意味をあれこれと思索し、霊的な問題に傾倒する内容となっている。

❖ヒンドゥー教では伝統的に、プルシャールタ、すなわち人間の存在意義は、ダルマ（社会的な行為）、アルタ（経済的な活動）、カーマ（喜びの追求）、モークシャ（精神的な活動）の四つの側面から検証すべきだとされている。ヴィヤーサはこの四つの側面に同等の関心を払うことで、『マハーバーラタ』を完璧な叙事詩に仕上げたのだ。

プロローグ

蛇供犠の始まり

クル族の子孫であり、ハスティナープラの王であるパリクシットは、その偉大な王国の中心にそびえたつ塔に自ら閉じこもっていた。パリクシット王は妻たちや子どもたちや臣民を遠ざけて孤立していた。パリクシット王はおびえていた。昼夜なく歩き回り、食べることも寝ることもできなかった。吟遊詩人たちが遣わされて、王の心の慰めになりそうな物語を語ったが、どんな物語も王の恐怖を和らげることはできなかった。

巷ではこんな囁きが聞こえた。「我らが王の祖父は、クルクシェートラでカウラヴァを打ち破った、偉大なアルジュナだ。王の父であるアビマニユは、もっとも複雑な戦闘陣形である円盤陣形（サンスクリット語でチャクラ・ヴューハ）を単独で打ち破った人物だ。これほど優れた血筋なのだから、何も恐れるものはないはずなのに、王は塔の中で小さくなっている。なぜだろう？」

とうとう、パリクシット王は理由を告白した。「私は、七日のうちに蛇に嚙まれて死ぬという呪いをかけられているのだ。蛇を近寄らせるな。ニョロニョロと這い寄るナーガ族は一匹たりとも私に近寄らせるな。私は死にたくない！」衛兵たちは塔のあらゆる扉、あらゆる窓を見張り、王に近づこうとする蛇がいたら、直ちに打ち殺せるようにと身構えた。塔に持ち込まれるものはすべて徹底的に調べられた。ナーガ族が潜める場所は、どこにもなかった。

六夜が過ぎ、七日目になったとき、飢えたパリクシット王は果物をかじった。その果物に隠れていた虫が、突然、恐ろしい蛇に変身した。その虫こそ、ナーガ族の王タクシャカだったのだ！

タクシャカはぱっと飛び出して、その恐ろしい毒牙でパリクシット王の肉体を刺し貫いた。毒はあっという間に回った。王は苦痛の叫びをあげたが、衛兵が助けに駆け付ける前に絶命した。タクシャカは身をくねらせながら逃げ去った。

パリクシット王の息子であるジャナメージャヤは激怒して言った。「罪のない父上を殺した者に必ず復讐してやる」。ジャナメージャヤ王は王国内のすべてのバラモンに命じて、地上のあらゆる蛇を殺す威力のある蛇供犠（サンスクリット語でサルパサットラ）を執り行わせた。

直ちにハスティナープラの中心で炎が上り、黒煙の柱が空高く立ち昇った。数百人のバラモンたちが祭壇を取り囲んで、炎を燃え上がらせるためにギー（良質なバター）を匙で何杯も炎に注いだ。バラモンたちは摩訶不思議な讃歌を唱え、目に見えぬ力を発動して、ナーガ族を地下の住処から引きずり出して、炎が燃えさかる穴へと追いやった。ハスティナープラの人々は、天空で身をくねらせる蛇の大群が祭儀場へと引き寄せられていくのを見た。生きながら焼かれる蛇たちの悲痛な叫びが響き渡った。人々の中には、憐憫の情に駆られて

「これでは無分別な大虐殺ではないか」と嘆く者たちもいれば、義憤に駆られて「我らが王を殺した報いを受けさせよ」と叫ぶ者たちもいた。

そのとき、祭儀場の外で一人の若者が叫んだ。「やめてください、王よ！　これはアダルマ（非法な行為）です」

ジャナメージャヤは怒鳴った。「私がアダルマだと！　何者だ?」

「私はアースティーカ、ナーガ族のヴァースキ王の甥です」

ジャナメージャヤ王は非難するように言った。「お前がナーガ族を救いたいのも無理はない。お前も連中の仲間だからな」

「私の父は聖仙ジャラトカール、あなたと同じマーナヴァ（サンスクリット語で〝人間〟の意）です。一方、私の母はナーガ族です。私はあなたと同じ人間であり、あなたの敵である蛇でもあるのです。私はどちらの味方にも付きません。私が言わねばならないことに耳を傾けてください。さもなければ、あなたの子孫の安寧を損なうことになりますよ」

そこでジャナメージャヤ王は「話を聞こう」と応じた。

アースティーカは語った。「父君パリクシット王の死の七日前のことです。狩りに出かけたパリクシット王は、喉がひどく渇いていました。見れば、菩提樹の下に一人の聖仙が座っていたので、水をもらえないかと頼みました。しかし、聖仙は瞑想にふけっていたので、父王の頼みに応えようとしま

せんでした。父王は憤慨して、蛇の死骸を拾い上げて、聖仙の首に巻き付けました。その様子を遠くから見ていた聖仙の弟子は、師匠が侮辱されたことに我慢ができませんでした。そこで弟子は、父王が七日のうちに蛇に噛まれて死ぬように呪いをかけたのです。おわかりでしょう、ジャナメージャヤ王よ、あなたの父君の死は、父君自身が招いたことです」

「では、タクシャカはどうなのだ？　なぜ、あやつが父上を噛んだのだ？」

アースティーカはそのわけを語り始めた。「遠い昔、あなたの偉大な曾祖父アルジュナは、インドラプラスタの都を築くための土地を切り開こうとして、カーンダヴァプラスタの森を焼き払いました。その森林には、多くのナーガ族が住んでいました。この焼き討ちで、タクシャカをはじめとする多くのナーガ族が孤児となり、住処を失ったのです。タクシャカはアルジュナもしくはその子孫の誰かに、この償いをさせると誓いました。父君の殺害は、タクシャカにとっては復讐なのです。そして今、ナーガ族は再び、あなたの祭儀場で焼かれています。孤児はさらに増えるでしょう。さらに多くの復讐劇が繰り広げられるでしょう。王よ、あなたはご先祖と同じことをしているのです。そしてご先祖と同じように、あなたも罰せられるでしょう。かつてクルクシェートラの戦場で起きたように、血は流れ、寡婦たちが泣くことになるでしょう。それがあなたの望むところですか、ジャナメージャヤ王よ？」

アースティーカの問いかけは、祭儀場に響き渡った。讃歌を唱える声は止んだ。燃え盛っていた炎も鎮まった。沈黙が下り、好奇の目が王に注がれた。

王は肩を怒らせて、きっぱりと言った。「私は正義のためにこうしているのだ」

アースティーカも激しく言い返した。「タクシャカも正義のためにあなたの父君を殺したのだ。そして今、あなたは正義のためにナーガ族を殺している。あなたがこの祭式を執り行ったせいで親を亡くす孤児たちは、正義を渇望するようになるでしょう。正義とは何であるか、一体誰が決めるのですか。誰もが〝正しいのは自分で、相手のほうが間違っている〟と考えていたのでは、果てしない復讐の連鎖を止めることはできないのですよ」

ジャナメージャヤ王は黙った。アースティーカが言ったことを熟考した。そしてためらいながら問い返した。「パーンダヴァは正義のためにカウラヴァと戦ったのではなかったのか？」

アースティーカは答えた。「正義のためではありません。あの戦いは、ダルマにまつわるものでした。そして、ダルマは正義ではありません。ダルマとは、共感と英知です。ダルマとは、他者を打ち負かすことではなく、自分自身を克服することです。ダルマにおいては、誰もが勝者となります。クルクシェートラの戦いが終わったとき、敵であるカウラヴァたちでさえ天国に昇ったのです」

「何と！」

「本当ですとも。あなたとあなたのご先祖が悪者とののしるカウラヴァたちは、神々が住みたもう、喜びに満ちたスヴァルガ（サンスクリット語で〝天国〟の意）に行ったのです」

「ではパーンダヴァの皆様は？」と、意外な事実に動揺して王は尋ねた。

「パーンダヴァたちは苦痛の国、ナラカ（サンスクリット語で〝地獄〟の意）に行きました」

「知らなかった！」

「王よ、あなたの知らないことは山ほどあります。あなたはパーンダヴァたちの王国を受け継いだかもしれないが、パーンダヴァたちの英知までは受け継いでいない。あなたはダルマの本当の意味さえ知らないが、ダルマとはそもそも、〝神〟ご自身がアルジュナにお示しになったものなのですよ」

「神だと？」

「はい、クリシュナのことです」

「詳しく話してくれ」

「ヴァイシャンパーヤナを呼び寄せてください」と、アースティーカは言った。「彼の師であるヴィヤーサが編纂して、ガネーシャが書き記した物語を、ヴァイシャンパーヤナに語ってもらってください。それは、あなたの先祖の物語、そしてあなたの先祖よりも古い時代のすべての王たちの物語です」

ヴィヤーサの偉大な物語の守護者であるヴァイシャンパーヤナを召喚するために、何人もの使者が遣わされた。ようやくやって来たヴァイシャンパーヤナが目の当たりにしたのは、祭儀場の中で何千匹もの蛇たちが生贄を焼くための炎の上で宙吊りになっている有様だった。また、祭壇を取り巻いている何百人も

のバラモンたちが儀式を最後までやり遂げたいと望んでいること、王が自分の家系に強い関心を抱いていることも見て取った。

聖仙ヴァイシャンパーヤナが物語の語り手を務めるために、勧められて鹿皮の敷物に座ると、その首には花輪が掛けられ、その前には水差しと果物を盛った籠が置かれた。ヴァイシャンパーヤナはこのもてなしに満足して、パーンダヴァとカウラヴァの物語、そしてバラタと呼ばれている土地を支配してきた全ての王たちの物語を語り始めた。これこそが『ジャヤ――勝利の歌』、後に『マハーバーラタ』の名で知られることになる物語である。

「注意深くお聞きください、ジャナメージャヤ王」と、アースティーカが王の耳元でささやいた。「物語のあらすじに気を取られないように。複雑に入り組んだ物語の中を、英知の川が流れています。それこそがあなたが受け継ぐ、真の遺産なのです」

Column

❖紀元前一〇〇〇年ごろに栄えたヴェーダ時代では、ヤジュニャと呼ばれる祭式は社会を束ねるための重要な儀式だった。祭式を執り行うのは特殊な訓練を受けた聖職者たちで、彼らは讃歌を唱えながら捧げものを火にくべることで、宇宙の力を発動して、人間の命令を実行させようとした。特にサットラと呼ばれる祭式は、数百人のバラモンが数年がかりで執り行う、規模の大きなものだった。

❖祭式は人間が現世の物質的な困難に対処するときの助けとなったが、人間の生について精神的な側面から説明してくれるものではなかった。だから、物語が必要とされたのである。こうして祭式の最中や、祭式と祭式の合間に、吟遊詩人が物語を語って、バラモンや彼らのパトロンを楽しませたり啓発したりした。やがて、物語は祭式よりも重視されるようになった。実際、西暦五〇〇年ごろには祭式（ヤジュニャ）はすっかり廃れてしまったが、神や王や賢者に関する宗教的な物語は、ヒンドゥー思想の基礎となった。

❖『マハーバーラタ』に登場するのはマーナヴァ（人間）だけではない。たとえば、天空に住まうデーヴァ神族、地下に住まうアスラ魔族、アプサラスと呼ばれる水の精、頭部はコブラで人語を話すナーガ族、森の精霊であるヤクシャ、森の戦士であり音楽家であるガンダルヴァ、野蛮な未開人であるラークシャサなども登場する。アスラ魔族やラークシャサは人間に敵対的なので、悪魔とみなされたが、デーヴァ神族やガンダルヴァは友好的なので、神や半神として敬意を払われていた。ナーガ族の立場は曖昧で、ときに恐れられ、ときに崇拝された。合理主義的に推測すると、これら人間ではない種族は、おそらく元々はヴェーダ文化圏外の部族であり、彼らは次第にヴェーダ文化圏に吸収されていったのだろう。

❖一説によれば、サルパサットラの儀式を主導した司祭長のウッタンカは、ナーガ族に対して個人的な不快感を抱いていたという。ウッタンカは師から教えを受けた返礼として、師の妻に王妃が所有している耳飾りを贈ることを求められていた。苦労の末に、ウッタンカは王妃の耳飾りを手に入れることができたが、その耳飾りをナーガ族に盗まれてしまった。この窃盗に復讐するために、ウッタンカはサルパサットラを執り行うことを望んだ。しかしウッタンカには儀式を実行するだけの資力がなかった。折しも、父を殺されて復讐を画策していたジャナメージャヤ王が、偶然にもウッタンカにチャンスを提供したのだ。ジャナメージャヤ王は自分の復讐心が供犠祭を行う唯一の理由であると思っていたが、それは思い違いというものだった。ジャナメージャヤ王以外にも、ナーガ族を滅ぼしたいと望んでいる者は大勢いたのである。

ジャナメージャヤの家系図

プラティーパ
↓
シャンタヌ
↓
ヴィチトラヴィーリヤ
↓ ←------- ヴィヤーサ
パーンドゥ
↓ ←------- インドラ
アルジュナ
↓
アビマニユ
↓
パリクシット
↓
ジャナメージャヤ

第一巻

祖先たち

「ジャナメージャヤ王よ、あなたの家系の歴史では、以前にも起きたことが何度も繰り返されてきたのです」

月神チャンドラの息子

人は死ぬと、生前に十分な功徳を積んでいたならば、雲の上にあり、デーヴァ神族が住まう天国に行くことができる。この天国をサンスクリット語で「スヴァルガ」と呼ぶ。スヴァルガに住む神々自身は、アマラーヴァティーの都と呼んでいる。そこには痛みも苦しみも存在しない。あらゆる夢がかなえられ、あらゆる欲求が満たされる。

この喜びを維持するために、神々は定期的に彼らの永遠の敵、地下に住むアスラ魔族を打ち負かさなければならない。神々の勝利は、祭式の威力に依存している。木星の神であるブリハスパティは、神々のために祭式を執り行っている。儀式を成功させるためには、ブリハスパティは妻で星々の女神であるターラーに、儀式の最中に自分のそばに座っていてもらわなければならない。

ところが、ある日、ターラーはブリハスパティから逃げて、月神チャンドラと駆け落ちしてしまった。ターラーは、妻よりも儀式に熱中する堅苦しい夫に飽き飽きしていたのだ。ターラーは、情熱的に彼女を崇拝するチャンドラと恋に落ちてしまった。

ブリハスパティは神々の王、インドラに訴えた。「儀式を成功させたいなら、妻を連れ戻してください」

神々の間では意見が分かれた。妻を儀式の道具としか思わない夫のもとにターラーを無理やり帰らせるべきか。それとも生きがいを感じさせてくれる恋人のもとに留まることを許すべきか。論争の末に、現実主義が勝利した——神々にとっての祭式は、ターラーの幸福より重要である。祭式の威力がなければ、神々は地上に光と雨を降り注ぐことはできない。祭式を執り行えなければ、地上は暗黒と干ばつに襲われるだろう。そうなってはならない。ターラーはブリハスパティのもとに戻らなければならない——それが、インドラが最終的に下した決定だった。

ターラーは不本意ながら夫のもとに帰った。しかし、戻ってきたターラーは、明らかに妊娠していた。チャンドラもブリハスパティも、父親は自分であると主張した。ターラーは口を閉ざし、自分を妊娠させた相手を決して明かそうとしなかった。ところが、誰もが驚いたことに、ターラーのお腹の中の子が叫んだのである。「教えてください、母上。私はどちらの種の果実なのですか？　私は知って然るべきです」

その場に居合わせた誰もが、真実を知りたいという胎児の願いに心を打たれた。そして、この子はブッディすなわち知性——真偽を識別して選択する精神の働き——を司ることが宣言されて、「ブドゥ」という名前で呼ばれることになった。

お腹の子どもに迫られて、ターラーは目を伏せて答えた。「お前はチャンドラの種です」

これを聞いて、ブリハスパティは日頃の冷静さを失って、怒りのあまり罵った。「不実な我が妻の私生児は、男性でも女性でもない、中性となるであろう」

神々は、この残酷な呪いに眉をひそめた。インドラは神々の王として介入した。「ブリハスパティよ、そなたが見下して呪った子は、この後、チャンドラではなく、そなたの息子として世に知られることになるであろう。誰が畑に種をまいたかは、大したことではない。大切なのは、誰が畑の持ち主かということだ。ターラーと合法的に結婚した夫として、そなたはターラーの産んだすべての子どもたちの所有者、すなわち父親だ。生まれたのが結婚の前か後か、父親がそなたか他の者かは関係ない」

こういうわけで、ターラーが産んだブドゥは水星を司ることになったが、ブドゥは男でも女でもなく、どちらとも形の定まらない者だった。ブドゥは生物学的には感情的なチャンドラの血を引いていたが、インドラの命令によって、論理的なブリハスパティの家で育てられた。

この時以来、天上においても地上においても、自然現象よりも法が優先されるようになった。すなわち、父権は結婚によって決定されるのである。だからこそ、ジャナメージャヤの曾祖父アルジュナは、パーンドゥの息子――パーンドゥには子どもをつくる能力はなかったのだが――と呼ばれたのである。

Column

❖人間にとって、神々の都アマラーヴァティーは、賞賛に値する人生を送った者だけが行くことのできる、喜びに満ちた天国だった。

❖一八世紀に南インドの古典音楽カルナティックの長老だったムットゥスワーミ・ディークシタ

ルは、ナヴァ・グラハ＊に捧げた楽曲《クリティ》の中で、「水星は中性である」と述べている。ナヴァ・グラハを描いた図画はさまざまあるが、ブドゥはあるときは男性、あるいは女性として登場するので、中性的であることが推察される。

❖デーヴァ神族は天空の神で、その敵アスラ魔族は地下に住んでいる。両者の戦いは永遠に続いている。両者が交互に勝ったり負けたりするおかげで、季節は周期的に移り変わるのである。

❖芸術に登場するブドゥは、頭はゾウ、体はライオンという不思議な動物、ヤリに乗っているが、このことはブドゥの両性具有を彷彿とさせる。

ブドゥの妻

ブドゥは成長するにつれて、自分に人生の伴侶が見つかるだろうかと不安になった。なぜなら、ブドゥは男性でも女性でもなかったからである。「ちゃんと結婚させてあげますよ」と、母のターラーは自信たっぷりに言った。

「でも、母上、結婚相手は夫ですか？　妻ですか？」とブドゥが問うと、

「相手が誰であれ、運命の導きによって、ぴったりな相手が見つかります」と、ターラーは答えた。「こ

＊訳注：占星術に用いる九つの惑星。

の世のすべては、起こるべくして起こるのです。父上があなたにかけた呪いには、理由があるに違いありません。すべては丸く収まります。信じなさい」

ターラーが言ったとおりに、ある日、ブドゥはイラーという女性と出会って、恋に落ちた。

しかし、イラーは女性でなかった。イラーはかつて男性だった。人類最初の王マヌの息子で、スデュムナという名の王子だった。

ある日、スデュムナは森に馬を乗り入れた。ところがその森には、偉大な苦行者シヴァ神が呪いをかけていた。それは、「すべての雄は雌に変わってしまう」という呪いだった。森の雄ライオンは雌ライオンになり、雄クジャクは雌クジャクに変わってしまった。シヴァ神がそんなことをしたのは、妻の女神シャクティを喜ばせるためだった。シャクティは、夫と一緒にいるときは、人間であれ動物であれ、雄に邪魔されたくなかったのだ。スデュムナは森の中でおのれの男性を失ったことに気づくと、元に戻してほしいと女神に懇願した。女神は言った。「私には、シヴァ神の呪いを解くことはできない。しかし、手を加えることはできる。だから、そなたは月が欠けるときは女となり、月が満ちるときは男となるであろう」

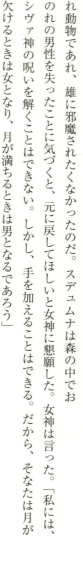

男性でも女性でもないブドゥにとって、男性であり女性でもあるイラーは完璧な配偶者だった。ブドゥとイラーの間には、大勢の息子たちが生まれた。このイラーの子孫たちはアリスと呼ばれた。また、月の子孫を意味するチャンドラ・ヴァンシャとも呼ばれたが、この呼称はブリハスパティや神々にとっては愉快なものではなかった。おそらく、こうした事情が原因で、この血統の王たちは激しやすくて論理的に思考できない者が多いのだろう。

やがてチャンドラ・ヴァンシャたちは、ブドゥとイラーの性別の曖昧さを忘れてしまった。だから、アルジュナの義兄弟にあたるシカンディンの性別が曖昧であることが明らかになったとき、そのことをあざ笑ったのだ。チャンドラ・ヴァンシャたちはシカンディンが戦場に参加することを拒んだ。いかにも人間が、それも男が作った掟である。過去を知らない者は現在に対して無関心で無神経なのだ。

Column

❖『マハーバーラタ』には、月神の末裔であるチャンドラ・ヴァンシャ――彼らは水星の神の末裔、ブドゥ・ヴァンシャでもある――が登場する。チャンドラ・ヴァンシャは、倫理観が欠けているために評判が悪く、『ラーマーヤナ』で語られる太陽神の末裔で、正義感の強いスーリヤ・ヴァンシャとは対照的な性格の持ち主である。

❖恩恵と災禍は、ヒンドゥー神話学にとって不可欠なものであり、その根底にあるのがカルマの概念だ。カルマとは、すべての行動には報いがある、という考え方だ。人間は、その報いを現世または来世で受けなければならない。ポジティブな結果を生む行動はプニヤと呼ばれ、説話などでは恩恵となって表れる。対して、ネガティブな結果を生む行動がパーパであり、災厄を招く。プニヤは幸運をもたらす霊的な長所であり、パーパは不幸を生じる霊的な欠点である。プニヤとパーパの概念は、この世で良いことと悪いことが起きる理由を説明するために考え出されたものだ。

❖男性であり女性でもあるイラーの物語は、『マハーバーラタ』や多くのプラーナ文献に登場する。いくつかの文献では、イラーはマヌの娘とされている。マヌは息子の誕生を願って執り行った祭式で、呪文を誤って唱えたために、娘が生まれてしまったのだという。

❖マヌは太陽神スーリヤの息子だった。マヌにはイラーの他にイクシュヴァークという名の息子もいた。イクシュヴァークの子孫はスーリヤ・ヴァンシャと呼ばれ、太陽神の血を引く王家となった。この家系に生まれたのが、『ラーマーヤナ』に登場するアヨーディヤー王の王子ラーマである。

❖星の女神が月神と逢引きするという物語は、ヴェーダの占星術であるジュヨーティシュ・シャーストラによって、月族の諸王の行動を説明するために創作されたものだ。月は感情と結びついており、木星は合理性と、水星は明快さ、コミュニケーション、狡猾さなどと結びついている。星の女神と月神の物語が示唆しているのは、月族チャンドラ・ヴァンシャは生まれつき感情的になりやすかった、ということだ。そうした性格は、理論をもって封じ込めるべきものだったのだが。

人間の王プルーラヴァスの、天女ウルヴァシーへの執念の愛

月神の子孫チャンドラ・ヴァンシャであるプルーラヴァス王は、川で水浴びをしている天女ウルヴァシーを見かけた。ウルヴァシーは川の精霊アプサラスであり、普段は神々とともに暮らし、地上には滅多に降りてこない。そのあまりの美しさゆえ、ありとあらゆる生き物たちがウルヴァシーの歩む姿にじっと見惚れた。草木や葉っぱまでもが、ウルヴァシーに触れようとして身を伸ばした。そんなウルヴァシーにプルーラヴァス王は恋い焦がれた。「私と結婚してくれ。私の妃となって、我が宮殿に住まってくれ」

ウルヴァシーは戯れ心から、王に気のあるふりをして言った。「もしあなたが、私が可愛がっているヤギたちの面倒を見てくれて、私以外の誰にもあなたの裸を見せないと約束してくれるなら」。ところがウルヴァシーを驚かせたことに、プルーラヴァス王は命に限りある人間の身でありながら、ウルヴァシーの要求に応じた。ウルヴァシーはプルーラヴァス王の妻とならざるを得なかった。

天女であるウルヴァシーにとって、結婚生活は新鮮で楽しい経験だった。ウルヴァシーは人間である夫のために、多くの息子たちを産んだ。

人間の寿命は、主神インドラが瞬きする間ほどの短さだという。ところがインドラは、このほんのわずかな間でさえ、ウルヴァシーを手元から離したがらなかった。インドラは天界の楽人ガンダルヴァ

族に、ウルヴァシーを連れ帰るよう命じた。

プルーラヴァス王とウルヴァシーが房事にいそしんでいる間に、ガンダルヴァはウルヴァシーのベッドの下にいたペットのヤギを盗み出した。ウルヴァシーはその気配にハッと気づいて、悲痛な声で夫をせっついた。「私のヤギちゃん！　誰かが盗んでいったわ！　あなた、約束通りにあの子たちを取り返してきてちょうだい！」

プルーラヴァス王は裸身に衣服をまとう間もなく、ベッドから飛び出した。王が泥棒を追いかけて宮殿から走り出ると、インドラが空から稲妻を投げつけた。稲光の下、都中の人々が一糸まとわぬ王の姿を目の当たりにした。こうして、ウルヴァシーを神々から引き離して地上に留めていた約束は、結果的に破られた。ウルヴァシーがアマラーヴァティーに戻るべき時が来たのである。

ウルヴァシーを失って悲嘆に暮れたプルーラヴァス王は気が狂ってしまい、統治できなくなった。それほどまでに、王の情熱は激しかったのだ。一方、王の息子たちは自己鍛錬ができていたので、聖仙たちは統治に適した者を選んで王位に

据えることにした。

言い伝えによれば、プルーラヴァス王は今も泣きながら、森や川辺でウルヴァシーを探し求めているという。また、別の言い伝えによれば、王はウルヴァシーの力によってガンダルヴァとなり、ウルヴァシーの行く所どこへでも付き従って、ウルヴァシーが舞うための音楽を奏でているそうだ。

プルーラヴァス王はウルヴァシーに執着するあまり破滅したが、数世代後のシャンタヌ王も同様の執着心を一度ならず二度までも――一度目はガンガー女神に対して、二度目はサティヤヴァティーに対して――露呈した結果、やはり同様の破滅的な結果を招いた。人間の記憶は短く、ために歴史は繰り返すのである。

Column

❖Apsaとは〝水〟であり、アプサラスは〝水の精霊〟を意味する。雨として天から地にもたらされた水は短期間、地に留まった後、再び天に帰る。その水が大地の生命を支えている。この物語は、空（＝インドラ）から来て、最後は空に戻る水（＝ウルヴァシー）を切望する人間（＝プルーラヴァス）を象徴的に表している。

❖ウルヴァシーは結婚に先立ち、夫となる人物が誰であれ、必ず果たすべき約束を定めている。このことから、家父長制度が確立する以前の社会では、女性は性的欲望を自身の意のままに発揮する〝女王〟であったことがうかがえる。ヴェーダの社会では、女性は極めて価値ある存在とみなされていた。なぜなら、女性を介してのみ、男性は子どもの父親となることができるのであり、父親になってこそ、祖先に借りを返して、再生のサイクルを回し続けることができるからである。

❖プルーラヴァス王がウルヴァシー＝水という無定形で捉えどころのない存在を切望したことは、最古――控えめに見積もって紀元前一五〇〇年ごろ――のヴェーダ聖典である『リグ・ヴェーダ』に対話劇として記されている*。これとは対照的に、『リグ・ヴェーダ』から二千年後の西暦五〇〇年頃に書かれたカーリダーサの戯曲『ヴィクラモールヴァシーヤ』に登場するプルーラヴァスは、血の気の多い王として描かれ、川の精霊を追いかけたりはしない。むしろ、ウルヴァシーのほうが王を追いかけている。ウルヴァシーが王の子どもを身ごもったことを王に気づかれないことを条件に、神々はウルヴァシーが王のもとに留まることを許した。そこで、王が祭式に出席している間に、ウルヴァシーは秘密裏に出産して、聖仙チヤヴァナに子どもの養育を託した。数年後、起きるべくして起きた事態だが、父親が息子の存在に気づいたので、ウルヴァシーは神々の住まいに帰ることになった。こうしてプルーラヴァスとウルヴァシーは長らく別れ別れのままだったが、やがてインドラがアスラとの戦いのためにプルーラヴァスの助力を必要とすると、インドラはウルヴァシーをプルーラヴァスのもとに返したのだった。

❖『カルパ・スートラ』によれば、プルーラヴァスとウルヴァシーの長男であるアーユは東にクル・パーンチャーラ王国を、次男のアマーヴァスは西にガンダーラ王国を築いた。この二つの王国が誕生したことが、クルクシェートラの大戦争へとつながっていくのである。

＊監訳注：一般には紀元前一二〇〇年頃とされる。

無垢の女・シャクンタラー

太陽神の末裔、スーリヤ・ヴァンシャであるカウシカ王は、聖仙になりたがっていた。財産を捨て、独身の誓いを立て、苦行（サンスクリット語でターパスヤ）を始めた。もし苦行を成し遂げることができれば、カウシカは人間は無論、神さえも超えた力を得られるはずだった。

主神インドラは、カウシカが自分にとって代わろうとするのではないかと恐れて、カウシカの修行の邪魔をさせるためにアプサラス（水精）のメーナカーを遣わした。アマラーヴァティーの中で最も美しい乙女であるメーナカーがカウシカの面前で踊ると、カウシカは理性を失った。苦行を放棄し、独身の誓いを忘れて、情熱に負けてしまった。この隠者とアプサラスの契りから、一人の女の子が生まれた。

両親は女の子を森に捨てた――父親にとっては挫折の象徴、母親にとっては単なる成功の証に過ぎなかったからである。

聖仙のカヌヴァが女の子を見つけたとき、女の子はシャクンタと呼ばれる鳥たちの翼の下で守られていた。シャクンタに守護されたことにちなんで、カヌヴァは女の子をシャクンタラーと名付けて我が子として森の庵で育てた。シャクンタラーは非常に美しく教養ある女性に成長した。

ある日、プルーラヴァスの子孫であるドゥシュヤンタ王がカヌヴァの庵を訪れた。森で狩りをしていた王は、賢者カヌヴァに敬意を表するとともに、庵で数日間休養させてもらうつもりだった。残念なことに、カヌヴァは巡礼に出かけていて不在だった。代わりに王を歓迎したのがシャクンタラーだ。王は一目でシャクンタラーに恋をした。

「私と結婚してくれ」と、ドゥシュヤンタ王は情熱を抑えきれずに言った。

「まずは父に申し入れてください」と、内気なシャクンタラーは応えた。

ところが王はこう反論した。「そなたさえよければ、ガンダルヴァがやるように木々を証人として結婚しようではないか。これは伝統的に認められているやり方だ」。純真なシャクンタラーはハンサムな王に心を奪われて、この申し出に同意した。

こうして二人は木々を証人として結婚し、庵で数日間、睦まじく過ごしたが、やがてドゥシュヤンタ王が帰還すべき時が来た。カヌヴァはまだ戻らなかったが、王はこれ以上待つことができなかった。「そなたの父上が不在の折にそなたを連れて行くことは、正しい行いではない。父上が戻られたら、私も戻ってこよう」と、王は約束した。

数週間後に戻ってきたカヌヴァは、庵に足を踏み入れるや否や、娘が恋に落ちて愛する人の子どもを身ごもっていることに気づいた。カヌヴァは大いに喜び、父娘はこの出来事を寿ぎながらドゥシュヤンタ王が迎えに来るのを待った。ところが、数日たち、数週間たち、数カ月がたっても、ドゥシュヤンタ王は姿を現さなかった。

やがて、シャクンタラーは男の子を出産し、バラタと名付けた。バラタはカヌヴァとシャクンタラーに育てられた。父娘はドゥシュヤンタ王との約束などすっかり忘れていたが、ある日、バラタは尋ねた。「僕の父上は誰なの?」

「この子は知るべきだ」とカヌヴァは言った。

ドゥシュヤンタ王が使いを寄越すのを待つよりも、シャクンタラーが王のもとに出向いて、息子を父親に引き合わせるのが最善であろうと、カヌヴァは考えた。これに同意したシャクンタラーは息子を連れて、生まれて初めて森を出る旅に乗り出した。シャクンタラーが出発するとき、森の木々は衣装と花と芳香を贈り、愛する人と再会するシャクンタラーが美しくあるようにはからってくれた。

しかし、シャクンタラーがドゥシュヤンタ王の前に立って名乗りを上げ、息子を引き合わせると、王は覚えているそぶりも見せなかった。「お前は私たちが結婚したと申し立てるが、証人はいるのか?」と、王は辛らつな口調で言った。

「証人は、森の木々です」

王をはじめとして、その場の誰もが笑い声をあげた。王や宮廷の権謀術数に汚されていない、純真な森の女性シャクンタラーは憤然とした。「私がここに来たのは、夫を求めるためではなく、息子に父親を見せるためです。その目的は果たしました。私が息子を育てたのは、母親の義務です。今度はあなたが父親の義務を果たして、この子を育ててください」。そう言い放つと、シャクンタラーは王に背を向けて、森に戻るべく歩み出した。

突然、天空から大音声が響き渡り、シャクンタラーを疑うドゥシュヤンタ王を戒めて、まぎれもなくシャクンタラーは妻であり、バラタは息子なのだと告げた。王は己の行いを詫びて、すべては世間の反対を恐れてのことだと釈明した。そして、シャクンタラーを王妃と認め、バラタを世継ぎと定めたのである。

バラタは母シャクンタラーを通じて太陽神の血筋を引き、父ドゥシュヤンタを通じて月神の血筋を引くという、類まれな王となった。バラタの子孫は、ローズアップル*が生い茂るインドの大地、ジャンブードゥヴィーパの全域を支配した。その領土はバラタ王にちなんでバラタ・ヴァルシャ（「バラタの大地」の意）または単にバーラタと呼ばれた。

Column

❖ターパスヤという苦行を通じて生み出されるのが、タパスという霊的な火である。火を生み出す修行者であるタパスヴィンと水精アプサラスとの対立は、聖典に繰り返し登場するテーマである。それは精神と官能の対立でもある。高い精神性は功徳をもたらすとともに、世俗の喜びに接することも可能にするが、官能的な快楽にふけると、この功徳が失われることになる。そのため、修行者とアプサラスは常に対立するのである。

❖『マハーバーラタ』に登場するシャクンタラーの物語は、西暦五〇〇年ごろにカーリダーサが

* 訳注：日本名でレンブ（蓮霧）と呼ばれる果実の生る木。

サンスクリット語で書いた有名な戯曲『シャクンタラー姫』とは、内容的にかなり異なっている。カーリダーサの戯曲では、シャクンタラーは妊娠が父カヌヴァに発覚した直後にドゥシュヤンタ王のもとに赴かされている。そして、さる聖仙の呪いのせいで、王はシャクンタラーを思い出すことができない。一方、ヴィヤーサの『マハーバーラタ』では、シャクンタラーがドゥシュヤンタ王を訪れるのは出産の数年後、息子が父親を知りたがったときのことであり、王は自分の名誉を守るためにシャクンタラーを知らないふりをする。カーリダーサのシャクンタラーが求めるのは夫、『マハーバーラタ』のシャクンタラーが求めるのは息子の父親である。カーリダーサのシャクンタラーは社会的不名誉に敏感であり、『マハーバーラタ』のシャクンタラーはそんなものには無関心である。これはおそらく、時代とともに社会的価値観が変化したことを反映しているのだろう。

バラタ王の後継者

バラタは偉大な王となった。バラタ王には三人の妻がいた。妻たちが息子を産むたびに、王は言った。「この子の顔は私に似ていない」。「この子の振舞いは私とは違う」。おそらく王は、妻たちの不貞を疑ったか、自分の子にふさわしくないと考えたのだろう。妻たちは恐れおののいて子どもたちを遺棄した。

やがてバラタ王は老いたが、後継者はできないままだった。そこで王は祭式を行った。祭式が終わると、神々は王にヴィタタという息子を与えた。

実はヴィタタは、聖仙ブリハスパティが聖仙にふさわしくない欲望に駆られて、聖仙ウタティヤの妻で、義姉にあたるママターを力ずくで犯して生まれた子だった。

ブリハスパティもママターも、生まれてきた子どもを拒絶した。ブリハスパティにとっては、己の意志の弱さを思い出させる存在であり、ママターにとっては望まない子どもだったからだ。シャクンタラーと同様、ヴィタタも両親に捨てられた子どもとなった。ヴィタタは神々に拾われて、バラタに渡されたのである。

ヴィタタは極めて有能な統治者に成長し、養子だったにもかかわらず、バラタ王から王位を譲られた。

バラタが後継者を選んだ際の基準は、血筋ではなく適性だった。これにより、世の人々の目にはバラタはこの上なく気高い王と映った。そのことが理由となって、ローズアップルが茂るジャンブードゥヴィーパの地はバラタ・ヴァルシャ、もしくは短くバーラタと呼ばれるようになった。気高いとされたバラタ王が治めた地だからである。

しかし、バラタ王の後を継いだ王たちは、バラタ王を手本としなかった。例えば、ドリタラーシュトラ王は息子のドゥルヨーダナよりも甥のユディシュティラのほうが人徳に優れていたにもかかわらず、我が子を贔屓した。

Column

❖『マハーバーラタ』によれば、ママターがブリハスパティを拒絶したのは、ブリハスパティの兄、ウタティヤと結婚していたからではなく、すでに妊娠していたからだった。この逸話は、古代社会では兄弟で妻たちを共有していたことを示唆している。

❖ママターのお腹の中の子どもは、盲目で生まれてくるという呪いをかけられた。そして生まれたのが、賢者ディールガタマスだ。ディールガタマスにはプラドゥヴェーシという妻がいた。プラドゥヴェーシは目の見えない夫の世話に疲れて、息子たちに命じて夫を川に投げ捨てさせた。ディールガタマスは木の幹にしがみついて生き延び、子どものいないバリ王に救われた。ディールガタマスはバリ王から、妃のスデーシュナーと関係をもって妊娠させてほしいと頼まれた。そうして生まれた王たちは、東方の王国アンガ、ヴァンガ、カリンガを統治した。

❖ヴィタタの物語は、聖典の詩に由来するものだが、ヴィヤーサを悩ました問題にも大いに関係がある。すなわち、「誰が王になるべきか？　王の息子か、それとも有徳の人物であれば誰でもいいのか？」という問題だ。この問題は、『マハーバーラタ』で繰り返し取り上げられることになる。

ヤヤーティ王の要求

シャルミシュターはアスラの王ヴリシャパルヴァンの娘で、デーヴァヤーニーはアスラの導師シュクラの娘だった。二人は親友だったが、ある日、喧嘩をした。

二人は池で泳いだ後、急いで身支度しようとして、デーヴァヤーニーは間違ってシャルミシュターの衣装を着てしまった。シャルミシュターは激怒して、デーヴァヤーニーを泥棒、デーヴァヤーニーの父を乞食呼ばわりした。シャルミシュターは王女の身分をかさに着て、デーヴァヤーニーを井戸に突き落とした後、怒りながら歩き去った。

デーヴァヤーニーは夜遅くに家に帰りつくと、父のシュクラにその日の出来事を語り、激しく泣き崩れたので、シュクラはアスラの王女を懲らしめてやると約束した。「王が自分の娘の振舞いについて謝罪しない限り、私は王のための祭式は一切行わないぞ」と、シュクラは言った。

ヴリシャパルヴァン王はシュクラに、機嫌を直して祭式を再開してほしいと懇願した。祭式が行われなければ、永遠の敵である神々に対して無力になってしまうからだ。「再開してもいいですよ」と、シュクラは応じた。「ただし、あなたの毒舌家の娘を罰してくださるならね。シャルミシュター王女を私の娘の侍女にしてください。そうしたら、私は祭儀場に戻りましょう」

ヴリシャパルヴァン王は同意するしかなかった。こうしてシャルミシュター王女はデーヴァヤーニーに侍女として仕えることになった。しかしながら、後になってこの屈辱は、福へと転じるのである。

シャルミシュターに井戸に突き落とされたデーヴァヤーニーを救出してくれた男性は、月神の子孫チャンドラ・ヴァンシャであるヤヤーティ王だった。王はデーヴァヤーニーの腕をつかんで井戸から引っ張り上げた。「処女である私の手を握ったからには、私を妻として連れて行くのがあなたの義務です」と、デーヴァヤーニーは聖典を根拠にして王に迫った。

「そうしよう」と、デーヴァヤーニーと同じくらい聖典を熟知しているヤヤーティ王は応じた。王はシュクラの庵を訪れて祝福を受け、デーヴァヤーニーを合法的に結婚した妻として自分の王国に連れ帰ることにした。

「私の侍女も同行させてください」と、シャルミシュターを侮辱し続けたいデーヴァヤーニーは言った。

「王妃よ、そなたが望むままに」と、ヤヤーティ王は言った。シャルミシュターはデーヴァヤーニーの嫁ぎ先に侍女として同行するしかなかった。

そしてある日、シャルミシュターはヤヤーティ王の目にとまった。二人は一目で恋に落ちた。聖職者の血筋であるデーヴァヤーニーとは異なり、シャルミシュターは王家の血筋であり、性格的にも王と気が合ったのだ。王は大いに喜び、二人は秘かに結婚して子どもも生まれた。

デーヴァヤーニーはこのことに気づかなかった。デーヴァヤーニーは、シャルミシュターの恋人は宮殿の衛兵であると信じ込まされていた。ところがある日、デーヴァヤーニーはシャルミシュターの息子がヤヤーティ王を父上と呼んでいるのを聞いてしまった。夫と侍女にだまされたことに気づいたデーヴァヤーニーは激怒して宮殿を飛び出し、父シュクラの庵に戻った。シュクラは今度も娘に泣きつかれて、娘の夫を懲らしめると約束した。

シュクラはヤヤーティ王に呪いをかけた。「王よ、あなたは老いて性的に不能となるだろう」。呪いは即座に威力を発揮した。ところが、すぐに明らかになったのは、この呪いで最も苦しむのはデーヴァヤーニー本人だということだった。老衰した夫など、誰が求めようか！　シュクラは、しかし、呪いを解くことはできなかった。シュクラにできることは、呪いの力を弱めることぐらいだった。「王よ、あなたは若さと精力を取り戻すことができるだろう。ただし、あなたの息子たちの誰かが、父親の代わりに呪いを引き受けてくれるならばだが」

ヤヤーティ王は直ちに息子たちを呼び寄せた。デーヴァヤーニーが産んだ長男のヤドゥは、父親に代わって苦しみを引き受けることを拒絶した。「時の行進を逆転させることはダルマに反するのではないですか？　父が世を捨てるべき時に、代わりに息子に世を捨てさせるのですか？」と、ヤドゥは詰問した。

そこでヤヤーティ王は、シャルミシュターが産んだ末っ子

のプールに目を向けた。プールは承諾した。

こうしてプールは老齢に苦しみ、その父親が息子の青春を楽しむことになった。息子のプールが咳き込んで、舌が回らなくなり、杖にすがっているときに、父のヤヤーティ王は妻たちを抱いて、狩りに出かけ、戦場で戦った。

しかし数年後、若さと精力は満足をもたらすものではないことを悟ったヤヤーティ王は、プールを呪いから解き放つことにした。

そして後継者を決定すべき時がくると、ヤヤーティ王は最年少ながらプールを指名した。「プールは私の代わりに苦しんでくれたからだ」と、王は理由を説明した。最年長のヤドゥは王位を拒絶されたばかりか、呪いまでかけられた。「父の代わりに苦しみを引き受けることを断ったからには、お前もお前の子孫も決して王位に就くことはないだろう」

憤慨したヤドゥはヤヤーティの王国を去って南に旅し、ナーガ族の国マトゥラーにたどり着いた。この国のナーガ族のドゥームラヴァルナは、ヤドゥの美貌と優雅なしぐさに魅了されて言った。「私の娘たちと結婚して、私の義理の息子になってください。このマトゥラーをあなたの故郷にしてください」。ヤドゥは申し出を受けた。なぜなら、マトゥラー国のナーガ族たちは王を戴いていなかったからである。マトゥラー国は長老たちの合議制で統治されていた。呪いのせいで王位に就けないヤドゥにとって、これは好都合だった。マトゥラー国でなら、ヤドゥは統治者になることができる。ヤドゥと結婚したドゥームラヴァルナの娘たちが産んだ子どもたちの子孫は、アンダカ族、ボージャ族、ヴリシュニ族など、さまざまな部族となった。ヤドゥの子孫たちは、ヤーダヴァと総称されるようになった。

このヤーダヴァの一族に生まれたのが、クリシュナだ。他のヤーダヴァ族と同様、クリシュナも王になることはなかったが、その代わりに王たちの後見人となった。

プールは、高名なクル一族の創始者になった。プールの子孫がカウラヴァとパーンダヴァだ。

ヤヤーティの呪いは、はるか後のクルクシェートラの大戦争の種をまいた。ヤヤーティの逸話は、自然な世代交代よりも息子の服従を重視するきっかけとなったからである。ヤヤーティの一件に影響されて、ビーシュマは老父が再婚するために、自身の結婚生活を犠牲にすることになるのだ。

Column

❖デーヴァヤーニーとシャルミシュターの運勢が入れ替わった話は、カルマの本質を考えるきっかけとなるだろう。不運と思えたこと（デーヴァヤーニーは井戸に突き落とされて、シャルミシュターは侍女に身を落とした）が、最後は幸運（デーヴァヤーニーは夫を得て、シャルミシュターは恋人を得た）をもたらすからだ。シュクラの呪いも、望み通りの結果をもたらさない。義理の息子よりも実の娘を罰することになったからだ。このように、およそこの地上に生きる者は誰であれ、どれほど賢明だとしても、行為の結果を予言することはできないのだ。

❖精神分析学者のフロイトが提唱したエディプス・コンプレックスの理論は、ギリシア神話の逸話を例に挙げて、母親の愛情をめぐって父親と争う人間心理を説明する。息子は常に父親に打ち勝つが、結果的に罪の意識にさいなまれる。しかしインドの精神分析学者は、この概念はインドの状況には当てはまらないと考えている。インドでは、父親に服従する息子が尊ばれる傾向があるからだ。インドの精神分析学者はエディプス・コンプレックスに代わるものとして、ヤヤーティ・コンプレックスを提唱している。それは、父親が息子の犠牲を要求・獲得する、というものだ。エディプス・コンプレックスに支配されるギリシアの世界観では、社会を受け継ぐのは次世代である。これに対して、ヤヤーティ・コンプレックスに支配されるインドの世界観では、社会を支配するのは常に旧世代である。だからインドの社会では、伝統が現代性を抑圧しているのである。

❖チャンドラ・ヴァンシャは元来、デーヴァ神族の血筋だが、ヤヤーティ王がアスラの王やバラモンの娘たちと結婚したことや、ヤドゥがナーガ族の女性たちと結婚したことは、民族や部族が混じり合ったことを示唆している。ナーガ族を殺すために蛇供犠を行ったジャナメージャヤ王は、本当のところは、自分の先祖と結婚した血縁関係のある人々を殺戮したのである。

❖ヴェーダ時代のインドでは、男性が結婚を許される女性は、男性と同じ身分か、男性よりも低い身分の女性だった。ヤヤーティ王とデーヴァヤーニーは、この常識からは外れていた。なぜならバラモンの娘であるデーヴァヤーニーはヤヤーティ王よりも身分が上だったからである。これはプラティローマ婚と呼ばれ、聖典によれば不適切だった。一方、王女でありながら侍女となったシャルミシュターとの関係は、アヌローマ婚という身分の低い女性との結婚であり、むしろ適切とみなされた。それゆえ、身分の低いシャルミシュターとの子であるプールのほうが、身分の高いデーヴァヤーニーとの子であるヤドゥよりもヤヤーティ王の息子にふさわしいとされたのである。

❖マトゥラー国の合議制は、ナーガ族が原始的な民主主義的政治体制をとっていた部族であることを示唆していると、歴史家たちは考えている。おそらくナーガ族は、アレクサンドロス大王の侵略後にインドに定着したインド・グリーク朝の子孫か、関係のある部族だったのだろう。

❖ヤドゥとナーガ族の女性たちの子孫にまつわる物語の出典である『カラヴィール・マハートミヤ』には、寺院建築で有名なマハーラーシュトラ州コールハープル周辺の伝説が集められている。『カラヴィール・マハートミヤ』をクリシュナに語り聞かせたのは、ヤーダヴァ族の長老ヴィカドゥルである。

王女マーダヴィーの許し

ヤヤーティ王の娘であるマーダヴィーの運命は、四人の王の母となることだった。ある日、賢人ガーラヴァがヤヤーティ王を訪ねてきて、片耳だけ黒い白馬八〇〇頭をもらいたいと願い出た。ガーラヴァはこの馬たちを師であるヴィシュヴァーミトラに贈るつもりだった。

ヤヤーティ王はガーラヴァが望むような馬を所有していなかった。とはいえ、賢人を手ぶらで帰らせるわけにもいかず、娘のマーダヴィーをガーラヴァに与えた。「王の父親になりたい男四人に娘を差し出して、それと引き換えに各人からそれぞれ二〇〇頭の片耳だけ黒い白馬をもらうがよかろう」

そこでガーラヴァは、マーダヴィーを地上に住まう人間界の王たちに提供した。三人の王が申し出を受け入れた。三人の王はマーダヴィーとの間に息子をもうけたので、ガーラヴァは六〇〇頭の馬を手に入れることができた。最後にガーラヴァは師のヴィシュヴァーミトラを訪れて言った。「あなたが求めた八〇〇頭の馬のうち、六〇〇頭を連れてきました。あなたはこの乙女、ヤヤーティ王の娘のマーダヴィーに息子を産ませることができます。これは残りの二〇〇頭の馬に匹敵することですよ」。ヴィシュヴァーミトラは馬と乙女を受け取って、乙女に息子を産ませた。こうしてガーラヴァは師に謝礼を納めることができた。

四人の息子を産んだ後、マーダヴィーは父のもとに戻った。父王は娘に結婚させてやろうと言ったが、マーダヴィーは苦行者になる道を選んだ。

王位をプールに譲った後、ヤヤーティはこの世を捨てて天界に昇った。しかし、ヤヤーティが天界の快楽を享受できたのは、ごく短い間だった。神々に追放されてしまったのである。ヤヤーティが説明を求めると、神々は答えた。「ヤヤーティよ、お前が積んできた善徳が尽きてしまったからだ」

ヤヤーティが地上へと転落していった先は、娘のマーダヴィーが苦行を行っている森だった。父を気の毒に思ったマーダヴィーは、今は立派な王となっている四人の息子たちのところに行って、各人の善徳の四分の一を祖父に分け与えてやってほしいと頼んだ。当初、息子た

ちは拒絶した。「母上、あなたを物のように扱い、王たちの間でたらい回しにして利益を得た男に、私たちの善徳を分けてやってほしいなんて、よくも頼めたものですね」

マーダヴィーは言った。「なぜなら、あの人は私の父で、あなたたちは私の息子だからです。あの人が過去に行ったことを変えることはできません。それに私は怒りの虚しさと許しの力を知っています」。この母の言葉に心を打たれて、四人の息子たちは母の願い通りに、自分たちの善徳の一部を祖父に与えた。

ヤヤーティは再び善徳を積んだ身となって、娘に感謝しつつ、神々のいる天界へと戻った。

やがて、マーダヴィーの英知は忘れ去られた。パーンダヴァもカウラヴァも許しの価値を学ばなかった。そのことが最終的にクル族に致命的な打撃を与えるのである。

Column

❖ヤヤーティ王の逸話で詳しく述べられているのは、カルマの概念だ。悪徳と善徳は世代間を超えて受け継ぐことができる。父親のパーパ（悪徳）は息子に受け継がれるので、ヤドゥとその子孫たちはヤヤーティの呪いを甘受することになった。同様に、父親は子どもたちのプニヤ（善徳）から利益を得ることができる。だから、マーダヴィーの息子たちは祖父を天国に復帰させることができたのだ。

❖ヤヤーティ王は息子たち、娘たちを自分のために利用した。プールは父が受けた呪いのために苦しみ、マーダヴィーはガーラヴァによって事実上、売春をさせられた。もっとも、プールは苦しんだ分、王位に就くという恩恵も受けた。一方、マーダヴィーは森に隠棲して、時間をかけて怒りを鎮めた。さらには父を許して、父が天国に昇る手助けさえした。苦行を実践することで、怒りを乗り越える――それは『マハーバーラタ』で繰り返し取り上げられるテーマである。

第二巻

両親

「ジャナメージャヤ王よ、あなたの家系では、
息子はその父のために苦しんできました」

マハービシャ、シャンタヌ王に転生

生前に功徳を積んだおかげで、マハービシャ王は天界に入ることを許された。マハービシャ王は天界で神々とともにアプサラスの舞やガンダルヴァの音楽を楽しんだ。飲む者を喜びで満たすスラー酒を口にすることも許された。カルパタルという神木、カーマデーヌという神牛、チンターマニという宝珠に触れることさえできた。これらはみな、あらゆる望みをかなえ、あらゆる欲求を満たすという威力を具えていた。

ところが、川の女神ガンガーがインドラ神のサバー（集会場）を訪れたとき、そよ風にあおられてガンガー女神の上衣が落ち、胸が露わになった。その場に居合わせた神々はガンガー女神への敬意から目をそらしたが、マハービシャはガンガー女神の美しさに魅せられて、臆面もなく見つめ続けた。マハービシャが欲望を抑えようとせずにさらけ出したことに怒ったインドラ神は、マハービシャに呪いをかけて地上の人間界に戻してしまった。

マハービシャの恥知らずな凝視をむしろ楽しんでいたガンガー女神もまた、インドラに命じられてアマラーヴァティーを去ることになった。そし

て、アマラーヴァティーに戻りたければ、マハービシャを失意に陥れなければならぬとも言い渡された。マハービシャはハスティナープラの都でプラティーパ王の息子シャンタヌに生まれ変わった。プールの子孫であるプラティーパ王は、子どもたちが自分に代わって王国を統治できるまでに成長したと見定めるとすぐに隠退した。本来、王位は長男であるデーヴァーピが継ぐべきだったが、デーヴァーピは皮膚病を患っており、法の定めによれば、肉体的な欠陥をもつ人間は王になれなかった。そこで弟のシャンタヌが代わりに王位に就いた。デーヴァーピはシャンタヌの陰で生きることを良しとせず、托鉢僧になる道を選んだ。

ある日、プラティーパが川岸で瞑想していると、ガンガー女神が現れてプラティーパの右膝に座った。「美しいご婦人よ、あなたは私の右膝に座りましたね。もし左膝に座ったならば、あなたは私の妻になることを望んでいるという意味になる。しかし、右膝に座ったということは、あなたは私の娘になりたいのですね。あなたの望みは何ですか?」

「私はあなたの息子シャンタヌ王と結婚したいのです」と、ガンガー女神は言った。

「よろしいでしょう」と、プラティーパは応えた。

数日後、シャンタヌ王が父に敬意を表するために川岸にやってくると、プラティーパは息子に言った。「いずれガンガーという美しい女性が現れて、お前の妻になりたいと言うだろう。その望みをかなえてやりなさい。それは私の望みでもあるからだ」

間もなく、シャンタヌ王はイルカの背に乗るガンガーを見かけた。王は一目で恋に落ちた。「私の妻になってください」

「よろしいでしょう」と、ガンガー女神は応えた。「ただし、私の行為に一切口を挟まないことを約束してくだされば」。恋心と父との約束に突き動かされて、シャンタヌ王は同意した。そこでガンガー女神は館に帰る王に付き従った。

すぐに、ガンガー女神はシャンタヌ王の最初の息子を出産した。ところが喜ぶ間もなく、ガンガー女神は赤ん坊を産み落とすやいなや、その子を川に沈めてしまった。ガンガー女神の行為に戦慄しながらも、王は何も言わなかった。美しい妻を失いたくなかったからである。

一年後、ガンガー女神はシャンタヌ王の第二子を出産した。ガンガー女神はこの子も川に沈めた。このときも、王は抗議の声を上げなかった。こうしてガンガー女神は子を産んでは川に沈め、その数は七人に及んだ。そのたびに王は何も言わなかった。

しかし、ガンガー女神がシャンタヌ王の八番目の子を沈めようとしたとき、王は叫んだ。「やめろ！　この無慈悲な女め！　その子を殺すな！」

ガンガー女神は手を止めて微笑んだ。「夫よ、あなたは約束を破りましたね。かつてウルヴァシーがプルーラヴァスのもとを去ったように、今こそ私があなたのもとを去るときが来ました。私が殺した子どもたちは、八柱のヴァス神のうちの七神です。彼らはヴァシシュタの牛を盗んだ罪で人間に転生したのです。ヴァス神たちの願いで、私は彼らの母となり、彼らがこの地上に留まる時間をできる限り短くして、地上に生きる不幸を取り除こうとしたのです。しかし、ああ、何ということでしょう、私は最後の神を救うことができなかった。シャンタヌ王よ、あなたが助けた八番目のヴァス神は、地上で生きることになってしまった。さぞや、恐ろしい生となることでしょう！　男に生まれたのに、結婚することもなければ、王位に就くこともないでしょう。家族を持たないのに、家長として生きることを余儀なくされるでしょう。そして最後は恥辱にまみれて、本来は女であるはずだった男の手にかかって死ぬでしょう」

「あり得ない、そんなことには絶対させないぞ」と、シャンタヌ王は叫んだ。

「では、あなたの息子は私が連れて行きます。武術の達人である賢者パラシュラーマのもとで学ばせ、立派な武人に育て上げましょう。結婚にふさわしい年ごろとなり、王位に就くにもふさわしくなったら、あなたのもとに遣わしましょう。そのとき、私たちも再会しましょう」。そう言い残して、ガンガー女神は息子を連れて姿を消した。シャンタヌ王は一人置き去りにされた。

Column

❖『マハーバーラタ』で非常に重視されているのが、カルマの法則だ。カルマの法則に従えば、この世には自然発生的なものなど存在しない。すべては過去が原因となって、起きるべくして起きるのである。シャンタヌ王はガンガー女神と恋に落ちるが、前世の出来事が原因で失意に陥った。ガンガー女神の子どもたちも、その前世の出来事が原因となってガンガー女神に殺される。八番目の子どもがガンガー女神に殺されるのを阻止したシャンタヌ王のように、カルマの循環を妨げると、結局は利よりも害をもたらすことになる。一見すると善い行為と思えることが、必ずしも善い行為であるとは限らない。なぜなら、人知を超えた要因が常に働いているからだ――そのことを『マハーバーラタ』の物語は繰り返し思い出させてくれる。

❖八柱のヴァス神は、宇宙を構成する四大元素（地、風、火、水）と関係のある古代のヴェーダの神々である。ヴァシシュタの牛を盗んだパーパ（悪徳）のために、ヴァス神たちは限りある命の人間に転生することになった。ヴァス神たちのリーダー格であるプラバーサは妻のために牛を盗んだので、他の七柱の神々よりも多くの苦しみを受けることになり、シャンタヌ王の息子デーヴァヴラタ（後のビーシュマ）となって悲惨な人生を長々と送るのである。

❖『マハーバーラタ』の著者であるヴィヤーサは、ガンガー女神が示した結婚の条件を鵜呑みにしたシャンタヌ王を例に挙げることで、情欲の危険性と父親への盲目的な服従の危うさを指摘した。人間の悲劇の根底には、人間の愚かさがあるのだ。

❖〝象の都〟という意味の「ハスティナープラ」の名のもとになったハスティンは、パーンダヴァの祖先にあたるが、どのような人物だったかはほとんどわかっていない。ハスティンはプールの別名だという説もある。『マハーバーラタ』の時代、現在のパンジャーブ州とハリヤーナー州にあたる地域を象の群れが闊歩していたことを、〝象の都〟という都市名は示唆しているのだろうと、研究者たちは考えている。

❖ジャイナ教の年代記では、ハスティナープラは太古に神々が築いた都市だとされている。ジャイナ教の大寺院はすべて、ティールタンカラと呼ばれる二四人の祖師に捧げられたものだが、そのうちハスティナープラにあるのは、シャーンティナータ寺院、クントゥナータ寺院、アラナータ寺院である。

ビーシュマの自己犠牲

ガンガーが産んだ八番目の息子、デーヴァヴラタ王子は武術に優れた美丈夫に育った。母ガンガーが息子デーヴァヴラタ王子を父王のもとに戻すと、ハスティナープラの人々は王子を敬慕し、その即位の日を待ち望んだ。しかし、その日は決して来ることはなかったのである。

シャンタヌ王は再び恋に落ちた。王が恋い焦がれたのは、ガンガー川の渡し船の船頭で女漁師のサティヤヴァティーだった。王はサティヤヴァティーとの結婚を切望した。しかし、サティヤヴァティーもガンガーと同様、王の求婚を受け入れるに先立って条件を示した。サティヤヴァティーは自分が産んだ子どもだけが跡継ぎになれると確約することを求めた。どうすればこの条件を満たすことができるだろうと、王は途方に暮れた。なぜならデーヴァヴラタ王子がすでにハスティナープラの王太子だったからである。

デーヴァヴラタ王子は父の苦悩の原因を知ると、サティヤヴァティーのもとを訪れて、こう言った。「父上があなたと結婚できるように、私は王位請求権を放棄します」

漁師を束ねる族長だったサティヤヴァティーの父親は、デーヴァヴラタ王子の決意に感動したが、満足はしなかった。「王子よ、きっとあなたの子どもたちは、私の娘の子どもたちと王位を争うだろう。そうならないと約束できるのか」

デーヴァヴラタ王子は微笑んで、ためらいも後悔もなく決意を述べた――その決意が、一族の歴史の進路を大きく変えることになるのだが。「私は結婚しません。女性と交わることもなければ、子どもの父親となることもないでしょう」

デーヴァヴラタ王子の誓いは、全宇宙のあらゆる存在を驚嘆させた。神々も感動して、天から花々をデーヴァヴラタ王子に降り注ぎ、「最も恐るべき誓い」を立てた人物を意味する「ビー

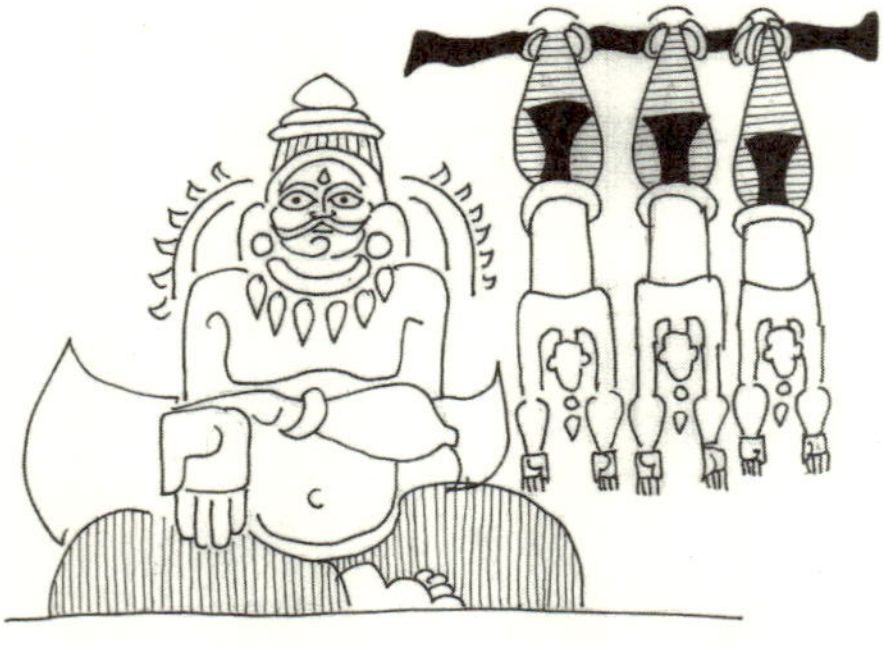

シュマ」を新たな名として与えた。デーヴァヴラタ王子が立てた誓いは、それほどまでに過酷なものだったのだ。父親となって子どもを残さなければ、死後の転生を手助けしてくれる者がこの地上に誰一人いなくなるからだ。そうなれば、ヴァイタラニー川の向こうにある死者の地で永遠に生きることになる。このことを憐れんだ神々は、ビーシュマとなるデーヴァヴラタ王子に、死期を選択できる力を与えることにした。

デーヴァヴラタ王子が独身の誓いを立てたことで、シャンタヌ王がサティヤヴァティーと結婚することを邪魔する障害はなくなった。

Column

❖ビーシュマの誓いは、父親のために息子が自身の幸福を犠牲にすることを賞賛する、ヤヤーティ・コンプレックスの一例である。

❖ジャイナ教の影響を受けた『マハーバーラタ』の再話本では、デーヴァヴラタがサティヤヴァティーを安心させるために、絶対に子どもをつくれないように自ら去勢したことが暗示されている。

❖人間は年齢相応に振舞うべきだとするアーシュラマ・ダルマに従えば、シャンタヌ王は先代の父プラティーパ王と同様に引退して、デーヴァヴラタ王子を家長に据えるのが理想だった。『マハーバーラタ』の本質は、デーヴァヴラタ王子の誓いの結果――すなわち旧世代が自身の快楽のために新世代の幸福を犠牲にした結果――を語ることにある。

魚から生まれた娘

サティヤヴァティーは平凡な女漁師ではなかった。サティヤヴァティーの父はウパリチャラ王だった。ウパリチャラ王は狩りの途中に木陰で休んでいたとき、妻を恋しく思うあまり射精してしまった。この精液を無駄にしたくなかったウパリチャラ王は、精液を木の葉で包み、それを鸚鵡《おうむ》に妻のもとへ運ばせて、妻が身ごもれるようにした。

ところが鸚鵡は途中で鷹に襲われて、精液の包みを川に落とし、その包みを一匹の魚が食べてしまった。実は、この魚はギリカーという名のアプサラス（水の精）で、人間の子どもを産むまでは魚の姿のままであるというブラフマーの呪いをかけられていたのだ。

数日後、漁師がこの魚を捕らえて、その腹に双子——男の子と女の子——がいるのを見つけた。漁師たちはこの双子をウパリチャラ王に捧げた。王は男の子だけを引き取り、女の子は漁師の一族に育てさせることにした。漁師の族長は女の子を自分の娘として育てた。女の子はサティヤヴァティーと名付けられたが、ひどく魚臭いのでマツヤガンダーと呼ばれてからかわれた。

マツヤガンダー（サティヤヴァティー）はガンガー川の渡し船の船頭となった。ある日、マツヤガンダーはパラーシャラという賢者を船に乗せた。パラーシャラは川の真ん中で、マツヤガンダーを抱いて子どもを産ませたいと言い出した。「そんなことされたら、誰も私と結婚してくれなくなるわ」とマツヤガンダーは言った。

「大丈夫だ」と言って、パラーシャラは渡し船を霧のカーテンで隠した。「私の魔法の力で、お前はあっという間に子どもを産んで、処女性も回復できると約束しよう。さらに、二度と魚臭くならないようにしてあげよう。男たちがうっとりするような芳香を放つ体にしてあげよう」

渡し船が対岸に着くまでの間にマツヤガンダーは恋人となり、母親となり、処女となり、芳香を放つ女性となった。この契りで生まれた子どもは、パラーシャラが育てることになった。子どもは「川の中の島で生まれた黒い子ども」という意味のクリシュナ・ドゥヴァイパーヤナと名付けられた。この子は後にヴィヤーサの名で知られるようになって、聖典を編纂する。

マツヤガンダーの新たな香しい肉体はシャンタヌ王の心をとらえ、彼女をハスティナープラの女王へと押し上げるのである。

Column

❖ウパリチャラ王が森で射精した精液を魚が食べた、という逸話は、おそらく王と漁師の女性との軽はずみな行為を糊塗するためのものだろう。

❖サティヤヴァティーが自分の子どもを王にすることを要求した背景には、王である父ウパリチャラが双子の男子だけを選んで、女子の自分は拒絶して漁師に育てさせたことへの憤りがあるのかもしれない。物語が進展するにつれて、サティヤヴァティーが自分の運命を変えようとして自暴自棄に陥ったり、残酷な仕打ちをしたりする有様に、語り手ヴィヤーサは注目していく。

❖パラーシャラとマツヤガンダーの逸話は、年長で力のある賢者が若い娘を性的に搾取した物語とも、ヴェーダ時代には一般的だった性的接待——客人や賢者や王者に、接待側の父親や夫が娘や妻を提供した——とも解釈できる。もしくは、マツヤガンダーは賢者に性的な贈り物をすることで、賢者を手玉に取ろうとしたと見ることもできるだろう。

二人の王女たち

やがて、サティヤヴァティーはシャンタヌの息子を二人産んだ。それがチトラーンガダとヴィチトラヴィーリヤだ。その後間もなく、シャンタヌ王は妻子をビーシュマの庇護に委ねて死去した。サティヤヴァティーは息子たちが早く成長して、結婚して子どもをなすことを望んだ。偉大な王統の母となろう——サティヤヴァティーはそう心に決めていたのである。

ところが不幸にも、チトラーンガダは結婚する前に死んでしまった。尊大な男だったチトラーンガダは、同じ名を持つガンダルヴァに戦いを挑まれて、長期にわたる激闘の末、殺されてしまった。

一方、ヴィチトラヴィーリヤは病弱で、自分では妻を見つけることができなかったので、ビーシュマが嫁探しを任された。

ちょうどそのころ、カーシ王国の王がスヴァヤンヴァラ（婿選び）を開催することになり、三人の王女アンバー、アンビカー、アンバーリカーの婿が参加者の中から選ばれることになった。ヴィチトラヴィーリヤは招待されなかった。その理由について、ヴィチトラヴィーリヤは不能で花婿とするにふさわしくないことが知れ渡っているからだという者もいれば、これはビーシュマに対する復讐だ、ビーシュマはカーシ国王の姉妹と婚約していたのに未婚の誓いを立てて、結果的に婚約者をひどい目にあわせた、しかもそのことを身勝手にも無視している、と言う者もいた。

ビーシュマは婿選びに招待されなかったことを、家門の尊厳を傷つける侮辱と受け取った。ビーシュマはカーシ王国に馬車で乗り付け、集まっていた招待客たちを蹴散らして、三人の王女を誘拐した。ビーシュマ

は三人の王女を弟に与えた。

しかし、長女のアンバー王女はすでにシャールヴァ国の王と恋仲であり、父のカーシ国王が開催した婿選びでは、招待客の中からシャールヴァ国王を自分の婿に選ぶつもりだった。アンバー王女は懇願した。「私を愛する人のもとへ行かせてください。妻は二人いれば十分でしょう。三人目は必要ないはずです」。可哀そうに思ったヴィチトラヴィーリヤとビーシュマは、アンバー王女を恋人のもとへ行かせた。

ところが、シャールヴァ国王はアンバー王女を引き取ることを拒否した。「他人にさらわれた女がお情けで送り返されてきたところで、王妃にできるわけがないだろう」

屈辱と怒りにまみれたアンバー王女はヴィチトラヴィーリヤのもとに戻ってきて、憤然として言った。「一度手放したものは、二度と取り戻せないのですよ」

次いでアンバー王女はビーシュマのもとへ行って、自分を妻にするよう要求した。「あなたがすべての元凶です。あなたが私をさらわなければ、私はこんな目にあわなかった。あなたは私に対して責任を取らなければならない。さらに言えば、私たちが乗せられたのはあなたの馬車であって、あなたの腹違いの弟の馬車ではないのだから、あなたこそ私たち姉妹の正当な夫です」

ビーシュマは一切耳を貸さなかった。手を振ってアンバー王女を追い払った。「私は誓いを立てているので、いかなる女性とも関係を持つことはできない。シャールヴァ国王もヴィチトラヴィーリヤもあなたが要らないのなら、どこへなりと好きなところへ行けばいい」

アンバー王女は泣き叫んだ。「あなたは私の人生を台無しにした。あなたの誓いが結婚の妨げになるというなら、どんな権利があって私をさらったのです？　もう私は誰の妻にもなれないわ」

アンバー王女は恨みを晴らしてくれる戦士を求めて世をさまよったが、クシャトリヤたちは誰もがビーシュマを恐れていた。そこでアンバー王女は、ビーシュマの師であるパラシュラーマに助けを求めた。

パラシュラーマはバラモンであり、クシャトリヤを恐れていなかった。本音では憎んでさえいた。パラシュラーマはクシャトリヤに父を殺されて飼牛を盗まれたので、クシャトリヤを懲らしめようと斧を取り、有力なクシャトリヤ五部族を虐殺して、その血で五つの湖を満たした。サマンタ・パンチャカという名で知られる、これら五つの湖はクルクシェートラにあった。クシャトリヤは誰もが、パラシュラーマの名前を聞くと震えあがった。パラシュラーマは自分の行く手を阻むクシャトリヤはすべて殺害すると誓っていた。

アンバー王女の話に衝撃を受けたパラシュラーマは、直ちにビーシュマに戦いを挑んだ。激闘は数日にわたって続いた。しかしついに、パラシュラーマは降参した。「誰もビーシュマを

打ち負かすことはできない。ビーシュマ本人が死を望まない限り、誰もビーシュマを殺せない。もし戦い続けたら、我々両人はこの世を破滅させる武器を解き放つことになるだろう。だから、戦いは止めなければならない」と、パラシュラーマは言った。

絶望したアンバー王女は、神々がビーシュマを殺す方法を教えてくれるまでは食事も睡眠もとらないと誓いを立てた。

アンバー王女が数日にわたって片足で山頂に立ち続けると、ついにシヴァ神がその恐ろしげな姿を現した。シヴァ神は告げた。「そなたはビーシュマの死の原因となるだろう。ただし、それはそなたの来世においてだ」。それを聞いたアンバー王女は、ビーシュマの死期を早めてやろうと決意して、火に飛び込んで自殺した。アンバー王女はパーンチャーラ国王ドルパダの家にシカンディンとして転生し、ビーシュマに復讐する運命を成就させるのである。

Column

❖一五世紀にカビ・サンジャイがベンガル語で書いた『マハーバーラタ』では、チトラーンガダは結核で病死し、ヴィチトラヴィーリヤはビーシュマの留守中にビーシュマの宮殿に立ち入って、ビーシュマが飼っていた象を制御できずに殺された、ということになっている。

❖ヴィチトラヴィーリヤという名前の〝ヴィチトラ〟は「奇矯な」、〝ヴィーリヤ〟は「男性」を意味するので、おそらくヴィチトラヴィーリヤは虚弱か性的不能、あるいは男でも女でもない無性か同性愛者だったのだろう*。いずれにせよ、自力で花嫁を得ようという意志も能力もない、男らしさに欠けた人物だったに違いない。

❖アンバー王女の逸話で注目すべきは、ヴェーダ社会の女性たちがその地位を次第に低下させていく有様である。『マハーバーラタ』に登場する女性たちでは、ウルヴァシー、ガンガー、サティヤヴァティーは求婚者に自分の要求を突きつけることができたが、アンバー王女とその姉妹たちは戦利品として請求される身、つまり所有物にすぎなかった。『マハーバーラタ』時代を分析したイラーヴァティー・カルヴェーの著作『ユガーンタ』は、この叙事詩から読み取れる時代の変遷について詳しく述べている。

ヴィチトラヴィーリヤ王の子どもたちの誕生

ヴィチトラヴィーリヤは子をなさぬままで死去した。

何人もの王たちの母になるというサティヤヴァティーの夢は潰えた。そこでサティヤヴァティーはビーシュマに、弟の未亡人となった妻たちを妊娠させてほしいと頼んだ。「ダルマに関する聖典で定められているニヨーガの法によれば、嫁たちが産んだ子どもたちは全員、

* 監訳注：サンスクリット語で「美しく英邁な」という意味もある。

亡くなった夫であるヴィチトラヴィーリヤのものです。ビーシュマよ、私の息子がなせなかったことをなしてください」

ビーシュマは答えた。「法はそう定めているかもしれませんが、私は禁欲の誓いを立てています。確かに私がこの誓いを立てたのは、あなたのためだ。しかし、そのあなたの願いであっても、誓いを破るわけにはいかないのです」

サティヤヴァティーは半狂乱になって、今度は最初に産んだ息子クリシュナ・ドゥヴァイパーヤナを呼び寄せた。息子は父親のパラーシャラのもとで暮らしていたのだ。当時、すでにヴェーダを四巻までまとめていたクリシュナ・ドゥヴァイパーヤナを、誰もが〝ヴィヤーサ〟(編纂者)と呼んでいた。その息子に向かって、サティヤヴァティーは言った。「私の息子の二人の未亡人たちを妊娠させてちょうだい」

ヴィヤーサは答えた。「承知しました、それがあなたの望みなら。しかし、一年間の猶予をください。私は一四年間、苦行しながら森で暮らしてきました。私の髪はモジャモジャ、肌はゴワゴワです。こんな強面《こわもて》では、ご婦人方を怖がらせてしまうでしょう」

しかし、サティヤヴァティーは苛立った。「そのままでいいから、すぐに行ってちょうだい。嫁たちはあなたを歓迎するでしょう。私はこれ以上待てないわ」

母に逆らいたくなかったので、ヴィヤーサは最初にアンビカーのもとを訪れた。アンビカーはヴィヤーサの風体にゾッとして、目を閉じたままヴィヤーサに抱かれた。そのため、ヴィヤーサがアンビカーの腹に宿らせた子どもは、盲目で生まれてきた。盲目の子どもは、ドリタラーシュトラと名付けられた。

次に、ヴィヤーサはアンバーリカーのもとを訪れた。アンバーリカーはヴィヤーサを見て真っ青になった。そのため、アンバーリカーが腹に宿したのは青白い虚弱な子どもで、パーンドゥと名付けられた。

出来損ないの孫が生まれたことにがっかりしたサティヤヴァティーは言った。「もう一度、アンビカーのところへ行ってちょうだい。あの子も今度は目を閉じないでしょう」

ヴィヤーサは母に言われたとおりにした。しかし、臥所にいたのはアンビカーではなく、アンビカーの侍女だった。侍女は恐れることなく、ヴィヤーサと愛し合った。侍女が産んだのは健康な賢い子どもで、ヴィドゥラと名付けられた。

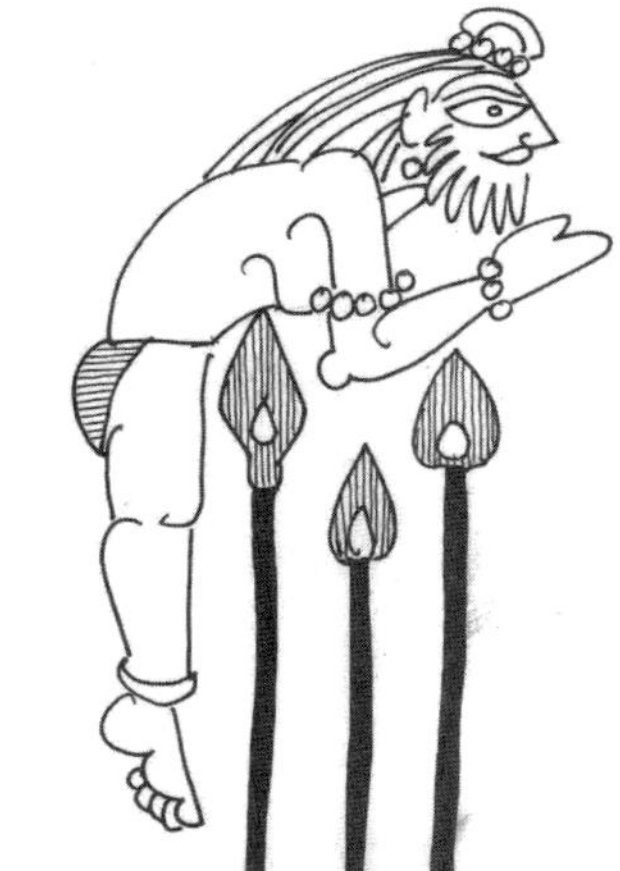

ヴィドゥラは王となるにふさわしい資質を具えていたが、侍女が産んだ子どもということで、王位に就くことは許されなかった。

実はヴィドゥラは、死の神ヤマが呪いによって転生した、ヤマの生まれ変わりだった。どうしてそのようなことになったかを説明しよう。

あるとき、盗賊の一団が賢者マーンダヴィヤの庵に逃げ込んだ。マーンダヴィヤは瞑想にふけっていたので、盗賊たちが隠れていることに全く気づかなかった。盗賊一味が王の兵士たちに捕まったとき、マーンダヴィヤは盗賊をかくまった罪に問われて拷問を受け、ついには串刺しの刑に処された。マーンダヴィヤは死を司る神ヤマの前に立つと、生前に生き物を傷つけたことはなかったのに、なぜこんな苦しみを受けるのか、と説明を求めた。ヤマは答えた。「いや、お前は生き物を傷つけた。お前は子どものころ、小虫を藁しべで刺して遊んだことがあるのだ。お前の苦しみは、そのときのカルマの負債のあがないだ」。そこでマーンダヴィヤは、無垢な子ども時代に犯した罪で罰せられるのは公正ではない、と主張した。しかし冷徹なヤマは「これはカルマの法である」と応じた。激怒したマーンダヴィヤはヤマに「人間に転生して、統治者として完璧な資質を具えながら、王となれない運命に苦しむがいい」と、呪いをかけた。そうして生まれたのがヴィドゥラだった。

ドリタラーシュトラ、パーンドゥ、ヴィドゥラの三人を、ビーシュマは我が子のように育て上げた。この状況の皮肉さは、誰の目にも明らかだった。決して家族を持たないと誓ったビーシュマが、父の家族——継母、未亡人となった二人の義妹、その侍女、三人の甥——に取り込まれてしまったのだ。

Column

❖ビーシュマは、クルの血統の最後の一人である。ビーシュマの父がサティヤヴァティーに産ませた弟たちは、子どもをもうけることなく亡くなった。つまり、王家の子どもたちは実際にはクルの血筋ではないのだ。彼らは王家の嫁たちが他の男ともうけた子どもたちだ。

❖人間は天命を何とか変えようとして法を定めたが、その法は極めて脆弱なものだ――ヴィヤーサは『マハーバーラタ』でそう主張している。サティヤヴァティーの息子たちは子どもをもうけずに亡くなったが、ニヨーガの法に従えば、死後も父親になれるのだ。こうしてドリタラーシュトラとパーンドゥは、彼らの母親たちを妊娠させたのはヴィヤーサであるにもかかわらず、ヴィチトラヴィーリヤの〝息子〟となった。

❖法の定めによれば、合法的に結婚した妻が産んだ子どもだけが正当な息子であり、内縁関係で生まれた子どもは除外された。だからパーンドゥとドリタラーシュトラだけが王となることができ、ヴィドゥラは最も資質に恵まれていたのに王位に就けなかった。

❖ヴィドゥラの前世に関する逸話は、なぜ善人に不幸が訪れるのかを説明するためのものだ。カルマの法に従えば、無知あるいは無垢ゆえの行動であっても、今生あるいは来世において、相応の報いを受けることになる。

❖死の神ヤマは、道徳の神ダルマと同一視される。死と運命を冷徹に司る神は、カルマの法が厳守されることも保証する。

第三巻

誕生

「ジャナメージャヤ王よ、あなたの家では、神々に妻たちのもとを訪れるよう願うことで、不毛な男も父親になれたのです」

サティヤヴァティーの孫嫁

ハスティナープラの都の南、ヤムナー川の畔に、ヤーダヴァ族が長老による合議制で統治している、マトゥラーという豊かな国があった。長老の一人、シューラセーナの娘プリターは、シューラセーナの従兄弟のクンティボージャの養女となって、名をクンティーと改めた。

クンティーが結婚するにふさわしい年齢になると、婿選びの行事スヴァヤンヴァラが開催されて、クンティーは集まった客人の中からパーンドゥを夫に選んだ。

ちょうど同じころ、ガンダーラ王の娘ガーンダーリー王女がハスティナープラの都にやってきて、ドリタラーシュトラと結婚した。ガーンダーリー王女は結婚するまで、夫が盲目であることを知らなかった。ガーンダーリー王女はその事実を知ると、夫の苦しみを分かち合うために、自ら目隠しをして生きることを決意した。

理由は明らかではないが——おそらくパーンドゥがクンティーとの間に子をなすことができなかったからではないかと思われるが——パーンドゥは二人目の妻をめとった。それがマドラ国のシャリヤ

王の妹、マードリーだった。通常、二人目の妻がめとられるのは、一人目の妻の不妊が疑われるときだ。しかし、クンティーには妊娠できる証拠があった。クンティーは結婚する前に、秘かに子どもを一人産んでいたのだ。たぶん、クンティーの婚前交渉の噂はクンティーの評判を貶めて、そのことが二人目の妻をめとる根拠となったのだろう。

ドリタラーシュトラはパーンドゥよりも年長だったが、生まれつき目が見えなかったので、王位に就くことはできなかった。シャンタヌがデーヴァーピに代わって王位に就いたように、パーンドゥがドリタラーシュトラに代わって王位に就いた。この決定により、盲目の王子は強い嫉妬心を抱くことになるが、反発を公言することはなかった。なぜなら、法は気まぐれであることを、ドリタラーシュトラは熟知していたからだ。ドリタラーシュトラをヴィチトラヴィーリヤの合法的な息子とする法がある一方で、ドリタラーシュトラが王位に就くことを阻む法もあった。夜の寝室で、盲目の王子は妻にささやいた。「ガーンダーリーよ、急いでパーンドゥよりも先に息子をもうけよう。そうすれば、その子は私に権利があったものを請求できる」

Column

❖ヴェーダの聖典は、男女が一緒になる方法を八つに分類している。（一）ガーンダーリーがしたように、苦境にある男性を助けるための慈悲として女性が嫁ぐ場合、これをプラジャーパティ（万物の創造主）婚と呼ぶ。（二）花嫁本人が望まれるのではなく、持参金目当てでめとられる場合、これをブラーフマ（創造主ではあるが、自身が創造したものの罠にかかる神）婚と呼ぶ。(三)父親が受けた便宜の対価として娘を嫁がせる場合、これをダイヴァ（天空の神々）婚と呼ぶ。(四)宗教的な目的のために、雌牛と雄牛を添えて娘を嫁がせる場合、これをアールシャ（聖仙）婚と呼ぶ。(五)シャクンタラーとクンティーのように、女性が自由に夫を選んだ場合、これをガーンダルヴァ（天界の楽師）婚と呼ぶ。(六)マードリーのように、女性が金銭で買われた場合、これをアースラ（地下世界で富を貯め込んでいる魔族）婚と呼ぶ。(七)アンビカーとアンバーリカーのように、女性が誘拐された場合、これをラークシャサ（森に棲む野蛮人）婚と呼ぶ。(八)女性が強姦された場合、これをパイシャーチー（吸血鬼）婚と呼ぶ。

❖目が見えない夫の状態を共有するために、自身も目隠しをしたガーンダーリーは、「完璧な妻」を意味する〝サティー〟の地位を獲得した。『マハーバーラタ』では、後にガーンダーリーがこの自己犠牲によって神秘的な力を授かったことが述べられている。一方、ガーンダーリーが目隠しをしたのは、盲目の男性と結婚させられたことへの反発を示す怒りの行為だと解釈する劇作家もいる。夫に利用されるよりは、自らの能力を奪うほうを選んだというわけだ。

❖グジャラート語で書かれたドゥングリ・ビール族の『ビール・バーラタ』は、クンティーとガーンダーリーを母神シャクティに結びつけている。かつて七人の聖仙が忙しく苦行を執り行っていた。シヴァ神とシャクティ女神は興味をそそられて、つがいの鷲の姿となって聖仙たちのもとを訪れた。しかし、風にあおられた雌鷲は、聖仙の三叉矛に刺さってしまった。これを見た聖仙たちは動転して、神秘の力を行使して死んだ雌鷲を生き返らせることにした。すると、死んだ雌鷲から二人の女性が出現した。骨からはガーンダーリーが、肉からはクンティーが現れたという。
❖法の定めによれば、身体的に健全な男性でなければ王になれなかった。そこで、盲目のドリタラーシュトラを飛び越えて、弟のパーンドゥが王となった。皮肉なことに、そのパーンドゥでさえ健全ではなかった。パーンドゥの障碍（生殖能力の欠如または性的不能）は、兄の盲目ほどあからさまではなかっただけのことだ。

クンティーの息子たちの誕生

パーンドゥは二度目の結婚から間もないある日、狩りに出かけた。おそらく、多産系のマードリーさえ妊娠させられないことへのうっ憤を晴らすためだったのだろう。もし、命を落とすようなことがあれば、父のヴィチトラヴィーリヤ王と同様、子どものないまま二人の妻を未亡人として残すことになるのに……。

パーンドゥは矢で雄鹿を仕留めた。その雄鹿に近寄ってみると、雌鹿との交尾中に射殺してしまったことがわかった。さらに悪いことに、雄鹿の姿は聖仙キンダマに、雌鹿の姿はその妻に変じた。夫妻は神秘の力で動物に変身して、おおらかに交歓していたのだ。

キンダマは死ぬ前にパーンドゥを呪った。「こんな残酷なやり方で、男女が愛し合うのを邪魔した

のだから、お前は性愛の歓びを決して知ることはないだろう。もしお前が女性に触れたら、お前はたちどころに死ぬだろう」

動揺したパーンドゥは、子どもの父親になれない男に王の資格はないと考えた。パーンドゥはハスティナープラの都に戻ることを拒否して、シャタシュリンガの森で聖仙たちとともに隠者として生きることを決めた。

パーンドゥが隠者になると決意したという知らせがハスティナープラに届くと、二人の妻は夫のもとに急いだ。森に着いてみると、夫は王族の衣服を脱ぎ捨てて樹皮をまとい、聖仙たちとともに暮らしていた。

「戻るがよい」とパーンドゥはクンティーとマードリーに言った。「私はお前たちの夫たり得ないのだ」。しかし、二人の妻は夫のもとに留まると言い張った。喜びのときも悲しみのときも夫とともにあるのが、妻たる者のダルマだからだ。

パーンドゥの不在を受けて、ビーシュマは盲目のドリタラーシュトラにハスティナープラの王位を渡すほかなかった。おそらく、盲目の王と目隠しをした王妃に統治されるのが、ハスティナープラの運命だったのだろう。

数カ月後、ドリタラーシュトラの妻ガーンダーリーが身ごもったという知らせがパーンドゥのもとに届いた。その知らせは、パーンドゥを落ち込ませた。運命はパーンドゥから王位を取り上げただけでなく、絶対に王の父親たり得ない状況に追い込んだのだ。

クンティーは夫を慰めた。「かつて、女性は気に入った男性のもとに自由に行くことができた時代がありました。このことに危機感を持ったのが、聖仙シュヴェータケートゥです。シュヴェータケートゥの父ウッダーラカは、シュヴェータケートゥの母親が他の聖仙たちと一緒にいても動じませんでした。その父の姿を目にしていたシュヴェータケートゥは、〝女性はその夫に属するものであり、すべての息子たちに自分の父親は誰であるかを分かるようにしなければならない〟という結婚の法を定めました。女性は夫によってのみ子どもを持つことができるのであり、もし夫が子どもを与えることができないのならば、夫の選んだ男性のもとに行くことができます。夫が子をなすなさないにかかわらず、妻が産んだ子どもは夫のものです。だから、星々の女神に水星の神をみごもらせたのは月の神であっても、水星の神の父親はあくまで木星の神です。同様に、あなたのお母さまをみごもらせたのはヴィチトラヴィーリヤ王でなくても、あなたはヴィチトラヴィーリヤ王の息子なのです」

パーンドゥは、この結婚の法を利用することに決めて、聖仙の誰かに妻たちのもとを訪れるよう頼もうと思った。ところがクンティーが「どうして聖仙なのです？　私は神々に頼むことができるのに？」と言ったので、パーンドゥは驚いた。「私が若かったころ、聖仙ドゥルヴァーサスが父の家を訪れました。父は私にドゥルヴァーサスのお世話をするように命じました。聖仙ドゥルヴァーサスが父の家を訪れました。父は私にドゥルヴァーサスのお世話をするように命じました。私の献身と奉仕に喜んだドゥルヴァーサスは、私に魔法の呪文を教えてくれました。その呪文を唱えれば、いかなる天空の神も呼び出すことができて、その神の子を直ちに授かることができるのです。おそらくドゥルヴァーサスは、いずれ私がこうした呪文を必要とすることを予見していたのでしょう。ですから、あなたが望むなら、私は呪文を使って、あなたが選んだ神の子を授かることができます」

実は、クンティーには夫に隠していることがあった。クンティーはかつて好奇心から、太陽神スーリヤを呪文で呼び出して、太陽神の子を産んでいたのだ。クンティーは自分の名誉を守るために、生まれたばかりの子どもを籠に入れて川に流し、その気まぐれな波に委ねた。この恥ずべき行為は、クンティーの心に重くのしかかっていた。

パーンドゥはクンティーの打開策に喜んで言った。「ヤマ神を呼んでくれ。ヤマ神はダルマを司る神であり、諸王の模範だから」。クンティーは呪文を唱えてヤマ神を呼び出し、男子を授かった。その子はユディシュティラと名付けられ、誰よりも高潔な人物となった。

次いでパーンドゥは、クンティーに風の神ヴァーユを呼び出すよう頼んだ。「ヴァーユは神々のうちで最も強力なハヌマーンの父だから」。こうして生まれた男子はビーマと名付けられて、最強の男となった。

さらにクンティーは、神々の王で天空の支配者であるインドラ神を呼び出した。インドラ神によっ

て授かった男子は、アルジュナと名付けられた。アルジュナは最も卓越した弓術家となり、左右両手で弓を扱うことができた。クンティーがインドラ神を呼び出したのは、パーンドゥに頼まれたからではなく、クンティー自身の意志だった。だからインドラ神の息子、アルジュナは、クンティーの最愛の子どもとなった。そしてアルジュナだけが誰からもパールタ、すなわちプリター（クンティーの以前の名前）の息子と呼ばれたのである。

アルジュナの誕生後、パーンドゥは「神をもう一人呼び出してくれ」と頼んだ。

ところが、クンティーは断った。「私はすでに四人の男性と交渉を持ちました。さらにもう一人となれば、私は売春婦扱いされてしまいます。ダルマの聖典でそう定められています」。パーンドゥは、クンティーが言う四人とは、三柱の神々と自分のことだと思った。しかし、クンティーの言う四人とは、結婚後に子どもを与えてくれた三神と、結婚前に子どもを与えてくれた一神なのだ。それは、クンティーが誰にも口外していない秘密だった。

Column

❖聖仙キンダマを過失で殺してしまった一件は、パーンドゥの生殖不能あるいは性的不能（もしくはその両方）を糊塗するために、あとからでっち上げた作り話ではないだろうか。

❖シュヴェータケートゥは、家長制度の創始者であると考えられている。シュヴェータケートゥが結婚の法を導入する以前は、女性には完全な性的自由があった。実際、女性はいかなる男性とも交渉を持つことができたし、女性を拒否する男性は意気地なしとみなされた。こうした自由が許されていたのは、先祖が現世に転生できるようにするためには、子どもが誕生することが最も大切だと考えられていたからである。しかしシュヴェータケートゥは、すべての子どもが自分の生物学上の父親が誰かを知ることができるように、女性に貞節を求めた。その一方で、もし男性が生殖不能もしくは死去した場合は、その妻は夫やその親族の許しを得た上で、他の男性と交渉を持つことを許された。

❖夫が妻に子を与えることができなかった場合、妻が交渉を持てる男性の数は三人までと制限されていた。夫も含めて、女性はその生涯で最大四人の男性と交渉を持つことができた。しかし、女性が五人目の男性と交渉を持てば、その女性は娼婦と見なされた。『マハーバーラタ』では、この掟は後に重要な意味を持つことになる。クンティーは嫁のドラウパディーを、五人の息子全員と結婚させるからである。

❖ヴェーダの聖典に基づく結婚の儀式では、女性はまずロマンチックな月神チャンドラと結婚し、二番目に官能的なガンダルヴァのヴィシュヴァーヴァスと、三番目に浄化と純化を司る火神アグニと、そして最後に人間の夫と結婚する、という手順を踏む場合がある。すると〝四人の男性〟の限度枠を使い切ることになる。これはあきらかに、女性の再婚を阻もうとするヒンドゥー社会の思惑だろう。

❖サルラー・ダースによりオリヤー語（インド東部オリッサ州の公用語）で書かれた『マハーバーラタ』によれば、ビーマが生まれたとき、トラが咆哮した。クンティーは恐れおののいて、生まれたばかりの赤ん坊を置いて逃げ出したが、屈強なビーマは虎の頭を蹴って追い払った。そしてもう一蹴りで山を粉砕した。クンティーは山に謝罪して、山の欠片ひとつひとつを地方神に変えたという。

ガーンダーリーの息子たちの誕生

ガーンダーリーは、クンティーが自分よりも先に母親になったと聞いて激怒した。実は、ガーンダーリーはクンティーよりも先に懐妊していたのだが、不思議なことに妊娠状態は二年間も続いていた。ガーンダーリーはこれ以上待てないとばかりに、恐ろしい決断を下した。子どもを無理に腹から出そうとしたのである。

ガーンダーリーは侍女たちに命じて、鉄棒を持ってこさせた。「その鉄棒で、私の腹を打ちなさい」と、ガーンダーリーは命じた。侍女たちがためらっていると、「打て！」と、ガーンダーリーは叫んだ。侍女たちは不本意ながら、命じられるままに王妃の腹を鉄棒で打った。ガーンダーリーはさらに叫んだ。「もっともっと打て！」　侍女たちが打ち続けると、ガーンダーリーの腹が震えて、鉄のように冷たい肉塊

が飛び出てきた。

「産声は？　男か女か？」と、ガーンダーリーは尋ねたが、分娩したものを教えられて慟哭した。運命は実に残酷だった。

ガーンダーリーは聖仙ヴィヤーサを呼び寄せた。「あなたは、私が一〇〇人の息子の母親になると言いましたよね。その子たちはどこにいるのですか？」ヴィヤーサはガーンダーリーを哀れに思い、ガーンダーリーの侍女たちに、肉玉を一〇〇個の肉片に分けて、それぞれをギー（良質のバター）で満たした壺に入れるように指示した。これを一年かけて大切に育てれば、息子たちに変容するであろう、とヴィヤーサはガーンダーリーに告げた。

「娘はできないのでしょうか」と、ガーンダーリーはおずおずと尋ねた。ヴィヤーサは微笑むと、肉塊を一〇一個の肉片に分けるようにと、侍女たちに命じた。

こうしてガーンダーリーとドリタラーシュトラの間に、一〇〇人の息子と一人の娘が誕生した。一〇〇人の息子たちはカウラヴァと総称された。

一〇〇人の息子たちの中で最初に誕生したのが、ドゥルヨーダナだった。クンティーがビーマを出産したのと同じ日に、ドゥル

ヨーダナが壺を割って生まれ出ると、宮殿の飼い犬たちは鳴き騒いだ。「この子は災いをもたらすでしょう」と、王弟ヴィドゥラは兄のドリタラーシュトラ王に忠告した。「この子は捨てましょう」「冗談じゃないわ」と、ガーンダーリーは赤ん坊にしがみついた。「この子には指一本触れさせない。この子は私の最初の子、最愛の子です」

二番目の息子はドゥフシャーサナと名付けられた。

そして娘はドゥフシャラーと名付けられた。後にドゥフシャラーはシンドゥ国王ジャヤドラタと結婚する。

ドリタラーシュトラ王は妻の長い妊娠期間中に、快楽のために内縁の妻を持った。この内縁の妻はユユツという息子を産んだ。ユユツもヴィドゥラ同様、極めて有能な人物だったが、王位に就く資格はなかった。

Column

❖『マハーバーラタ』の著者ヴィヤーサの視点から見ると、ガーンダーリーもクンティーも世間の評判は良いが、内面は野心的だったと言えるだろう。二人とも王家における息子の価値を熟知していたからだ。

❖花嫁を祝福する伝統的なヒンドゥーの祝辞は、「一〇〇人の息子の母となりますように」である。ガーンダーリーはこの祝辞の実現をヴィヤーサに要求したが、娘も欲しがった。こうしてクル王家は、一〇五人の息子（一〇〇人のカウラヴァと五人のパーンダヴァ）と一人の娘を得た。

このドゥフシャラーは婚家をしっかりと取り仕切って、夫のジャヤドラタが不道徳な行為を繰り返しても、そのたびに許してやっていた。

❖ガーンダーリーの子どもたちが奇跡的に誕生した物語は、古代の聖仙たちが知っていた神秘的な秘伝の知恵を記録したものではないか、と考える研究者たちもいる。流産した胎児の遺骸をギーで満たした魔法の壺に入れて、生きている子どもを作り出すことができたのだろうか。それとも、すべては詩人の想像の産物だろうか。ガーンダーリーに一〇〇人の息子を求められたのが、ほかならぬ『マハーバーラタ』の語り手であるヴィヤーサであることを考えると、後説が妥当かもしれない。

❖合理的に考えると、ガーンダーリーの息子はドゥルヨーダナとドゥフシャーサナだけなのだろう。物語で重要な役割を果たすのは、一〇〇人中この二人だけだからだ。二人はおそらく双子ではないだろうか。二年間の妊娠期間は、双子を妊娠したことを意味しているのだろう。

マードリーの子どもたちの誕生

パーンドゥはクンティーに言った。「お前が他の男のもとに行けないのなら、マードリーのために神を呼び出してくれ。マードリーも母親にしてやってくれ。そして私をもっと多くの息子たちの父親にしてほしい」

クンティーは命令に従った。「誰を呼び出しましょうか？」と、クンティーはマードリーに尋ねた。「双子神アシュヴィンを」と、マードリーは答えた。直ちに、朝と宵の明星の支配者である双神が出現して、マードリーに双子の息子を与えた。それがこの世で最も美しい男性となるナクラと、この世で最も賢明な男性となるサハデーヴァである。

「マードリーは、さらに別の神と契ることができる。次の神を呼び出してくれ」と、パーンドゥはクンティーに言った。

しかし、クンティーは断った。マードリーは利口にも一度の機会に双子神を呼び出して、一気に二人の息子の母親となった。マードリーが複数の男性神をまとめて呼び出せば、三人でも四人でも五人でも、ひょっとした七人でも息子を産めるだろう。つまり、もう一度神を呼び出せば、マードリーは自分よりも大勢の息子の母となるかもしれないのだ。それはクンティーにとって許しがたいことだった。より多くの息子を持つということは、より強い権力を持つということであり、クンティーは自分より格下の妃にそんなことを許すわけにはいかなかった。

パーンドゥの五人の息子――クンティーによる三人と、マードリーによる二人――は、パーンダヴァと呼ばれるようになっ

た。この五人の息子たちが団結すれば、完璧な王に求められる五つの資質――誠実、強靱、技能、美、英知――が集結することになるのだ。

Column

❖クンティーとマードリーを妊娠させたのは、本当に〝神〟だったのだろうか。それともパーンドゥの生殖不能を補うために儀式上の役割を演じた聖職者たちだったのだろうか。ビャラッパがカンナダ語で書いた小説『パールヴァー』では、その辺りの事情が詳しく語られている。クンティーと太陽神との婚前交渉の物語も、真実――クンティーが父の命で、接待の法に則して聖仙ドゥルヴァーサスのあらゆる求めに応じたこと――を隠すための作り話であると考える研究者もいる。『マハーバーラタ』には性接待に関する話が少なくとも二回登場する。これらの逸話では、客人は主人の妻や娘と、快楽のための関係を持つことが許されていた。サティヤヴァティーと聖仙パラーシャラが船上で逢引きした話も、性接待の一例と解釈できるかもしれない。こうした行為は、かつては賞賛されていたが、時代の流れとともに顰蹙を買うようになった。

❖クンティーは、マードリーにこれ以上神々と接触させまいとしたが、それはマードリーが自分よりも多くの子どもを産んで、その結果、自分よりも強大な影響力を行使することを恐れたからである。このちょっとしたエピソードから、権力欲は男に限られたものではないことを、ヴィヤーサは我々に教えてくれる。『マハーバーラタ』全編を通じて、マードリーの子どもたちはクンティーの子どもたちの陰に隠れてしまっている。こうしたクンティーとマードリーの関係を、近年の『マハーバーラタ』の再話は無視しがちで、好んでクンティーを親切で献身的で寄る辺ない未亡人として描いているが、実際のクンティーは宮廷の権謀術数に通じた女性であり、婚前の秘密を誰にも漏らさず、聖典の法を根拠に夫が子どもの父親になることを可能にし、後にマードリーの兄弟がカウラヴァ側についたときも、自分の息子たちとマードリーの息子たちの結束を維持するために、あらゆる手を尽くした。

❖パーンドゥの二人の妻に呼び出された神々は、デーヴァと呼ばれる古いヴェーダの神々──死の神ヤマ、主神インドラ、風神ヴァーユ、双子神アシュヴィン──である。クンティーもマードリーも、シヴァ、ヴィシュヌ、ブラフマーといった、バガヴァットと呼ばれる〝神〟は呼び出していない。〝全能の神〟という概念は、後にヒンドゥー教の思想で発展したものである。このことからも明らかなように、『マハーバーラタ』の初期の形ができあがったのは、自然界の精霊に対する信仰が主流であったヴェーダ時代である。全知全能の神への情熱的な傾倒──こうした絶対的な帰依を、ヒンディー語では〝バクティ〟と呼ぶ──が盛んになった後の時代に、デーヴァ以外の〝神〟であるシヴァ、ヴィシュヌ、クリシュナなどを登場させる構想が物語に付け加えられたのだろう。

パーンドゥの死

パーンドゥは、二人の妻と五人の息子、そして多くの聖仙たちと一緒に、森で幸せに暮らしていた。

しかし、パーンドゥは若い男性だったので、妻たちと親密に過ごせないことを辛く思うときもあった。

ある日、パーンドゥはマードリーがまとった薄物が日の光に透けている様子を目の当たりにして、あらためて妻の美しさを実感した。パーンドゥは堪えきれずに、妻に触れた。その途端、キンダマの呪いが発動して、パーンドゥは息絶えた。

悲嘆に暮れたマードリーは、二人の息子をクンティーに委ねて、パーンドゥの火葬のために積み上げられた、燃え盛る薪の山に飛び込んだ。

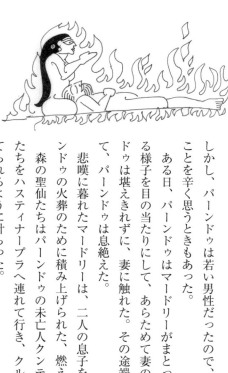

森の聖仙たちはパーンドゥの未亡人クンティーとともに、五人の息子たちをハスティナープラへ連れて行き、クル王家の王子にふさわしく育てられるように計らった。

実はパーンドゥは死を予感していて、秘かに息子たちにある秘密を伝えていた。「森で何年間も禁欲と瞑想の日々を送ったおかげで、私は英知を得た。それは私の体に埋め込まれている。私が死んだら、私の肉を食べるがよい。さすれば、お前たちはその英知を授かるだろう。それこそが、お前たちが受け継ぐ真の遺産だ」

パーンドゥの死後、その遺骸は火葬された。そのため、息子たちは父の遺言を実行できなかった。しかしサハデーヴァ（マードリーが産んだ双子の一人で、五兄弟の末弟）は、アリたちが父の肉体のかけらを運んでいることに気づいた。サハデーヴァはその肉片を口にした。すると途端に、サハデーヴァは過去に起きたことから未来に起きるだろうことまで、世界に関するあらゆる知識を得た。

サハデーヴァはこのことを母と兄弟たちに知らせようと駆け出したが、見知らぬ人物がサハデーヴァを引き止めて、こう問いかけた。「お前は神に友人となってもらいたいか？」

「はい、もちろん」と、サハデーヴァは答えた。

「では、お前が知ったことを、自ら誰かに語ってはならない。質問には、質問を返すがよい」。サハデーヴァはこの見知らぬ人物がほかならぬ地上に降臨した神、クリシュナであることを悟った。こうして、サハデーヴァは沈黙を守らざるを得なくなった。すべてを知っているのに、それを人々に告げることも、不可抗力の事態を阻止することもできなくなってしまった。

その一方でサハデーヴァは、自然を注意深く観察する人ならば、サハデーヴァが知っている未来を判読できることにも気づいていた。そこでサハデーヴァは、神秘を読み解くためのさまざまな学問を統合して、人々が未来を予測するのを助けた。

サハデーヴァ自身は、人々が彼に正しい質問をするのを待つことにした。しかし、人々はサハデーヴァに多くの質問をしたが、正しい質問は一つもなかった。それゆえ、サハデーヴァは常に物思いに沈んで孤独だった。

Column

❖『マハーバーラタ』には、未亡人が夫の火葬時に一緒に焼身自殺する「サティ」が登場する。しかし、すべての逸話は女性が自発的に行ったもので、こんな暴力行為を誰かに強要されたわけではない。ヴェーダ時代に行われた葬儀では、未亡人はいったん夫の遺骸の隣に横たわるよう求められるが、すぐに立ち上がって生者たちのもとに戻ってくるように促された。未亡人は再婚することも許されたし、少なくとも夫の家族の男性メンバー（大抵は弟）と同棲することができた。アレクサンドロス大王のインド遠征に同道したギリシア人年代記作家は、北インドで行われていたサティについて記録している。西暦五〇〇年ごろには、サティを実践することは典礼の一環となり、民間伝承でたびたび取り上げられる、賛美すべき行為となった。

❖南インドでは、サハデーヴァは占星術、顔相学その他さまざまな予言術の大家として知られている。今日でも、熟知していることを他人に漏らさない秘密主義者は、〝サハデーヴァ〟と揶揄される。

第四巻

教育

「ジャナメージャヤ王よ、あなたの祖先は
王国の半分を学費として支払うことで、
教師を商人に、聖職者を戦士へと変えたのです」

クリパとクリピー

話は少し遡る。ドリタラーシュトラとパーンドゥの祖父にあたるシャンタヌ王は、森で双子（男の子と女の子）を見つけた。双子は虎の皮の敷物の上に寝かされて、そばには三叉矛と壺が置かれていた。それは、双子が聖仙の子どもである証拠だった。実は、双子は聖仙シャラドヴァットとジャーラパディーというアプサラス（水の精）との間に生まれた子どもたちだった。シャンタヌ王は男の子をクリパ、女の子をクリピーと名付けて、王宮で養育した。

クリパは長じて教師となった。シャンタヌ王の息子で、クル王家のまとめ役となったビーシュマは、自分の庇護下にあるパーンドゥの五人の息子とドリタラーシュトラの一〇〇人の息子の教師に、クリパを指名したのである。

一方、クリピーは、聖仙バラドゥヴァージャの息子、ドローナに嫁いだ。聖仙バラドゥヴァージャはアプサラスの美女グリターチーを目撃したとき、思わず欲情して精液を壺の中にこぼした。その精液から生まれたのがドローナだ。やがてクリピーは息子を出産し、アシュヴァッターマンと名付けた。

ドローナはとても貧しく、家で牛を飼えないほどだった。アシュヴァッターマンは一度も牛乳を味わうことなく成長したので、牛乳と米粉を溶かした水の区別もつかないほどだった。

クリピーは貧乏に耐えかねて、ドローナの幼馴染でパーンチャーラ国王となっているドルパダから牛を一頭もらってきてくれと、ドローナをせっついた。ドローナは常々妻に、「子どものころの私とドルパダは大の親友で、ドルパダは自分の富のすべてを私と分け合おうと約束してくれたものだ」と言っていたからだ。

ところが不幸なことに、ドローナが子どものころの約束を持ち出すと、ドルパダ王は爆笑した。「友情が存在するのは、対等な者同士の間だけだ。子どものころは友人だったが、今では私は裕福な王で、お前は貧しいバラモンだ。私たちはもはや友人ではない。友情の名の下に牛を要求するな。施しとして求めるのなら、お慈悲でくれてやろう」

ドルパダ王の言葉に傷つき、屈辱感にまみれたドローナは憤然としてパーンチャーラ国を出て行った。そして、いつの日かドルパダ王と対等になってやると決心したのだった。

Column

❖クリパ、クリピー、ドローナは、アプサラスが苦行者を誘惑して禁欲の誓いを破らせた結果生まれた、非嫡出子である。これは『マハーバーラタ』に繰り返し登場するテーマであり、物語の中では、隠者の家庭よりも一般家庭のほうが重んじられている。『マハーバーラタ』の舞台となった時代、物質的な快楽を享受することが人生の目的だと思う人々と、物質的な快楽を放棄することが人生の目的だと思う人々との間で軋轢が生じていたのだ。

❖『マハーバーラタ』の時代、王たちはダーナ（布施）またはダクシナー（聖仙の奉仕への対価）のかたちで、聖仙たちの面倒を見るのが当然とされていた。ドルパダ王は、聖仙の息子としてのドローナにダーナを提案した。ドローナが怒ったのは、同等の立場の友人として扱われなかったからだ。ドルパダ王は礼儀にかなったダルマ（行動規範）を冷徹に順守したのだが、ドローナは社会階層を超えた人間的な情愛と敬意を求めたのだ。ドルパダとドローナの対立は、理性と感情の対立でもある。ドローナの逸話で著者ヴィヤーサが指摘したのは、カーマ（欲望）の破壊力だ。

❖ドルパダのドローナへの対応は、クリシュナとスダーマンの逸話と対比するべきだろう。ドルパダとドローナの関係と同様に、クリシュナとスダーマンも、一方は裕福な貴公子、もう一方は貧しいバラモンだった。しかしドルパダとは違って、クリシュナは自分のすべての富を友人と共有した。クリシュナにとって、寛容の精神を伴わないダルマ（法）はあり得なかった。純粋な愛がなければ、法や規則は役に立たないのだ。

武術の師、ドローナ

ドローナは、偉大な軍師で武術の達人でもある聖仙パラシュラーマに師事することにした。「私の知識をクシャトリヤたちと共有してはならない」と、パラシュラーマは戒め、ドローナもそうすることを約束した。

しかしドローナは、パラシュラーマの庵を去った途端、この約束をすっかり忘れたかのようにふるまった。ドローナはハスティナープラの都に向かい、クル王家の王子たちを自分の生徒にして、ドルパダ王に対抗するために利用しようと考えた。

ハスティナープラに着いたドローナは、クル王家の王子たちが井戸に落ちたボールを拾おうとしているのを見かけた。ドローナは王子たちの手助けをしてやった。ドローナが草の葉を摘んで、これを井戸に投げ込むと、その葉はボールに針のように突き刺さった。さらにもう一枚の葉を投げ入れると、ボールに刺さっている一枚目の葉の端に突き刺さった。三枚目の葉を投げ入れると、これも二枚目の葉の端に刺さった。こうしてドローナは、ボールを引き上げることのできる葉の鎖を作り上げた。

さらにドローナは、自分の指輪を井戸に落とした。そして弓を取って矢を射ると、水中に射込まれ

た矢は指輪をひっかけて跳ね上がった。

王子たちはこの光景に仰天して宮殿に駆け戻り、大伯父のビーシュマに、誰ともわからない武術の達人の聖職者が井戸のそばにいると報告した。「あの者を王家の教師に迎えようではないか」と、ビーシュマがクリパに提案した。

クリパにしても、義弟に雇い口を提供できるのは願ってもないことだった。しかし、ドローナは条件を付けた。「教える代わりに、生徒たちには学んだ知識を生かして、パーンチャーラ国王ドルパダを生け捕りにしてもらいたい」

「必ずそうします」と、クル王家の王子たちは応じた。

こうしてドローナは、一〇〇人のカウラヴァと五人のパーンダヴァを生徒として受け入れた。すぐに、ユディシュティラは槍、アルジュナは弓、ビーマとドゥルヨーダナとドゥフシャーサナは棍棒、ナクラとサハデーヴァは剣の才能を発揮した。

やがて、兵法を深く学んだカウラヴァとパーンダヴァの王子たちが、ドローナの教えに対価を支払う時が来た。王子たちはパーンチャーラ国に押しかけて、ドルパダの飼牛を強引に連れ去り、ドルパダ王に戦争を挑んだ。

ドルパダ王が牛を取り戻すために軍を率いて城市から現れると、アルジュナは言った。「先生はドルパダを生け捕りにしてほしいとおっしゃった。敵軍と戦うことで、目的を見失ってはならない。交戦いは我々を疲弊させるだろう」。パーンダヴァたちはアルジュナの言うとおりだと考えたが、ドゥルヨーダナはそうは思わなかった。ドゥルヨーダナは決してパーンダヴァたちに同意しないのだ——

たとえ、パーンダヴァたちの意見が理にかなっていても。ドゥルヨーダナは一〇〇人の兄弟たちを指揮してドルパダの軍勢に正面からぶつかった。カウラヴァは前方に突進したが、パーンダヴァは後方に留まった。

カウラヴァがパーンチャーラ軍と戦うのに忙しくしている間、アルジュナは戦車に乗ってユディシュティラに言った。「先生のところへ行ってくれ。パーンチャーラ国王を捕らえたら、我々四人も落ち合うから」。野生の象さながらに棍棒をふるうビーマが先頭に立ち、ナクラとサハデーヴァに戦車の車輪を守らせながら、アルジュナはドルパダ王を目指して、パーンチャーラ軍の隊列を駆け抜けた。カウラヴァに気を取られていた王は驚愕した。王が防御の構えを取るより早く、アルジュナは王に飛び掛かって地面に組み伏せた。ビーマが王に縄を打った。そして王を戦車に乗せると、まっしぐらにドローナのもとに向かった。

「あなたが王国を半分譲り渡したら、私の生徒たちはあなたを解放するだろう」と、面目を失ったドルパダ王に向かって、ドローナは言った。王はうなずくしかなかった。「私の生徒たちが要求するのは、ガンガー川の北側だ。あなたが支配できるのは南側だけだ」

クル王家の王子たちは、征服したパーンチャーラの土地をダクシナー（布施）として師に贈った。ドローナも喜んでこれを受け取った。王家の家庭教師はドルパダ王に向かっておもむろに言った。「私は今やパーンチャーラの半分の支配者だ。そしてあなたはもう半分の支配者だ。つまり、私たちは対等というわけだ。さて、これで我々は友人になれたかな？」「なれたとも」と、ドルパダ王は、たぎる復讐心を顔色に出さないように努めながら言った。

Column

❖聖仙は霊的な修行だけに専心して、社会からは距離を置くべきだとされていた。この霊的修行は聖仙たちにさまざまな神秘的な力を与えた。しかしやがて、物質的な欲求に抗いきれず、聖仙たちは社会の一員となっていった。聖仙たちは二つのグループ――タパスヴィン（苦行者）やヨーギン（ヨーガ行者）と呼ばれる俗世を離れた苦行者と、ブラフマンと呼ばれる世俗的な学者や聖職者や教師――に分かれた。パラーシャラとバラドゥヴァージャは前者に、クリパとドローナは後者に属した。

❖バラモン階級の出身者であっても、パラシュラーマのように霊的修行をあきらめて、クシャトリヤの増長に抵抗するために武器を取る人々がいた。これとは対照的に、シャクンタラーの父であるカウシカのようにクシャトリヤ出身者でも、真の力は武力ではなく霊的修行によって得られることを悟った人々は聖仙となった。『マハーバーラタ』の時代は流動期だったのである*。

* 監訳注：カウシカ、すなわちヴィシュヴァーミトラがクシャトリヤにして聖仙すなわちバラモンとなった話は、インド神話の中でも例外的なヴァルナ＝カーストを超越した事例である。

❖『マハーバーラタ』時代の教育では、ヴェーダの讃歌、儀式、哲学を学ぶだけではなく、ウパ・ヴェーダ（ヴェーダ補助学）も学ばねばならなかった。ウパ・ヴェーダの対象は、戦争（ダヌル・ヴェーダ）、健康（アーユル・ヴェーダ）、演劇（ガンダルヴァ・ヴェーダ）、時（ジュヨーティシュ・シャーストラ）、宇宙（ヴァストゥ・シャーストラ）、政治（アルタ・シャーストラ）など多岐にわたった。

❖生徒は教育を修了するにあたって、教師の家を去る前に授業料を納めなければならなかった。このグル・ダクシナーはいわば取引手数料であり、その支払いをもって、教師に対するあらゆる義務が終了する。理想を言えば、教師は生活を維持するのに必要なものだけを受け取るべきだとされていた。しかし、ドローナはそれよりはるかに多くを受け取った。

❖ヴェーダ時代の主要な富は、家畜（牛、馬、象）、土地（牧草地、畑、果樹園）、財宝（金、宝石）の三つである。ヴェーダ時代の戦争は、主として家畜と牧草地をめぐるものだった。

最強の弓取り、アルジュナ

ドローナがクル王家の王子たちに教えるのを嫌がった技能がいくつかあった。ドローナはそれらの技能を息子のアシュヴァッターマンのために秘匿しておきたかったのだ。アルジュナは、そのことに気づいていた。そこでアルジュナは、ドローナが行くところはどこへでも付いていき、ドローナが教えなければならないことはすべて学び取るのはもちろん、ドローナ親子が二人きりにならないようにして、ドローナがアシュヴァッターマンだけに何かを教えることはできないようにした。その結果、アルジュナとアシュヴァッターマンだけが教えてもらえて、他の生徒たちは教えてもらえない秘密の授業が行われるようになった。

ある日、川で沐浴しているドローナの足に鰐《ワニ》が噛みついた。いつものように師に付き従っていたアルジュナは、素早く矢を射かけて鰐を撃退し、師を救った。それまでアルジュナのしつこさに辟易していたドローナも、さすがにこれは賞賛した。そして、アルジュナを世界一の射手に育て上げると宣言した。それは感謝の念だけではなく、アルジュナが優れた生徒に求められる資質——持続力、意志力、努力、集中力——をすべて具えていたからだ。

ある夜、ドローナの学び舎の灯が風で吹き消された。食事中だったアルジュナは、暗闇の中でも自分の指が

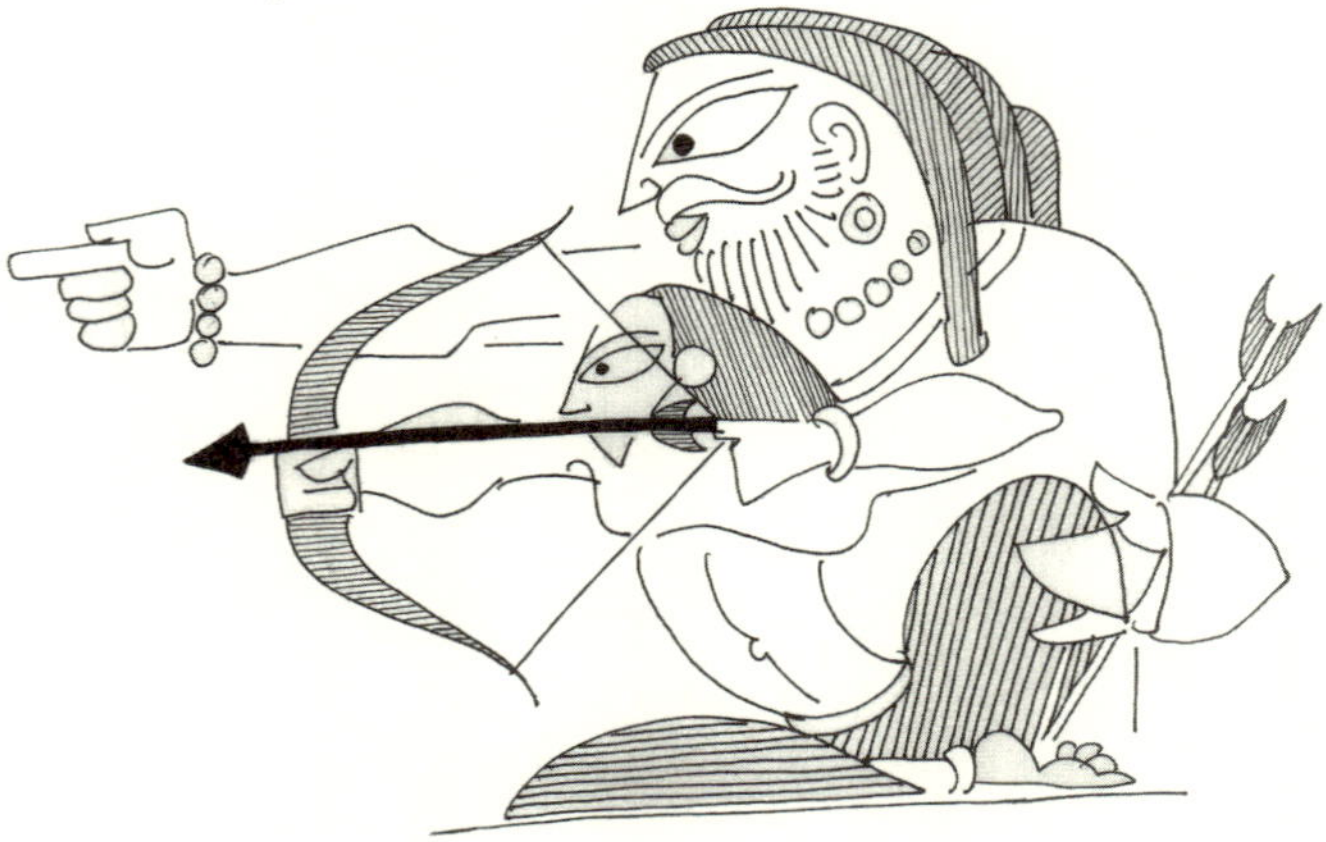

食物を口元に運んでいることを冷静に意識した。「これならば、たとえ暗闇の中でも的を射ることができるはずだ」。アルジュナは夜間に、あるいは目隠しをした状態で弓の練習を始め、師匠も驚いたことに、視覚に頼らずに的を射貫く技を身に着けた。こうしてアルジュナはグダーケーシャ（〝眠りを征服した者〟の意）として名をとどろかせた*。

アルジュナはまた、左右両腕で弓を射ることができたので、サヴィヤサーチン（サンスクリット語で「左利き」の意）とも称された。

弓術の試験を行った際、ドローナは生徒たちに、高い壁の上に置いた鸚鵡《おうむ》のぬいぐるみの目を狙えと命じた。ドローナは生徒たちに尋ねた。「何が見えるか？」

ユディシュティラは「鸚鵡が見えます」と答えた。

ドゥルヨーダナは、ユディシュティラより優れているところを見せようと思って、「壁の上に置かれている鸚鵡のぬいぐるみが見えます」と答えた。

さらにドゥルヨーダナより優れているところを見せたいと思ったビーマは、「曇り空の下、壁の上に置かれた鸚鵡のぬいぐるみが見えます」と答えた。

しかし、的に集中しているアルジュナは答えた。「目が見えます。目しか見えません」

「矢を放て」と、ドローナはアルジュナに命じた。放たれた矢は、まごうことなく的を射貫いた。

＊監訳注：グダーケーシャは、サンスクリット語では「濃い髪の毛」という意味である。

Column

❖インドでは、弟子が師匠の家に住み込んで学ぶ、グル・シシュヤ（徒弟制度）が盛んに行われてきた。師匠は弟子を我が子として遇するべきだとされている。今日でもこの伝統は、特に音楽や舞踏の分野では一般的である。しかし、芸術愛好家の見るところ、多くの師匠が我が子可愛さのあまり、真に優れた才能を犠牲にしても、弟子より我が子を優遇しているという。『マハーバーラタ』の著者ヴィヤーサも、おそらくその人生で同様の経験をしたのだろう。アルジュナに強い決意と圧倒的な才能がなかったならば、ドローナは奥義を息子のアシュヴァッターマンのためだけに秘匿していただろう。

❖アルジュナはインドの伝説史上、最強の弓取りだ。アルジュナに勝る者がいるとすれば、それは『ラーマーヤナ』の主人公のラーマ王子くらいだろう。ヴィヤーサはアルジュナを才能があるばかりでなく、根性と固い決意の持ち主として描いている。

❖弓は安定とバランスの象徴である。パーンダヴァ五兄弟の三男であるアルジュナが弓取りであることは、アルジュナの役割が兄弟間のバランサーであることを示唆している。アルジュナの二人の兄たちが王家の権威（ユディシュティラ）と武力（ビーマ）を象徴しているのに対して、アルジュナの二人の弟たちは王家の輝かしさ（ナクラ）と知恵（サハデーヴァ）を象徴している。アルジュナは兄たちほど能動的ではないし、弟たちほど受動的でもない。

エーカラヴヤ

エーカラヴヤは森の民、ニシャーダ族だ。弓の腕を磨きたかったエーカラヴヤは、ドローナこそが地上で最も優れた教師だと聞き及んだ。しかし、エーカラヴヤがドローナに会いに行くと、ドローナは忙しくてこれ以上弟子を取れないことを理由に、弟子入りを断った。

「では、私はどうやって学べばいいでしょうか」と、若い部族民は尋ねた。

「君なら独学でやっていけるよ、信用したまえ」と、ドローナは深く考えずに言った。

しかしエーカラヴヤは、ドローナの言葉を真剣に受け取った。エーカラヴヤはハスティナープラの都からほど近い森の空き地にドローナの像を建て、その像に見守られながら独学で弓の腕を磨いた。

数週間後、エーカラヴヤは犬の吠え声に邪魔されて、犬のいる方向に数本の矢を射た。矢は犬を傷つけることなく犬の口の中に飛び

込み、犬の顎をこじ開けたので、犬は吠えられなくなった。

実は、この犬はパーンダヴァが飼っている猟犬だった。アルジュナは、自分の犬がこのようなやり方で口をふさがれているのを見て驚いた。アルジュナはこのことをドローナに報告して、妬ましげに言った。「先生、あなたは私を世界一の弓取りにしてくださるとおっしゃいましたね。でも、こんなすごい技の持ち主のほうがずっと優れているに決まっています」

ドローナは探索に乗り出した。その結果、森の空き地で自分の像と顔を突き合わせることになった。弓を手にして像の前にたたずんでいたエーカラヴヤは、ドローナに駆け寄ってひざまずいた。「ようこそ、いらっしゃいました」

「誰から教わったのだ?」と、ドローナは不機嫌に言った。

「あなたです。もちろん直接ではありませんが。でも、私を祝福してくださり、独学するように励ましてくださいました」。そう答えるエーカラヴヤの眼差しは、生真面目な興奮で輝いていた。

ドローナはアルジュナをちらりと見て、あらためてアルジュナを国一番の弓取りに育てるという約束のことを考えた。「私のおかげで学んだことがあるのなら、その対価を支払うべきだな」と、ドローナはずる賢く言った。

「先生の望まれるものなら何でも」と、エーカラヴヤは謙虚にお辞儀をしながら言った。

「お前の右手の親指をくれ。そう、親指だ」と、ドローナは感情を殺した冷たい声で言った。エーカラヴヤは一瞬のためらいもなくナイフを抜くと、自分の右手の親指を切り落として、師の足元に供えた。

アルジュナは師匠の残酷さに身を震わせながらハスティナープラの都に戻った。右手の親指がなければ、エーカラヴヤは二度と弓を引けないだろう。「世を平らかに保つためには必要なことだったのだ。誰も彼もが弓取りになることを許すわけにはいかないからな。今や、弓の道でお前より優れた者はいなくなったぞ」。ドローナは穏やかに言った。アルジュナは答えなかった。

Column

❖ヴィヤーサは、アルジュナを精神的に不安定で競争心の強い若者として描いている。エーカラヴヤの切り落とされた親指は、アルジュナの世界一の弓取りという地位をあざ笑うことになった。この逸話を通じてドローナが示したのは、偉業を達成するためには必ずしも他者に勝る必要はない、ということだ――優れた他者を引きずり下ろせばいいのだ。

❖ヴァルナ・ダルマ（階級の法）によれば、息子は父親の足跡をたどるべきだとされている。したがってドローナは本来、父親のようなバラモンになるべきだったが、戦士となる道を選び、息子のアシュヴァッターマンもこれに続いた。自分自身はヴァルナ・ダルマの掟を破っておきながら、エーカラヴヤが弓を持つことを批判し、低いカーストの出身者が弓取りとなることはヴァルナに基づいた社会のシステムを破壊すると主張するドローナの理論は、なんとも偽善的である。

❖『マハーバーラタ』は、ヴェーダ社会の古典的な四階級――バラモン（聖職者）、クシャトリヤ（戦士）、ヴァイシャ（商人）、シュードラ（隷属民）――については言及していないが、代わりに登場するのが、三つの階級に分かれた社会だ。その社会では、ラージャニヤやクシャトリヤ（王侯貴族、騎士）が聖仙やバラモン（聖職者、教師、魔術師）を養い、庶民（牛飼い、農民、漁民、戦車の御者、陶工、大工など）を支配した。この社会の外にいたのが、森の民ニシャーダであり、彼らは軽蔑の対象だった。社会の外部や底辺に位置する者たちに対する偏見はあからさまなものだった。彼らが弓術を身に着けることを禁じられていたのも、その一例だ。

❖弓は、ヴェーダ文明における最高の武器だった。自制心とバランスの象徴であり、欲望と憧憬と野心の象徴でもあった。王は即位に臨んで弓を持つのが習わしであり、弓術の競技会で優勝した者には褒美として女性が贈られた。すべての神々はその手に弓を携えているとされていた。

御前試合

ドローナは、自分の弟子たちの技能をハスティナープラの人々に大々的に宣伝するために、御前試合を行うことにした。

とりわけ注目されたのはアルジュナだ。アルジュナは一度に複数の矢を射ることができ、しかも決して的を外さなかった。誰もが弓に秀でた王子に声援を送り、母のクンティーは誇らしさで胸がいっぱいになった。しかし、カウラヴァはアルジュナをねたんだ。アルジュナが誰よりも優秀で、人々の人気の的であることは明らかだったからだ。

突然、御前試合に新たな射手が登場した。胸元には甲冑が輝き、耳元には宝石がきらめいていた。

カルナと名乗った射手は、「アルジュナにできる以上のことが、私にはできる」と言った。

ドローナはカルナにそのことを証明するよう求めた。カルナはアルジュナの素晴らしい技を、アルジュナをしのぐレベルで行って見せたので、群衆は喝采を浴びせた。「アルジュナ王子と同じくらいすごいぞ。いや、もっとすごいかもしれないぞ」。それまで人々の関心の的だったパーンダヴァたちは引け目を感じ、無視されたような気分になった。

そのとき突然、王家の厩舎長であるアディラタが会場に駆け込んできて、カルナを抱擁した。「息子よ、なんと誇らしいことか」と、アディラタは喜びに顔を輝かせた。

「なんだ！　この男は御者の息子か。クシャトリヤに弓比べを挑むとは図々しい」と、ビーマが叫んだ。

カルナには返す言葉がなかった。ビーマの残酷な言葉は、蜂のようにカルナを刺した。カルナの技量が足りないわけでもないのに、なぜ生まれが問題にされなければならないのか。

そのとき、ドゥルヨーダナがカルナの味方をして言った。

「当然のことながら、実績は生まれに勝るものだ。カルナはその実績において、クシャトリヤに匹敵すると思う。我々はカルナをクシャトリヤとして遇しようではないか」

「それはならぬ」と、ユディシュティラが立ち上がって言った。「ダルマによれば、人間の地位は、その父親が何者かによって決まる。カルナの父親は御者だ。それゆえ、カルナはクシャトリヤたり得ない」

カルナは、自分は御者に育てられただけだと言いたかった。しかし、本当の父親は誰かと問われても、カルナには答えることができない。なぜならカルナは生まれてすぐに母親に遺棄された捨て子であり、籠に入れられて川を流れてきたところをアディラタに拾われたからだ。

カルナは自尊心を抑え込んで、沈黙を守った。そのカルナの肩を抱いて、ドゥルヨーダナが言った。「この男は偉大な弓取りだ。侮辱されたままにしておくわけにはいかない。私はカルナを友とする。兄弟たちよりも心に近く寄り添った親友とする」。カルナを侮辱することは、私を侮辱するも同然だ」。そしてドゥルヨーダナは父のドリタラーシュトラ王に向かって言った。「父上、あなたがカルナを軍の司令官に任命してくだされば、誰も二度と彼を侮辱できないでしょう」。息子に逆らうことのできないドリタラーシュトラ王は、息子の言うとおりに、カルナを軍の司令官およびアンガの王に任命した。

カルナは胸が熱くなった。こんな風に自分の味方をしてくれる人間は、それまでいなかったからだ。カルナはドゥルヨーダナに対して永遠に義理を負うことになった。カルナは死ぬまでカウラヴァたちの友人であることを誓ったのだ。

パーンダヴァたちは、ダルマ・シャーストラを引用して抗議した。一方、カウラヴァたちの主張は、カルナを味方につければパーンダヴァたちに勝るとも劣らない力を得られると思った上でのことだった。

こうして王家内の確執――パーンダヴァの五王子対カウラヴァの百王子とその新しい友人カルナ――が公然化しつつあることを察知したのが、王子たちの大伯父、ビーシュマだった。ビーシュマは、孫とも思う王子たちがカルナをめぐって罵り合う姿に眉をひそめた。王子たちが殴り合いを始めようとした、まさにそのとき、王室の女性たち専用の天幕から悲鳴が上がった。クンティー妃が気絶したのだ。誰もがクンティーのもとに駆け寄った。この機を利用して、ビーシュマは御前試合の閉幕を公式に宣言し、王子たちに王宮に戻るよう命じた。

一方、王家の最長老であるサティヤヴァティーは、ひ孫たちがまるで野良犬のようにいがみ合う姿を見て、決意を固めた。「私が苦労して築き上げた家族は、遠からず自ら滅びることでしょう。私はそんな有様を見たくない。私は森に行くことにします」。アンビカー妃とアンバーリカー妃も、義母に付き従うことにした。クンティー妃とガーンダーリー妃の確執、そしてその息子たちの対立は、もはや抑えがたくなりつつあった。明らかに、離散の時が来ようとしていた。

Column

❖カルナを得て、ドゥルヨーダナはユディシュティラと同等の力を得た。それまではユディシュティラにはアルジュナがいたが、ドゥルヨーダナ側には弓の名手がいなかった。ドゥルヨーダナがカルナを対等な友人として受け入れたことで、この格差が埋まったのである。ドゥルヨーダナはカルナを利用していたのか、それとも純粋に賞賛していたのか、『マハーバーラタ』の著者ヴィヤーサは明らかにしていない。

❖アルジュナは、天空と雨を司る神インドラの息子である。カルナは、太陽神スーリヤの息子である。古来、インドラとスーリヤは、ヴェーダの神々の支配権をめぐるライバル同士だった。このライバル関係は、叙事詩『ラーマーヤナ』ではインドラの息子ヴァーリとスーリヤの息子スグリーヴァの対立というかたちをとる。ラーマの姿を取るヴィシュヌ神はスグリーヴァの側について、ヴァーリと対峙した。『マハーバーラタ』では、ヴィシュヌ神は組む相手を変えて、インドラの息子アルジュナの味方をして、スーリヤの息子カルナとは対立する。こうして二神間のバランスは、二つの時代をまたいで達成されたのである。

❖カルナが体現しているのは、社会から押し付けられた地位に甘んじない人間像だと言えよう。

カルナの物語

クンティーが御前試合の最中に気絶したのは、甲冑と耳飾りを身に着けた若者が、結婚前に産んだ息子であることに気づいたからだ。第一子であったのに、結婚前に産んだために、クンティーの名誉を守るために捨てられたのだ。

聖仙ドゥルヴァーサスはクンティーの奉仕を喜んで、魔法の呪文を教えてやった。その呪文を唱えれば、デーヴァ神族を望みのままに呼び出して、その子を身ごもることができるという。クンティーが父親の家に住んでいた乙女時代の出来事だ。クンティーは好奇心から呪文を試してみたくなって、どんな結果になるかも考えずに、太陽神スーリヤを呼び出してしまった。姿を現したスーリヤはクンティーに息子を産ませた。その子は耳に耳飾りを、胸に甲冑を着けて生まれてきた。恐ろしくなったクンティーは、その子を籠に入れて川に流し、川の気まぐれに任せることにした。

その籠を見つけたのが、クル王家に御者として使えるアディラタだった。アディラタと妻のラーダーには子がなかったので、この捨て子を我が子として育てることにした。

やがて、カルナは戦士になりたいという大志を抱くようになった。カルナは思い切ってドローナに会いに行ったが、ドローナはカルナに兵法学を教えることを拒否した*。「父の技を学ぶことに専念しろ」と、カルナは周囲から言われた。しかし母のラーダーは、心の命じるままに進むよう励ました。

* 監訳注：原典ではカルナはドローナに弟子入りしている。

カルナは弓術を学ぶ決心を固めると、バラモンに変装して、ドローナの師であるパラシュラーマを訪ねた。パラシュラーマはクシャトリヤに対抗するために、好んでバラモンに武器の使い方を教えていたからである。パラシュラーマはカルナを弟子として受け入れ、その熱心な勉学態度に喜んだ。カルナはすぐにパラシュラーマの一番弟子となり、あらゆる武術に精通するようになった。

ある日、パラシュラーマはカルナのひざに頭を乗せて居眠りをしていた。虫がカルナの腿の肉を食い破ったのだ。パラシュラーマが目覚めると、カルナの腿は血まみれになっていた。「耐えがたい苦痛だったろうに、なぜお前は叫んだり、虫を追い払うために身動きしたりしなかったのだ?」と、パラシュラーマは尋ねた。

「先生の眠りを妨げたくなかったからです。だから私は苦痛をじっと耐え忍びました」と、カルナは師の賞賛を期待して言った。

ところがパラシュラーマは感激するどころか、激怒した。重大な事実に気づいて、パラシュラーマはカッと目を見開いた。「お前はバラモン出身だと言ったが、あり得ないぞ。こんな苦痛をじっと耐えられるほど強靭で愚かなのは、クシャトリヤだけだ。お前の正体を言え」

師匠をだませないと悟ったカルナは、パラシュラーマの足元にひざまずいて告白した。「私は御者に育てられました。しかし、私は自分の本当の氏素性を知らないのです」

「嘘つきめ。お前は戦士の子だ、クシャトリヤだ。だからお前はこれほどの強靭さを発揮できるのだ。私をだまして教えを受けたからには、いつの日か、お前がこの教えを最も必要とするときに、お前は私が教えたことをすべて忘れるだろう」。パラシュラーマはこう呪いをかけると、カルナを追放した。

Column

❖カルナは、クンティーが太陽神系の王朝に連なる王子と婚前交渉した結果生まれた私生児であり、だからカルナは太陽神と関係があるとされているのだとの推論もある。この逸話は女性に対して、結婚前に情熱に身を任せることの危険性を警告している。

❖クシャトリヤに対するパラシュラーマの憎悪は、伝承の産物だろう。パラシュラーマはヴィシュヌ神の化身であるとされている。戦士の部族が社会を制圧するために武力を濫用したとき、ヴィシュヌ神は戦斧を振るって多くの戦士を叩き切ったからだ。パラシュラーマはクシャトリヤの力を無効にするための戦術を、広くバラモン出身者たちに教えている。パラシュラーマの逸話は、聖職者と王族の対立が最高潮に達した時代の産物だろう。

❖ヴァルナ・ダルマによれば、社会をしっかりと安定させるためには、息子は父親の職業を継がなければならないとされている。そして父親とは、子どもを産んだ女性と結婚している男性である。パーンダヴァ五兄弟が戦士であるのは、生母たちと結婚した男性が、クシャトリヤの身分のパーンドゥ王だったからだ。一方、カルナは生母が誰か知らなかったので、その結婚相手も知らなかった。だから、どんな職業に就くべきかが分からなかった。カルナが知っているのは、戦士になりたいという内なる欲求だけだった。

❖個人の野心と家族としての義務――それは、父から子へと強制的に受け継がれる義務である――との間に生じる軋轢の危険性を、ヴィヤーサは『マハーバーラタ』全編を通じて強調している。カルナは野心に突き動かされて、養父のような御者になることを拒否した。ドローナは復讐に駆り立てられて，生みの父のような聖職者になることを拒否した。クリシュナは戦士の家庭に生まれたのに、牛飼いや御者として扱われることを好んだ。重要なのは職業ではなく、内なる意志なのだ。

❖インドネシアに伝わった『マハーバーラタ』では、カルナはクンティーの耳から生まれたことになっている。なぜなら、「カルナ」という名前は「耳」を意味するからだ。だからこそ、クンティーはパーンドゥと結婚したとき、まだ処女だったのだ。

第五巻
放浪

「ジャナメージャヤ王よ、ラークシャサとナーガとガンダルヴァは、あなたの一族が生き延びる手助けをしてくれたのですよ」

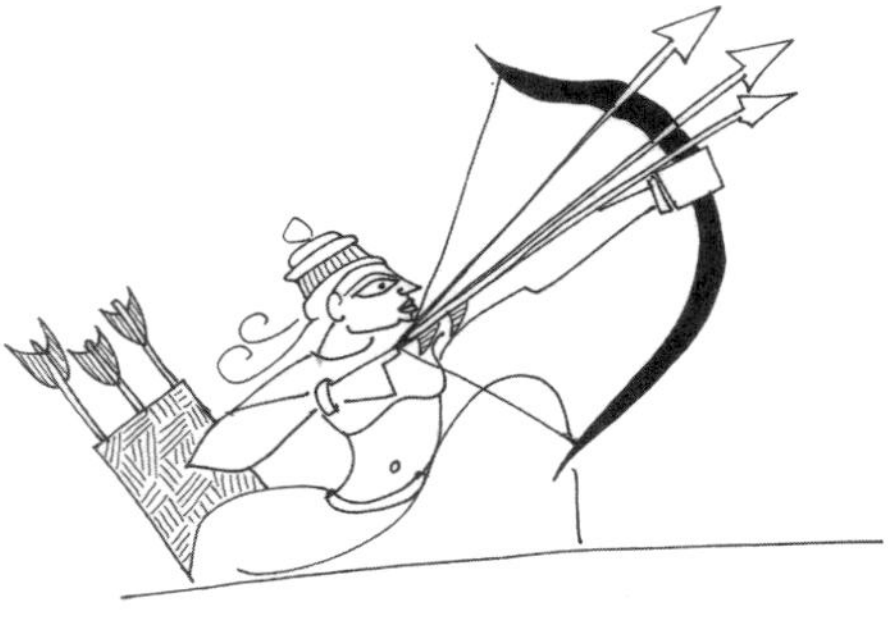

ビーマと蛇族ナーガたち

クンティーが五人の息子を連れてハスティナープラの都に戻って以来、ガーンダーリーの息子たちは、いずれ王家の資産を従兄弟たちに分け与えなければならなくなることを恐れていた。

ある日、ドゥルヨーダナは叔父のヴィドゥラに訴えた。「連中はパーンドゥの本当の息子ではありません。ニヨーガの法によって生まれた、よその男たちの種です。我々兄弟こそ正統な王家の血筋です」

すると、ヴィドゥラはこう答えた。「いや、それは違う。プラティーパとシャンタヌの血を引いているのは、ビーシュマ様だけだ。故パーンドゥ王もドリタラーシュトラ王も、本来の血筋ではない。両人とも、カーシ王国の王女たちの腹に宿った聖仙ヴィヤーサの種だ。それ故、お前の主張には根拠が乏しい。しかも、故パーンドゥ王はそなたの父王よりも先に王位に就いたではないか」

それでもドゥルヨーダナは「でも、私たちの父王のほうが年上です」と反駁した。

ヴィドゥラは諭した。「その理屈によれば、次の王はユディシュティラとなって然るべきだ。そなたたちの祖父、故ヴィチトラヴィーリヤ王の最年長の孫になるのだからな」

ドゥルヨーダナは黙るしかなかった。しかし、従兄弟たちを憎いと思う気持ちを抑えることはできなかった。この憎いと思う気持ちは、相手も同様だった。

パーンダヴァたちはカウラヴァたちを恐れた。宮廷ではパーンダヴァたちには実権がなかったからだ。母は未亡人で、父は故人だ。パーンダヴァたちは盲目の王とその目隠しをした王妃の陰で生きていた。

ビーマはたびたびカウラヴァたちをいじめた。カウラヴァたちを抱え上げて地面に叩きつけたり、木登りをしているカウラヴァたちが木の実のように落ちてくるまで木を揺すったりした。

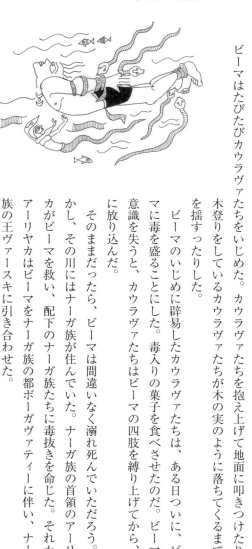

ビーマのいじめに辟易したカウラヴァたちは、ある日ついに、ビーマに毒を盛ることにした。毒入りの菓子を食べさせたのだ。ビーマが意識を失うと、カウラヴァたちはビーマの四肢を縛り上げてから、川に放り込んだ。

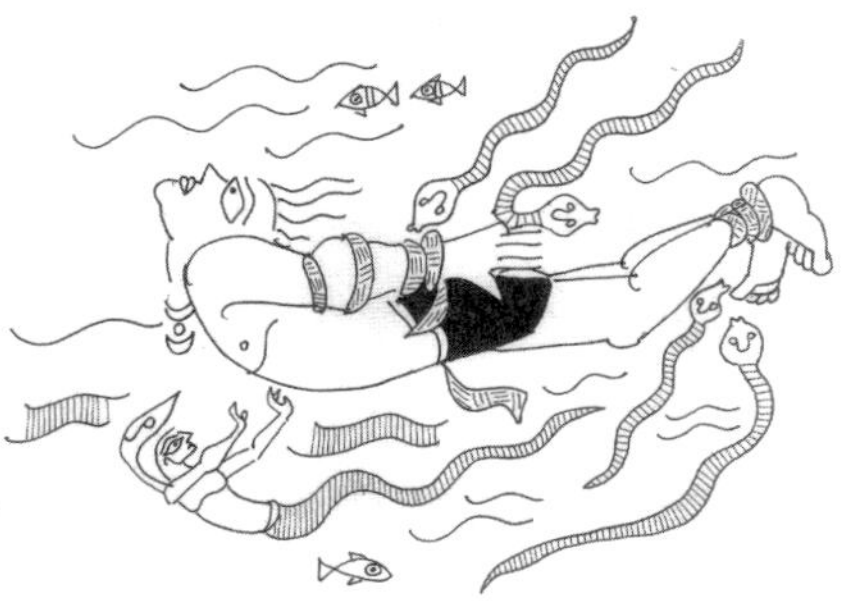

そのままだったら、ビーマは間違いなく溺れ死んでいただろう。しかし、その川にはナーガ族が住んでいた。ナーガ族の首領のアーリヤカがビーマを救い、配下のナーガ族たちに毒抜きを命じた。それからアーリヤカはビーマをナーガ族の都ボーガヴァティーに伴い、ナーガ族の王ヴァースキに引き合わせた。

ヴァースキはビーマを歓迎した。「そなたの母のクンティーはヤドゥの子孫だ。そしてヤドゥは、ナーガ族の偉大な王であるドゥームラヴァルナの義理の息子だ。つまり、そなたの体にはナーガ族の血が流れている。そなたは我々の身内なのだ」。ナーガ族はビーマのために舞い踊り、歓迎の祝宴を催した。この世のあらゆる毒から永遠に身を守ることができるという薬も飲ませてくれた。

こうして健康を取り戻して復活したビーマは故郷に帰還し、母と兄弟を大いに喜ばせた。同時に、カウラヴァたちを大いに悔しがらせたのである。

Column

❖誰が王になるべきか？　長男か、それとも最も優れた息子か？　正統な血筋を引く者か、資質に恵まれた者か？『マハーバーラタ』全編を通じて、ヴィヤーサはこの問題を掘り下げていく。

❖コブラに代表される、頭巾状の頭部を持つ蛇、ナーガ族は川の中だけでなく、地中のラサータラと呼ばれる領域にも住み、偉大な蛇王ヴァースキが宝玉で飾られた都ボーガヴァティーを治めていた。ナーガ族は猛毒の持ち主であるばかりでなく、素晴らしい魔力を持つさまざまな宝玉の守護者でもあった。その魔力とは、望みをかなえる力、病を癒す力、死者をよみがえらせる力、生殖力を復活させる力、子を授ける力、幸運をもたらす力などだった。

❖人類学者によれば、『マハーバーラタ』に登場するナーガ族の実態は、農業に従事する定住民で、彼らは蛇を豊穣の守護者として崇拝していたと思われる。今日でも蛇は、多産や豊作をもたらすものとして崇拝されている。

❖タミル・ナードゥ地方に伝わる伝説によれば、クル王家の人々は、ビーマは溺れ死んで、その遺体は流れてしまったのだと考えたという。そこでビーマの死を弔い、二週間後には喪明けの宴会を催した。まさにその日、野菜が切りそろえられ、香辛料の準備が整った後に、ビーマが川から姿を現して、母と兄弟たちを大いに安堵させた。食材を無駄にしたくなかったビーマは、今後の新しい人生を象徴するような、一風変わった特別な料理を作ろうと申し出た。ビーマはすべての野菜と香辛料を混ぜ合わせたものに、ココナッツミルクを加えて、〝アヴィヤル〟（〝混ぜ合わせたもの〟という意味）という有名なタミル料理を作り上げたという。ヴェーダ時代の料理は、野菜を混ぜ合わせないのが基本だったので、ビーマの料理は異彩を放っていたことだろう。

❖いくつかの民間伝承によれば、ナーガ族のもとに滞在している間に、ビーマは妻を与えられて、後にクルクシェートラの戦いに参加することになる息子を儲けたという。その息子の名は、オリッサ地方の伝承によればビラールセーン、ラージャスターン地方の伝承によればバルバリークとされている。

樹脂《ラック》の家

クル王家はパーンダヴァとカウラヴァという、対立する二つの陣営にはっきりと分かれた。それぞれが、自分たちこそ正統な王位継承権者であると思っていた。

ユディシュティラは正式に戴冠した王の長男であり、故ヴィチトラヴィーリヤ王の最年長の孫息子である。パーンダヴァたちにしてみれば、伯父のドリタラーシュトラは摂政にすぎない。しかし、カウラヴァたちの考えでは、父ドリタラーシュトラは不当に扱われていたのであって、故ヴィチトラヴィーリヤ王の長男である父こそ王位の正当な後継者なのだ。

九九人も兄弟がいるのに、ドゥルヨーダナは自分たちはパーンダヴァたちよりも弱いと思っていた。ユディシュティラのそばには、弓の名人アルジュナ、怪力のビーマ、助言者のサハデーヴァがいる。しかし、ドゥルヨーダナのそばには、ドゥフシャーサナ以外にこれはという人物はいなかった。だが、カルナがドゥルヨーダナの友人になって、状況は一変した。カルナはアルジュナに匹敵する弓の名人だったからだ。それに助言者なら、母の兄のシャクニがいるではないか。

些細なことがきっかけとなって、宮殿内で従兄弟同士が争う事態になりかねなかった。クンティー妃とガーンダーリー妃は、それぞれの息子たちに自重するように言い聞かせたが、母親たちの説教は無視された。それどころか、母親同士も対抗意識を抑えられないときがあったのだ。

あるとき、クンティーは息子たちの幸福を願って、象を崇拝する儀式を執り行うことにした。クンティーは都の陶工たちに命じて、象をかたどった陶器を作らせた。このクンティーの計画を知ったガーンダーリーは、自分の息子たちのためにも同様の儀式を行うことにした上で、クンティーを凌駕するために、都の鍛冶職人に命じて黄金の象を作らせた。この一件で、クンティーは宮廷における自分の地位はガーンダーリーよりも低いことを思い知らされた。クンティーはあくまで前国王の未亡人なのだ。アルジュナは母の顔に微笑みを取り戻したい一心で、「私の実父、インドラ神にお願いして、天界の象アイラーヴァタを母上の儀式に遣わしてもらいましょう」と言った。インドラ神は同意したものの、アルジュナに「天界に棲む象を、どうやって地上に降ろすつもりか」と問いかけた。するとアルジュナは無造作に弓を構えると、無数の矢を射かけて、天界から地上に降りる橋を作り上げた。世の人々は驚嘆して、天界の象アイラーヴァタがクンティーのプージャー（儀式）のために天から下ってくる様を見つめた。

誰が王になるべきか、世の人々の意見は定まっていなかった。当初は、正直で洗練されていて気品のあるユディシュティラの人気が高かった。ユディシュティラを支える四人の弟たちも、ビーマは屈強で、アルジュナは武芸に優れ、ナクラは美しく、サハデーヴァは賢かった。これ以上の者たちが王国に必要だろうか？　しかし、盲目の父親と目隠しをした母親の間に生まれたドゥルヨーダナを気の毒に思う人たちもいた。しかも、その友人であるカルナは、パーンダヴァたちから冷遇されてはいるが、強さと寛容さを併せ持つ人物だ。

「王子たちが結婚年齢に達して、外国の娘たちが王家に嫁いでくるようになると、事態はさらに悪化するでしょう」と、ドリタラーシュトラ王にその弟ヴィドゥラが言った。「そこで、故パーンドゥ王の未亡人とその息子たちに分家を立てさせてはどうですか」。

ドリタラーシュトラはこの意見に同意して、ヴァーラナーヴァタの地にクンティーとその息子たちの宮殿を造営することを命じた。

ところが、この新しい宮殿を見に行ったヴィドゥラは戦慄した。宮殿が樹脂《ラック》などの燃えやすい建材でできていたからだ。

ヴィドゥラはクンティーに告げた。「どうやら、兄はあなたとあなたの息子たちを殺したいようだ。兄はあなたに宮殿を贈るつもりだ。つまりは、あなたが断れない贈り物だ。あなたたちが引っ越したら、兄は焼き討ちを企むはずだ。しかし、安心なさい。あなたたちは無事だろう。私は宮殿の地下に森に通じるトンネルを掘らせておいた。兄から妙な疑いをかけられないためにも、宮殿は受け取っておきなさい。いざとなったら、トンネルを使って逃げるのです。そして無事に帰還したとき、あなたは道徳的に強い立場を得ることができる。そうすれば、いつか将来、あなたの息子たちは正当な遺産を継承できるでしょう」

案の定、パーンダヴァたちとその母に宮殿が贈られた、まさにその日の晩に、新宮殿は焼け落ちた。パーンダヴァ母子は無事に逃げおおせたものの、この事件に震撼した。王家内の確執は、急激に危険な局面を迎えていた。

火災が鎮火すると、一人の女性と五人の若者の焼死体が発見された。誰もが、それがクンティーと息子たちの遺体だと思った。彼らを悼んで、ドリタラーシュトラは泣き、ガーンダーリーは泣き、ドゥ

ルヨーダナとドゥフシャーサナも泣いた。ビーシュマとドローナは悲しみに打ちのめされた。

ヴィドゥラは喪に服すふりをした。なぜならヴィドゥラは知っていたからだ――六人の遺体は、クンティーと息子たちの身代わりとして、薬物を投与されて宮殿内に遺棄された挙げ句に焼死した人たちのものであることを。ヴィドゥラは、このおぞましい筋書きにかかわった者たちを探り続けた。誰の涙が本物で、誰の涙が偽物なのか？

Column

❖象を巡る対立の物語は、カルナータカの象祭りに由来する。この逸話が示しているのは、ライバル関係は息子たちの間に限ったものではないということだ。クンティーとガーンダーリーは激しく競争して、それぞれの息子たちのために栄光を求めた。

❖『マハーバーラタ』は、ヴィドゥラとクンティーの関係について度々言及している。ヴィドゥラはヤマ神の化身であり、ヤマ神はパーンドゥ王がクンティーを妊娠させるために最初に呼び出した神である。つまり、クンティーの第一子ユディシュティラはヤマ神の息子であり、それゆえユディシュティラはヴィドゥラに父の面影を見ていたのだ。合理主義的に解釈すれば、パーンドゥの弟であるヴィドゥラは、クンティーを妊娠させるために召喚された最初の人物だと思われる。だとすれば、ヴィドゥラがクンティーとその息子たちを蔭ながら気にかけていた理由がわかるだろう。

❖『マハーバーラタ』に登場する樹脂の宮殿の逸話は、カウラヴァたちとその盲目の父親を悪者だと決めつけている。このたった一つの恥ずべき行為によって、カウラヴァたちは世の同情をすべて失った。

❖ハスティナープラに近いメールルート地区にあるバルナワが、ヴァーラナーヴァタだと考えられている。ここで樹脂の宮殿がパーンダヴァたちのために造られた。

バカを退治する

クンティーは息子たちに言った。「宮廷で私たちの味方をしてくれる人は、ヴィドゥラ様以外には誰もいません。ビーシュマ様とドローナ殿はどちらか一方の肩を持つことは避けようとされます。ヴィドゥラ様にしても、公然と私たちの味方はできません。私たちは自分の面倒は自分で見なければなりません。強力な味方を得るまでは、身を隠していましょう」。息子のパーンダヴァたちも同意した。

未亡人と五人の息子たちは貧しいバラモンに身をやつして森に逃げ込み、一カ所に長く留まることを避けて、荒れ地をさまよった。まさかこんなことになるとは思わなかった、これが我々の運命なのだろうかと、親子は嘆いた。神々の子どもたちが家を失い、根無し草となるなんて！　パーンダヴァたちはすすり泣く母の姿をたびたび目撃して、どうすれば母の顔に微笑みを取り戻せるだろうかと悩んだ。

ビーマは家族たちが歩き疲れると、家族全員を抱え上げた。母を背に乗せ、ナクラとサハデーヴァを肩に乗せ、ユディシュティラとアルジュナは腕に抱えたり腰に乗せたりして、一人で家族全員を運んだ。通りすがりの人々はこの光景を見て、ビーマの強靭さに驚くとともに、家族に対する献身ぶりに感動した。

森の中をさまようことがいよいよ耐え難くなると、パーンダヴァたちは村落に身を隠した。しかし、一ヵ所に長く滞在することはなかった。無用な注目を浴びたくなかったからである。見つかれば殺されるという恐怖が、パーンダヴァたちに常に付きまとっていた。

森にいたときは、一日中食べ物を探していたが、村落では施しを求めて家々を巡った。集めた食べ物を家族で分け合うのは、夜になってからだ。クンティーはビーマに半分を与えて、残りの半分を他の四人の息子たちに均等に与えた。クンティー自身は息子たちの食べ残しを食べた。

エーカチャクラーという村では、クンティー親子はある若いバラモン夫妻の家に住まわせてもらった。ある晩、バラモンの妻がすすり泣く声が聞こえてきた。「とうとう、あの化け物に食べ物を届ける番が回ってきました。あなたが行けば、あいつは間違いなくあなたを喰らうでしょう。そうなれば、私は未亡人となり、私も娘も生活の支えを失って、世間のお情けで生き延びる身となるでしょう」

クンティーは親切なバラモン夫妻に同情して、悲嘆の原因を

尋ねた。そして、村人たちが恐怖の影の下で生きていることを知ったのである。村の近くに棲んでいるバカというラークシャサは、腹を空かせると村を襲い、出会った者は手当たり次第に殺し、狼藉の限りを尽くしていた。被害を最小限にとどめるために、村人はバカと取引きした。それは、村を襲わない代わりに、二週間ごとに荷車一台分の食料をバカのもとに届ける、という約束だった。バカは食料はもちろん、荷車を引いてきた牛も、届けに来た人間も、男であろうが女であろうが関係なく喰うことができるのだ。村の家々は、二週間ごとに食料を届ける役を順番に引き受けた。こうして苦痛は村中に平等に分配された。そして今回、その役目がバラモン夫妻に回ってきたのだ。

「恐れる必要はありません」と、クンティーは言った。「皆さんは私たちを匿ってくれました。せめてもの恩返しに、皆さんをお救いします。私の息子の一人が、ご主人の代わりに行きます。私には五人の息子がいます。その一人を犠牲にしてもかまいません」

「客人にそんなことはさせられません」と、バラモン夫妻は断ろうとしたが、クンティーの決意は固かった。食料をバカのもとに運ぶ役を、クンティーはビーマに申し付けた。バラモン夫妻はクンティーの自己犠牲に感動した。こうしてクンティーはビーマに別れを告げたが、他の四人の息子たちはニコニコ笑っていた。なぜなら彼らの母は、村からラークシャサの脅威を取り除くと同時に、粗食の日々

を送ってお腹を空かせている息子に腹一杯食べさせてやるという、一石二鳥の布石を打ったからだ。

ビーマは森に入るとすぐに荷馬車を止めて、バカのために用意された食料を食べ始めた。そのガツガツと咀嚼し、げっぷする音を聞きつけたバカは激怒した。バカは荷車に近寄り、ビーマが何をしているか確かめると、逆上してビーマに襲い掛かった。しかしビーマは片手でバカの首根っこをつかんで荷車の上に組み伏せると、空いているもう一方の手で食事を続けた。すべて平らげると、ビーマは満足の笑みを浮かべて、あらためてバカに目を向けた。

ビーマとバカはまるで野生の雄牛のように戦った。両者が激しく殴り合うと、大地は振動し、木々は震えた。長い戦いの末、ビーマはバカの首をへし折った。

翌日、バカの死体を乗せた荷車が村に入ってくるのを、村人たちは目撃した。未亡人の息子の姿はなかった。それどころか、未亡人と他の息子たちも姿を消していた。人々は村を苦難から救ってくれた不思議な旅人たちに感謝した。「あの人たちは変装したクシャトリヤに違いない。人知れず、見返りを求めることなく、弱い者たちを守るのは、戦士のダルマなのだから」

Column

❖インドの田舎や部族のコミュニティ、さらには『マハーバーラタ』が重要な文化的役割を果たしている東南アジアでも、棍棒使いのビーマは最も人気のあるパーンダヴァだ。ビーマは多くのラークシャサの戦士を倒し、世の平和に貢献した。おそらく、田舎の純朴な人々は、ビーマの率直さに惹かれたのだろう。ビーマは少々抜けたところのある熱血漢で、挑発されやすかった。妻を愛し、食べることを愛し、悪魔と戦うことを楽しんだ。ビーマは庶民のヒーローであり、頭脳明晰で繊細なアルジュナが、弓を携帯できるエリート層のヒーローだったのとは対照的だ。

❖オリッサやマディヤ・プラデーシュの様々な部族、たとえばコンド族などは、ビーマを地上に文明をもたらした人物と見なしている。ビーマの妻となった部族の姫の化身と見なされる木の下で、ビーマは神として崇拝されている。

❖バカはその力を弱い村民を抑圧するために使っている。バカが体現しているのはマツヤ・ニヤーヤ（〝魚の法〟の意）、いわゆる〝ジャングルの掟〟のインド流の比喩である。ジャングルでは、力は正義だ。このような法は、文明的な社会では容認されない。バカの行動は、ヴェーダ学者の目には野蛮人と映っただろう。ヴェーダ学者にとって、無力なものを助ける者こそ真のアーリヤ、すなわち高貴な存在である。だからこそ、ビーマの長所が賞賛されるのである。

ヒディンバとヒディンバー

バカを退治して森に戻ったパーンダヴァとその母は、森の空き地で休息した。そこへヒディンバというラークシャサが襲いかかった。ヒディンバはバカの兄弟で、ビーマがバカを殺したことを知ったのだ。

激しい戦いの末、ビーマは何とかヒディンバを打ち負かして殺すことができた。その様子を、ヒディンバの妹のヒディンバーが茂みに隠れて見ていた。ヒディンバーは怒るどころか、ビーマの強さと膂《りょ》力《りょく》に魅せられて、ビーマこそ我が夫と思い定めた。ヒディンバーは魔力を用いて、ビーマとその母、兄弟たちを美しいラークシャサの里へと誘い、食事と衣服と住居を提供した。クンティーはこのもてなしに感動して、ヒディンバーを嫁として認めた。

やがて、ヒディンバーはビーマの息子ガトートカチャを出産した。

クンティーは、次男が妻や子との団欒を楽しむ姿を見つめた。そして、ビーマの妻子への愛着が、ビーマを兄弟たちから引き離すのではないかと恐れた。そこである日、クンティーはビーマを呼んで言った。「私たちの運命は別の場所にあります。ラークシャサの里にはありません。去るべき時が来たのです」

ビーマはうなずき、悲しみに沈みながら妻子に別れを告げた。パーンダヴァたちが出発するとき、まだ幼子であるビーマの息子は、まるで大人のような口調で言った。「私の助けが必要になったら、私のことを想ってください、父上。そうすれば私はおそばに参ります」。ビーマは微笑みながら息子の頰を撫で、最後に優しく妻を見つめてから、母と兄弟たちの後に従ってラークシャサ

の里を去っていった。

Column

❖ヒマラヤの山岳地帯にあるヒマーチャル・プラデーシュ州では、ヒディンバーだと思われる土着の女神が信仰されている。おそらくラークシャサは森林地帯に住む部族で、ヴェーダの風習に従っていなかったために、野蛮人と見下されていたのだろう。また、腕力にものを言わせる生き方をしていて、知性や機知よりも力を賞賛していたことも、野蛮人扱いされた理由だと思われる。ヒディンバーはビーマの妻となり、ラークシャサの風習を捨てたことで、崇拝されるようになったのだろう。

❖〝ラークシャサ〟と〝アスラ〟は同じ意味で用いられることもあるが、区別する必要がある。ラークシャサは森に住むが、アスラは地面の下に住んでいる。神話では、アスラはデーヴァと戦い、ラークシャサは人間を苦しめる。

❖ヒディンバーが兄弟を殺したビーマを夫として受け入れたということは、ラークシャサは「力こそ正義」とするジャングルの掟を尊重していたことを意味している。

❖ビーマがラークシャサの女性と関係を持ったことを、クンティーは不快に思った。ある程度は許容したが、息子を説得して、運命は宮殿にあって森にはないのだと踏ん切りをつけさせた。ビーマがヒディンバーとの家庭生活に取り込まれることは、クンティー一家にとって好ましいことではないと考えたのだ。

ガンダルヴァのアンガーラパルナ

ある日、パーンダヴァたちが湖の水を汲んでいると、アンガーラパルナという名のガンダルヴァが襲いかかってきた。アンガーラパルナは、この湖は自分のものだと主張した。激しい戦いが始まり、とうとうアルジュナが火の神アグニの神威を帯びた矢を放たざるを得なくなった。矢を受けたアンガーラパルナの戦車は炎上した。ほどなく、アンガーラパルナは気を失って、アルジュナの捕虜となった。

アンガーラパルナの妻のクンビーナシーは、アルジュナに夫を解放するよう懇願した。ユディシュティラも「放してやりなさい」と言ったので、アルジュナはこれに従った。

アンガーラパルナは感謝のしるしとして、パーンダヴァたちに一〇〇頭の馬を贈った。アンガーラパルナはまた、パーンダヴァたちにさまざまな物語を語り聞かせた。

その一つが、聖仙ヴァシシュタの息子シャクティの物語だ。ある日、シャクティは狭い橋の上で、カルマーシャパーダ王に行く手を遮られた。王はシャクティに通行の権利を与える

ことを拒絶したので、怒ったシャクティは王にラークシャサになる呪いをかけた。呪いは直ちに効力を発揮したが、シャクティ本人が最も痛い目に遭う結果となった。ラークシャサになったカルマーシャパーダ王は、人肉を食べたくてたまらなくなり、シャクティに飛びかかって貪り食った。息子の死を知った聖仙ヴァシシュタは、悲嘆のあまり自殺を図って、火に飛び込んだり、崖から飛び降りたり、川に身を投げたりした。しかし、火も大地も水も、ヴァシシュタを傷つけようとはしなかった。「生きよ」と、精霊たちはヴァシシュタに言った。「孫のために生きよ。まだ母の胎内にいる、孫のために生きよ」。やがて、未亡人となった義理の娘が産んだのが、聖仙パラーシャラだ。このパラーシャラが、ヴァシシュタの生きがいとなった。成長したパラーシャラは、人食い鬼ラークシャサを全滅させるための祭式を執り行うことにした。その標的の中には、もちろん、父を殺したカルマーシャパーダ王も含まれていた。しかし、祖父のヴァシシュタは「やめよ」と言った。「赦すのだ。そなたの父は怒って王を呪ったが、その呪いは結局、そなたの父を最も害することになった。同様に、そなたの復讐行為も、復讐の連鎖を生むだけだろう。赦すのだ。ラークシャサは平安に過ごさせよ。さすれば、そなたも平安を見出すであろう」。パラーシャラは祖父の言うとおりだと感じ入っ

て、ラークシャサを滅ぼすための儀式を中止した。このパラーシャラこそヴィヤーサの父親であり、ヴィヤーサこそ、パーンダヴァたちの父パーンドゥ王の父親なのだ。

ガンダルヴァのアンガーラパルナが、なぜこの物語を語ったのか、パーンダヴァたちはその理由を悟った。パーンダヴァたちの心中に従兄弟たちに対する憤怒があることを、アンガーラパルナは見抜いていたのだ。

「我々はパーンダヴァだ」と、兄弟たちはアンガーラパルナに打ち明けた。「カウラヴァに陥れられた、パーンダヴァなのだ」。パーンダヴァたちは、父王の死から伯父の背信に至るまでのすべての出来事をアンガーラパルナに語った。「こんな辛い目に遭わされたのでは、絶対に赦すことはできない」

ガンダルヴァのアンガーラパルナは忠告した。「怒りは捨てなさい。代わりに、自分たちの力で身を立てるのです。今、あなたたちのもとには私の馬たちがいる。バラモンを見つけなさい。妻を得なさい。そして領地を得なさい。あなたたち自身の王国を築きなさい。自分たちの力で王となるのです」

Column

❖ラークシャサ同様、ガンダルヴァは森に棲む者たちである。しかし、外見はラークシャサよりもはるかに洗練されていて、空飛ぶ戦車に乗って弓も使う。おそらく、ヴェーダ文化に属さない部族を分類する際、賞賛に値する人々は神または半神、嫌悪を感じさせる人々は悪魔と見なしたのだろう。

❖『マハーバーラタ』でアンガーラパルナは、なぜ自分がパーンダヴァたちを攻撃することができたか、その理由について、パーンダヴァたちは学生という人生のステージは終えているが、夫となり家長になるという次のステージには至っていないからだ、と説明している。つまり、著者ヴィヤーサは結婚の重要性を強調しているのだ。ヴェーダ時代のアーシュラマ・ダルマに従えば、男性の弟子・徒弟の時代は結婚によって終わり、息子が子をなしたときをもって家長の役を終えることになっていた。

❖ヴァシシュタとパラーシャラの物語は、五巻の終わりという節目で、意識的に設定されたものだ。ガンダルヴァのアンガーラパルナは、パーンダヴァのカウラヴァに対する怒りを、正当であっても肯定できるものではないとした。この怒りは将来、痛みと苦しみしかもたらさないからだ。

❖狭い橋の上で二人の男が出会い、どちらがどちらに通行権を与えるか、という物語は、ダルマの本質である寛容と、アダルマの本質である不寛容を説明するための、絶好の舞台設定となっている。

❖馬はインド亜大陸原産の動物ではない。ガンダルヴァがパーンダヴァたちに馬を贈ったということから、パーンダヴァたちはインド北西部の辺境に逃亡したと推測される。商人はこの地域を通って、中央アジアからインドへ種馬を連れてきた。

第六巻
結婚

「ジャナメージャヤ王よ、あなたの一族では、母が息子たちに妻を共有するよう求めたのです」

シヴァから授かった子どもたち

パーンダヴァたちはガンダルヴァに導かれてパーンチャーラ国に近い森へ行き、そこでダウミヤという聖仙と出会った。ダウミヤはパーンダヴァたちの本当の身分を知ると、喜んで導師として仕えることにした。

「クンティー妃、あなたの息子に嫁がいなければ、あなたたち一家はまともな家庭とは言えません」というのが、ダウミヤの最初の助言だった。「嫁となる娘を見つけましょう。ドルパダ王の宮廷で弓の競技会が開かれるので、そこへ行きましょう。勝者に贈られるのは王の娘、ドラウパディー王女です」

それからダウミヤは、ドルパダ王がいかにしてドラウパディーの父親になったかについて語り始めた。

ドルパダ王はドローナの弟子のクル王家の王子たちに打ち負かされたのち、屈辱感に駆られて破壊神シヴァを召喚し、ドローナとその庇護者であるクル王家を滅ぼす手立てを模索した。「ドローナを殺す息子を、ビーシュマを殺す息子を、そしてクル王家に嫁に入って、クル王家を崩壊させる娘を、私に下さい」と、ドルパダ王は叫んだ。

「そうあらしめよう」と、シヴァ神は言った。

やがて、ドルパダの妻は娘を出産した。予言者たちによれば、この娘はやがて男性に変化する、とのことだった。「マヌの息子スデュムナがイラーという女性になったように、この娘は性別が変化するであろう。そして、ビーシュマの死の原因となるであろう」。予言者たちは、ドルパダの娘はあのアンバー王女の生まれ変わりだと推測した。

ドルパダ王は、この子どもに満足しなかった。そしてヤージャとウパヤージャという聖仙たちに助けを求めた。二人の聖仙は、女性が飲めば子どもを授かるという魔法の薬の作り方を知っていたのだ。彼らは盛大な祭式を執り行った。しかし、いざドルパダ王の妃に魔法の妙薬を与えるときになると、王妃は入浴にかかりきりになっていた。ヤージャとウパヤージャは王妃を待つことを拒否して、魔法の薬を祭壇の火に投げ入れた。

炎の中から、二人の子どもたちが現れた。男の子のドリシュタデュムナはドローナを殺すだろう、女の子のドラウパディーはクル王家に嫁ぎ、クル王家を分裂させるだろうと予言された。

シヴァ神はこのようにして、ドルパダ王に三人の子ども

たちを与えた。第一子は男になるであろう女と、第二子、第三子は男女の双子（完全な男性と完全な女性）だ。第一子はビーシュマを殺し、第二子はドローナを殺し、第三子はクル王家内に亀裂をもたらす運命にあった。

ドルパダ王はこの世で最高の弓の達人であるアルジュナに娘を嫁がせたいと思っていたが、アルジュナは兄弟や母とともに王宮の火災で死んだと思われていた。そこでドルパダ王は仕方なく弓の競技会を開いて、アルジュナの次に優れた弓の達人を見出して、娘の婿にするつもりだった。

Column

❖ヴェーダ時代、王たる者はバラモンを側近に迎えて、その助言を仰ぐべきであるとされていた。その助言の対象は、宗教儀式、精神的な問題、神秘的な事柄、政治にかかわる問題など、多岐にわたった。これがラージャ・グルと呼ばれる、王家の家庭教師だ。木星を司る神であるブリハスパティは、神々の王である主神インドラに導師として仕えた。金星を司る神であるシュクラは、アスラ魔族の王バリに導師として仕えた。パーンダヴァたちは王になるべき立場だったので、バラモンを導師として側近に迎えるようにとの助言を受けたのだ。これは階級と宗教が同盟を結んだ、最初の事例と見なすことができるだろう。

❖『マハーバーラタ』はヴィシュヌ神を崇拝する叙事詩である。すなわち、『マハーバーラタ』の中核をなすのは、世界を肯定する神であるヴィシュヌ神の徳だ。一方、世界を否定する神であるシヴァ神は、復讐に燃える人物（アンバー、ドルパダ、後にはアルジュナ）から呼び出される神として、繰り返し『マハーバーラタ』に登場する。

❖シヴァ神は、アルダナーリーシュヴァラ、すなわち半分は女性である神だと考えられている。そのため、シヴァ神の恩寵によって生まれた子どもは、男女両方の特性を具えている。ドルパダ王の最初の娘シカンディンは、後に息子に変容する。その次に、魔法の秘薬が二つに分離して生まれたのが双子――一人は完全な男性、もう一人は完全な女性だった。ドリシュタデュムナは極めて猛々しい男性として、その妹のドラウパディーは極めて官能的な女性として描かれている。

❖ここで強調しておくべきことは、ラークシャサの女性であるヒディンバーは、クンティーからもダウミヤからも嫁として認められていない、ということだ。それは多分に、人種差別的な考えからであろう。

ドラウパディーの婿選び式スヴァヤンヴァラ

「バラモンに変装して、ドルパダ王の娘の婿選び式スヴァヤンヴァラへ行って、何が起きるか見てみましょう」と、ダウミヤは助言した。「もし、ドルパダ王の娘がアルジュナの花嫁になるべく生まれた女性なら、そうなることをこの世の何物も邪魔できないでしょう」

パーンダヴァたちはダウミヤに従って、ドルパダ王の宮廷に赴いた。パーンダヴァたちはバラモンに変装していたので、婿選び式に参加することはできなかった。聖仙と苦行者とバラモンのための天幕に座して、クシャトリヤたちが競い合う様子を見守った。

競技会場の天井からは、回転する車輪が吊るされて、その車輪には魚が載せられていた。車輪の下には、油を満たした桶が置かれていた。参加者には、その桶の油に映る車輪を見ながら、用意された強弓で魚の目を射貫くことを求められた。このような難しいことをやり遂げられるのは、アルジュナだけだろう、というのが衆目の一致するところだった。ただし、彼が生きていればの話だが。

バラタ全土から多くの弓取りが運試しに集まった。強弓の弦を引くことすらできない者もいれば、油に映る魚を見るのに夢中になって桶に落ちる者もいた。その他の者たちも四方八方に矢を射かけるだけで、魚の目を射貫くことはできなかった。

ドゥルヨーダナはこの競技会に参加することはできなかった。なぜなら、ドゥルヨーダナはすでにカリンガ国の王女バーヌマティーと結婚して、他の女性は決して娶らないとバーヌマティーに約束していたからだ。そこでドゥルヨーダナは自分の代わりに友人のカルナを派遣した。

カルナが弓を引こうとすると、ドラウパディーが立ち上がって言った。「だめです、御者の息子は私に求婚できません」。公の場で侮辱されて、カルナは引き下がった。

挑戦したクシャトリヤたち全員が失敗すると、ドルパダ王はバラモンたちに参加するよう促した。直ちにアルジュナが立ち上がって弓を取ると、油に映っている車輪の上の魚の目を見定めて、矢を放った。矢は的を射貫き、観衆は喝采した。クシャトリヤにできなかったことをバラモンが成し遂げたことに、誰もが驚いた。

その場に集ったクシャトリヤたちの中には、アルジュナがドラウパディーを優勝の戦利品として要求するのを阻止しようとする者もいたが、この弓を携えたバラモンが屈強な四人の兄弟たちに守られているのを見ると、退くしかなかった。

Column

❖スヴァヤンヴァラでは、女性が集まった男性たちの中から夫を選ぶのが理想だとされていた。しかし時代が下るにつれて、この権利は女性から取り上げられてしまった。スヴァヤンヴァラは弓技大会となり、花嫁は優勝者の戦利品になった。しかし花嫁にも、男性に対して競技会への参加資格を認めない権利はあった――ドラウパディーがカルナを失格させたように。

❖インド西部のグジャラート地方の民話によると、マガダ国の皇帝ジャラーサンダはドラウパディーのスヴァヤンヴァラに参加することを望んだという。しかし、巷の噂話を耳にして、参加を取り止めた。その噂とは、「皇帝が負けたら、面目丸つぶれで物笑いの種になるだろう。皇帝が勝っても物笑いの種だ。あんな若い嫁をもらうんだから」。このように、人生にはどう転んでも勝てない場合があるのだ。

❖ドラウパディーはカルナを、その表面上の社会的地位を理由に拒絶したが、実際には誰も知らないだけで、カルナの本当の身分は戦士なのだ。戦士身分の者たちが誰一人として的を射貫けなかったから、ドルパダ王はバラモンたちに競技会への参加を許した。ドラウパディーは父の妥協を受け入れてバラモンと結婚したが、後にそのバラモンは変装した戦士であることがわかったわけだ。こうしてヴィヤーサは、内面的な真実ではなく、表面的でわかりやすい事実に左右される愚かしさを強調している。

共通の妻

「母上、私が競技会で獲得してきたものをご覧ください」と、アルジュナは言った。クンティーは振り向かずに答えた。「何であれ、兄弟たちと平等に分けなさい」

「でも、これは女性ですよ」と、アルジュナ。

振り向いたクンティーは、アルジュナの隣にいる美しいドラウパディーを見つめた。同時にクンティーは、他の息子たちもドラウパディーに惹かれていることを見抜いた。一人の女性が五人の息子たちの団結を壊すことを恐れたクンティーは言った。「もしそなたたちが本当に私の息子なら、ダルマが許す限り、私の言った通りにしなさい」

事実、ダルマは一妻多夫婚を認めていた。古代の年代記によれば、ヴィドゥラーはプラチェータスの一〇人兄弟と結婚していると、ユディシュティラも説明した。これにより、ドラウパディーがパーンダヴァ五兄弟の共通の妻になることに障碍はないことが明らかとなった。

実はドラウパディーは、前世でシヴァ神を呼び出して、理想の夫像を伝えていた。ドラウパディーが求めたのは、誠実な夫、力の強い夫、武術に優れた夫、見目麗しい夫、そして聡明な夫だった。するとシヴァ神はこう答えた。「そなたの願いをかなえるためには、そなたは五人の男と結婚することになるだろう。〝神〟は例外として、そのような資

質を一人の男が兼ねそなえることはあり得ないからだ」

さらにドラウパディーは別の前世では、聖仙マウドゥガリヤの妻、ナーラーヤニーだった。マウドゥガリヤは深刻な病にかかっていて、一日中咳をして痰を吐き、皮膚はガサガサで発疹だらけだった。しかし、ナーラーヤニーは忠実な妻として夫に献身した。妻の無償の献身に感謝したマウドゥガリヤは、妻の願い事をひとつ、かなえてあげようと言った。すると、ナーラーヤニーが夫に法力を駆使してかなえてほしいと願ったのは、ありとあらゆる性的な欲望を満たすことだった。そこでマウドゥガリヤはさまざまな男性——あらゆるタイプのハンサムな人間や神々——に変身して、さまざまなやり方で妻と愛し合った。長年、性的な歓びに耽溺した後、マウドゥガリヤはこの世に別れを告げるべき時が来たと思った。しかし、ナーラーヤニーは満足しなかった。「あなたが死んだら、誰が私を愛してくれるの?」と、ナーラーヤニーは詰問した。マウドゥガリヤは妻の飽くなき性欲に嫌悪感を覚えて、妻が来世では複数の男の妻になるように呪いをかけたのだった。

一方、パーンダヴァ五兄弟全員は、前世はインドラ神だった。インドラ神は独力で妃のシャチーと天の都アマラーヴァティーを守っていた。しかし現世では、五人全員が力を合わせても、自分たちの妃や王国を守れないかもしれないのだ。なぜならパーンダヴァ五兄弟が生きていた時代は、四期に分かれる宇宙期の第三期、ドゥヴァーパラ・ユガの衰退期だったからだ。

Column

❖アルジュナが戦利品は物ではなく女性だと言ったとき、なぜクンティーは前言を撤回しなかったのか、著者ヴィヤーサはその理由を明らかにしていない。おそらくクンティーは、自分の唯一の武器は息子たちの団結力だと考えていたのだろう。もしドラウパディーがアルジュナだけと結婚したら、セックスがらみのジェラシーが兄弟間に亀裂を生じさせるだろうと恐れて、クンティーは五兄弟全員にドラウパディーという一人の同じ女性と結婚するように申し付けたのだ。

❖インドで一妻多夫制を守っている部族は、南部のトダ族、ウッタラーンチャル地方の山岳部族、チベット系ネパール人などごくわずかで、その目的は財産の分散を回避することにある。各家庭の台所は一カ所だけで、正式な嫁は一人しかいない。息子たちは嫁を共有することができるし、あるいは愛人を作ったり、売春婦相手に楽しんだりすることが許されている。ただし、そうした外の女性たちには、家の財産に対する法的な権利はない。

❖ナーラーヤニーの物語にはさまざまなバリエーションがあり、たとえばマラヤーラム語の文献

（一六世紀の『バハラータム・パットゥ』や一八世紀の『ナーラーヤニー・チャリトゥラム』）にも見つけることができる。これらの文献はドラウパディーの一妻多夫婚の理由を説明しようとするものであり、一妻多夫婚に対して不快感を抱く人が多かったのは明らかだ。

第七巻

友情

「ジャナメージャヤ王よ、クリシュナという人間となって
この地上を歩いた神は、愛する人と音楽を諦めて、
あなたの家族のために尽くしたのですよ」

クリシュナ登場

ドラウパディーがパーンダヴァ五兄弟と結婚の印として手を取り合っているとき、一人の男性がクンティーの家を訪れた。その男性は色黒で、魅力的な明るい眼差しに、相手の警戒心を解くような微笑みをたたえた、大変な美男子だった。明るい黄色のドーティ（腰布）をまとい、芳しい森の花々を首飾りにして、頭の髷には孔雀の羽根を挿していた。

男性はクンティーの足もとにひざまずくと、聞く人の心を蕩かす音楽のような声で言った。「私はクリシュナ、あなたの兄ヴァスデーヴァの息子です。あなたをクンティボージャの養女とした、あなたの父シューラセーナは、私の祖父にあたります。あなたと私にはヤドゥとナーガ族の血が流れているのです。あなたの息子たちと私は従兄弟同士です」

クリシュナが生まれたのは、クンティーの故郷マトゥラーの動乱期だった。シューラセーナがクンティーを養女に出した直後に、シューラセーナの甥でウグラセーナの息子のカンサが、強引にヤーダヴァ族の長老会議を解散させた上で、自身の義父で強力なマガダ国の王であるジャラーサンダの助けを借りて、マトゥラーの独裁者に収まった。抵抗した者たちはすべて殺されるか投獄された。

カンサの妹デーヴァキーは、クンティーの兄ヴァスデーヴァと結婚した。ところが結婚式の当日、この婚姻で生まれる八番目の子はカンサを殺すだろう、という神託が下った。怯えたカンサは直ちに妹を殺そうとしたが、諫言を受けて、八番目の子どもが生まれたら直ちにヴァスデーヴァが差し出すことを条件に、妹の命を助けることにした。

デーヴァキーが第一子を出産するとき、カンサは神経質になった。ヴァスデーヴァが差し出すのが八番目の子どもではなかったら？　そこでカンサは、デーヴァキーの子どもは全員、生まれたらすぐに殺すことにした。カンサは妹の部屋に乱入して、最初に生まれた子どもの足首をつかむと、石の床に頭を叩きつけて殺した。

デーヴァキーは気が狂ったようになった。どんな運命が待ち受けているか知った以上、もう子どもは産みたくないと言った。しかし、夫のヴァスデーヴァは妻のデーヴァキーを説得した。「八番目の子がカンサの横暴からマトゥラーを救うためには、七人の子どもたちの犠牲が必要なのだ」

こうして、デーヴァキーは子どもを産み続け、カンサは生まれたばかりの子どもを殺し続けた。

デーヴァキーとヴァスデーヴァの子どもが六人殺されたとき、聖仙たちはヴァスデーヴァにこう告げた。「あなたの子どもたちが生まれてすぐに死の苦しみを受けたのは、前世に不正を行って賢者たちを苦しめたからだ。そしてあなたが、生まれたばかりの我が子が死ぬのを目の当たりにするという苦しみを受けたのは、あなたが前世で自分の祭式のために牛を盗んで、賢者たちを怒らせたからだ。すべての苦しみの根は、カルマにあるのだ。しかし、恐れることはない。七番目と八番目の子どもたちが、あなたに喜びをもたらすだろう。七番目の子どもは、〝神〟の使者である。八番目の子どもは、〝神〟自身である」

聖仙たちの言うとおり、デーヴァキーが第七子を妊娠したとき、状況は変化した。ヨーガマーヤー女神がその神通力を使って、まだ生まれていないデーヴァキーの子どもを、ヴァスデーヴァのもう一人の妻、ローヒニーの胎内に移してくれたのだ。ローヒニーはその兄ナンダと一緒に、ヤムナー川の向こうにある牛飼いの村、ゴークラに住んでいた。こうして、妊娠してくれた母と産んでくれた母が異なる子どもはバララーマと名付けられ、月のように公明正大で、象の群れのように強い男になった。カンサには、デーヴァキーは恐怖心のあまり第七子を流産したと報告した。

バララーマはアーディ・アナンタ・シェーシャの生まれ変わりとされている。アーディ・アナンタ・シェーシャは千の頭を持つ蛇で、そのとぐろに鎮座するのが、宇宙の律動を司るヴィシュヌ神だ。一説によれば、バララーマはヴィシュヌ神自身であり、ヴィシュヌ神が自分の胸から抜き取った白い毛をデーヴァキーの胎内に忍ばせたことで、バララーマは生まれたという。

次にヴィシュヌ神は黒い毛を抜いて、デーヴァキーの胎内に忍ばせた。その結果デーヴァキーが妊娠したのが、八番目の子どもだった。

デーヴァキーが妊娠して九カ月後、子どもは密かに産み落とされた。それは月が欠け始めて八夜目の暗い嵐の晩で、マトゥラーの都のすべての灯が風で吹き消された。まるでその漆黒の夜のように色

黒な赤ん坊だったが、同時に睡蓮の花を咲かせる太陽のような魅力に輝いていた。

ヨーガマーヤー女神は都中の人々を眠らせた上で、ヴァスデーヴァに、赤ん坊をかごに隠して都から脱出して川向こうのゴークラへ行くようにと、助言した。悲嘆に駆られて抵抗するデーヴァキーを無視して、ヴァスデーヴァは女神に言われた通りにした。

ヴァスデーヴァがゴークラに行くと、ナンダの妻ヤショーダーが牛小屋で、生まれたばかりの女の赤ん坊の傍らで眠っていた。ヨーガマーヤー女神に指示された通りに、ヴァスデーヴァは二人の赤ん坊を取り換えて、ヤショーダーの娘をマトゥラーに連れ帰った。

その翌日、カンサはデーヴァキーの部屋に無遠慮に足を踏み入れた。妹が女児を腕に抱いているのを見て一瞬驚いたが、すぐにこの八番目の子どもを妹から取り上げて、地面にたたきつけようとした。ところが、子どもはカンサの手からするりと逃れて宙に飛び立つと、輝かしい女神に変容した。八本の腕に立派な武器を携えた女神は、カンサを殺す者はまだ生きており、カンサは予言通りに死ぬであろうと宣告した。

Column

❖クリシュナは非凡な個性の持ち主だ。クリシュナはヒンドゥー教の神ヴィシュヌであり、ヴィシュヌ神はダルマを確立するために、ヴァイクンタと呼ばれる天国から降臨してきた。クリシュナに転生する以前は、ヴィシュヌ神はパラシュラーマやラーマとして人間界で生きていた。

❖クリシュナが『マハーバーラタ』に登場したのが、ドラウパディーの婿選び式スヴァヤンヴァラのときであったのには、重要な意味がある。ドラウパディーは、クリシュナが守護するべき世界を体現しているのだ。クリシュナが登場したのは、ドラウパディーがカルナを拒絶してバラモン――変装したクシャトリヤであることが判明するが――を選んだ後である。ドラウパディーはこの〝詐欺師〟ばかりでなく、その兄弟たちとも結婚することになる。クリシュナは、ドラウパディーの決断の結果を知っている。この夫たちは、ドラウパディーを賭け事の対象にしたあげく、失うことになるのだ。クリシュナは蔭ながらドラウパディーを守るために、ドラウパディーの人生に関わることになる。

❖クリシュナの生涯の物語を最初に語ったのは、ヴィヤーサの息子シュカであり、語った相手のパリクシットは、そのとき死の七日前だった。パリクシットはこの物語を聞いたことで、おのれの生涯を甘受することができた。このクリシュナの物語は、『マハーバーラタ』の語り手であるウグラシュラヴァスによって、再びナイミシャの森で語られることになる。ウグラシュラヴァスが語った物語は、〝ハリ族の物語〟という意味の『ハリヴァンシャ』と呼ばれている。〝ハリ〟はヴィシュヌとクリシュナの別名である。

❖カンサは運命の定めに立ち向かおうとしてあがいた人物だ。ある伝承によれば、カンサはレイプで生まれた子どもだったという。カンサの本当の父親はガンダルヴァであり、ヤドゥの血筋ではなかった。シュヴェータケートゥの法によって、パーンダヴァ五兄弟はパーンドゥ王の息子として扱われたのと同じように、カンサもヤーダヴァ族として扱われてしかるべきだったのに、そうはならなかった。カンサは庶子として扱われて、マトゥラーの都の人々に排斥されたので、カンサはマトゥラーの人々を憎むようになった。カンサはヤーダヴァ族として扱われなかったので、王を戴かないというヤーダヴァ族の古来の伝統に従うことを拒否した。ヤーダヴァ族に対する憎悪が、マトゥラーの独裁者になりたいというカンサの野心に火をつけたのだ。

❖いくつかの伝承によれば、カンサが殺そうとしたヤショーダーの娘は、後にデーヴァキーの末娘スバドラーに転生したという。また、ヤショーダーの娘はドラウパディーに転生したという伝承もある。スバドラーとドラウパディーは、ともにアルジュナと結婚している。アルジュナとクリシュナは、ナラとナーラーヤナという古代の聖仙の生まれ変わりであり、この聖仙たちはヴィシュヌ神の化身であるとされている。このようにスバドラーとドラウパディーは、何かしらの点でヨーガマーヤー女神と結びついている。

ゴークラの牛飼い

その間にクリシュナはゴークラの村で、ゴーパ（牛飼い男）とゴーピー（牛飼い女）に囲まれて育った。クリシュナの本当の生まれを問題にする者はいなかったが、色白のナンダとヤショーダーの間に色黒の子どもが生まれたことをいぶかしがる者は大勢いた。もっとも、その疑問も、ヤショーダーになかなか子どもができなかったことが原因であろう、ということで決着がついた。

ただし、クリシュナが登場したことで、ゴークラの村はすっかり変わった。クリシュナの生涯は、

その誕生の直後から波乱の連続だった。

カンサはプータナーという乳母を派遣してきた。プータナーは乳房に毒を含ませていて、マトゥラー周辺の新生児――その中に将来カンサを殺す者がいるはずだった――を全員殺す使命を帯びていた。しかし、プータナーの乳房に吸い付いたクリシュナは、毒ばかりかプータナーの命までも吸い出した。

さらにトリナーヴァルタという悪魔は突風に変身して、クリシュナが眠っているゆりかごをひっくり返そうとした。ところがクリシュナはトリナーヴァルタの首をつかんで締め上げたので、突風はそよ風に変わり、クリシュナを優しく寝かしつけた。

また別の悪魔は、荷車から外れた車輪に化けて、クリシュナをひき殺そうとしたが、クリシュナはこの車輪を小さな足で蹴って粉々に打ち砕いた。

乳母や風や車輪の件に怯えたヤショーダーは、村全体でゴークラを離れて、もっと縁起の良い土地に移住したいと言い出した。それはヤムナー川下流の河畔にあり、薬草ホーリーバジルが生い茂る森にも近く、聖なるゴーヴァルダナ山のふもとにある土地だった。

牛飼いたちの新しい入植地は、ヴリンダーヴァナと呼ばれるようになった。この地で、クリシュナはバターへの愛情とともに成長した。悪戯好きの悪童だったクリシュナにとって、乳搾り小屋に忍び込んで、小屋の垂木に吊るされた壺に入っているバターを根こそぎ盗むことほど楽しいことはなかった。怒った牛飼い女たちは、クリシュナを捕まえてお仕置きしようとしたが、クリシュナはいつもまんまと逃げおおせた。

クリシュナは成長すると、牛を放牧に連れて行く仕事を任せられ、兄や仲間たちと一緒に牧草地に出かけた。クリシュナは笛を吹いて皆を楽しませたり、牛たちをさまざまな危険――森林火災、巨大な鷺、野生の牡牛、腹を空かせたニシキヘビなど――から守ったりした。さらなる脅威だったのは、カーリヤという五つの頭を持つ毒蛇で、ヤムナー川の淵に毒をまき散らすのだった。

クリシュナの兄のバララーマは果樹園の見張り役で、ヤシの実を猿から守っていた。さらに鋤《すき》を使って運河を掘り、ヤムナー川から村や畑まで水を引いた。

やがて、クリシュナは聖仙たちが執り行う盲目的な儀式に反抗するようになった。クリシュナが好んだのは慈善と献身だった。このことが結局、クリシュナにカンサと対峙させることになった。

カンサは毎年、盛大な祭式を執り行い、雨の神であるインドラ神を喜ばすために、大量のギー（良質のバター）を祭壇の火にくべさせた。クリシュナは、このやり方に反抗した。「なぜ、インドラを崇拝するのだ？　我々はむしろ、ゴーヴァルダナ山を崇拝すべきだ。ゴーヴァルダナ山は雨雲を留めて、雨をもたらしてくれるのだから」と、クリシュナは言った。しかし、ヴリンダーヴァナの村人が祭式のためにギーを献上するのをやめて、ゴーヴァルダナ山を崇拝し始めると、インドラ神は怒って大雨を降らせて洪水を引き起こし、ヴリンダーヴァナの村を水浸しにしようとした。

そのとき、クリシュナはその小さな指でゴーヴァルダナ山を持ち上げて、まるで巨大な傘のようにかざして、村全体を大雨から守った。この光景を見たインドラ神は、クリシュナが普通の若者ではなく、地上に降りた〝神〟であることを悟った。この出来事を知ったカンサも動揺した。クリシュナはただの牛飼いの子どもではない。姿をくらました甥、カンサを殺すと予言された者なのだ。

Column

❖牛飼いの村でのクリシュナの生活ぶりは、『マハーバーラタ』の補遺である『ハリヴァンシャ』（五世紀成立）、さらには『バーガヴァタ・プラーナ』（一〇世紀成立）や『ブラフマヴァイヴァルタ・プラーナ』（一五世紀成立）で詳しく語られている。

❖雌牛はヒンドゥー教の最も神聖な象徴である。そうなったのは、雌牛が唯一の生活手段であったヴェーダ時代の名残だと言えよう。あるいは、雌牛は大地の象徴であったのかもしれない。ヴィシュヌ神の物語が語られている。『ヴィシュヌ・プラーナ』では、大地はヴィシュヌ神の前にゴー・マーターという雌牛の姿で登場し、保護を求めたと記されている。ヴィシュヌ神は大地の牛飼い、ゴーパーラとなることを約束している。大地と人間の文明を調和させるために、ヴィシュヌ神はダルマという文化的掟を設定した。この掟が破られるたびに、ヴィシュヌ神は化身となって地上に降臨した。聖典によれば、もっとも偉大な降臨が、クリシュナの誕生だったという。クリシュナは牛飼いと牛飼い女を愛し、彼らをあらゆる災厄から守った。クリシュナが打ち立てた世界は、好意と愛情と安全に満ちた、あるべき姿の世界だった。

❖鋤を使って作物を作るバララーマは、時《とき》を司る聖なる蛇アーディ・シェーシャの生まれ変わりだと言われている。ヴィシュヌ神はこのアーディ・シェーシャの上でくつろいでいるとされている。このことからも分かるように、蛇を崇拝する部族は農業と密接に関係している。

❖クリシュナの登場は、ヴェーダ世界の思想の変化を示している。すなわち、はるか遠い天空の神々を喜ばせるためのヤジュニャから、大地と結びついている神々を喜ばせるためのプージャーへと、執り行う儀式が変化したのだ。

❖クリシュナは牛飼いの神であり、バララーマは農民の神である。クリシュナは牛馬が引く荷車の車輪を携え、バララーマは鋤を携えている。やがて、車輪はかの有名なヴィシュヌの円盤スダルシャナ・チャクラに、鋤はヴィシュヌの棍棒（サンスクリット語でガダ）であるカウモーダキになるのである。

マトゥラーへの帰還

クリシュナは毎晩、村の外に出て、ヤムナー川の河畔の森の中にある、芳しい花々が咲き乱れるマドゥヴァナの牧草地で笛を吹いていた。牛飼い女は皆、家族が寝静まった後、こっそり家を抜け出して、この牧草地でクリシュナを囲んで踊った。これは女たちだけの秘密の楽しみだった。夜の闇も、森の生き物たちも、女たちを脅かすことはなかった。女たちは大好きなクリシュナと一緒にいて、安心しきっていた。

あるときクリシュナが、水浴びしている女たちの衣を隠したので、女たちは裸で水から上がる羽目になった。女たちはすっかり困ってしまったが、クリシュナの目に浮かんでいるのが欲望などではなく、愛情であることに気づいた。女たちの外見、肉体、装身具、衣装など関係なく、女たちの人となりそのものを評価し、女たちの心を愛する眼差しだった。クリシュナは、欠点も含めて女たちを丸ごと愛していたのである。それは、牛飼い女たちがそれまで経験したことのない情愛だった。

マドゥヴァナの牧草地で、クリシュナは女たち全員と踊った。もし女たちが独占欲を発揮したり、依怙贔屓を求めたりすると、クリシュナは姿を消して、女たちに切ない思いをさせた。女たちもやが

郵便はがき

料金受取人払郵便

新宿局承認

3556

差出有効期間
2025年9月
30日まで

切手をはらずにお出し下さい

160-8791

343

東京都新宿区
新宿一―二五―一三

（受取人）

株式会社 原書房

読者係 行

1 6 0 8 7 9 1 3 4 3 7

図書注文書（当社刊行物のご注文にご利用下さい）

書名	本体価格	申込数
		部
		部
		部

お名前　　注文日　　年　　月　　日

ご連絡先電話番号（必ずご記入ください）
□自　宅　（　　　）
□勤務先　（　　　）

ご指定書店（地区　　　）（お買つけの書店名をご記入下さい）

書店名　　書店（　　　店）

帳合

5649
インド神話物語 マハーバーラタ 上

愛読者カード　デーヴァダッタ・パトナーヤク 著

＊より良い出版の参考のために、以下のアンケートにご協力をお願いします。＊但し、今後あなたの個人情報(住所・氏名・電話・メールなど)を使って、原書房のご案内などを送って欲しくないという方は、右の□に×印を付けてください。　□

お名前《フリガナ》　男・女（　　歳）

ご住所　〒　　－

市　町
郡　村
TEL　（　　）
e-mail　@

ご職業　1 会社員　2 自営業　3 公務員　4 教育関係
5 学生　6 主婦　7 その他（　　）

お買い求めのポイント
1 テーマに興味があった　2 内容がおもしろそうだった
3 タイトル　4 表紙デザイン　5 著者　6 帯の文句
7 広告を見て（新聞名・雑誌名　　）
8 書評を読んで（新聞名・雑誌名　　）
9 その他（　　）

お好きな本のジャンル
1 ミステリー・エンターテインメント
2 その他の小説・エッセイ　3 ノンフィクション
4 人文・歴史　その他（5 天声人語　6 軍事　7　　）

ご購読新聞雑誌

本書への感想、また読んでみたい作家、テーマなどございましたらお聞かせください。

て、愛を分かち合ってこそ幸福が訪れることを悟ったのである。

ところがカンサがヴリンダーヴァナの村に戦車を遣わして、クリシュナにマトゥラーの都に出頭して格闘技大会に参加するように命じたとき、クリシュナと牛飼い女たちの素晴らしい関係は終わることになった。父のナンダはクリシュナを行かせるしかなかったが、せめてもの条件としてバララーマも同行させたいと申し出た。

ヴリンダーヴァナの村人は、男も女も悲しみに胸をかきむしった。泣きながら戦車の行く手に身を投げ出して、二人の若者が村を去るのを阻止しようとした。愛するクリシュナがいなければ、村の生活は二度と元には戻らないことを、村人たちは痛感していたのだ。

クリシュナはマトゥラーの都に到着してすぐに、その強さと美貌でヤーダヴァ族の人々の心を鷲摑みにした。クリシュナは大胆にも、クリシュナを侮辱したカンサの洗濯係を殺した。さらに権威の象徴として飾られていたカンサの弓をへし折り、競技会場に入るクリシュナを遮ろうとし

たカンサの親衛隊の象を制圧した。クリシュナとバララーマは、マトゥラーの格闘士たちを、優勝者も含めて、すべて打ち負かした。観衆は二人の牛飼いの若者に声援を送り、カンサはますます怒りを募らせた。カンサがクリシュナと、クリシュナを応援した者全員を殺せと命じたとき、クリシュナはすかさずカンサにとびかかって殴り殺した。

Column

❖黒い肌をしていることや、ヴェーダ式の祭式であるヤジュニャに対する反抗心から推測して、クリシュナは非ヴェーダ圏の牧畜を生業とする部族の神だったのではないかと思われる。

❖形而上学的な観点から見ると、クリシュナの黒い肌は周囲の環境を受け入れる(あらゆる色を吸収する)性格と結びついており、バララーマの白い肌は周囲の環境を拒絶する(あらゆる色を跳ね返す)性格と結びついていると言えるだろう。バララーマとクリシュナの兄弟には、クリシュナの後にデーヴァキーが産んだスバドラーという年の離れた妹がいるが、このスバドラーはドラウパディーと同様、大地の女神の化身だと考えられている。

❖女性の衣服を盗んだクリシュナの逸話は、後に『マハーバーラタ』で語られることになる、ドラウパディーが衣服をはぎ取られる逸話と比較検討する必要がある。どちらの逸話でも女性が

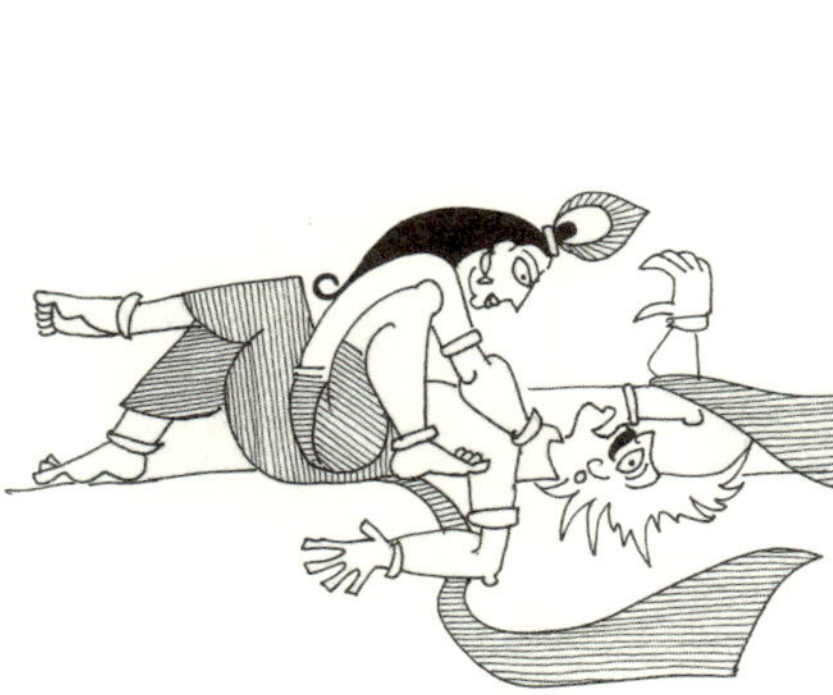

衣服を奪われるが、牛飼い女たちをからかうクリシュナの物語にはロマンスと喜びがある。対して、ドラウパディーの逸話にあるのは、屈辱と恐怖だ。結局、行為そのものが問題なのではなく、その背景にある意図が問題なのだ。

❖オリッサ州プリーの寺院に伝わる民間伝承によれば、クリシュナを救うために犠牲にされたヤショーダーの娘は、ドルパダ王の宮殿の祭壇の火の中から復活したという。ドラウパディーがクリシュナの妹とされるのは、このためである。クリシュナはドラウパディーを救出するために村を離れた。クリシュナはカンサを倒したら戻ると約束していたが、その後、カウラヴァを倒さなければならなくなった。クリシュナは今もなお、地上の不正な支配者たちを倒し続けており、故郷の牛飼いたちとの約束を守れずにいる。プリーでは毎年、盛夏の頃、クリシュナ神の熱烈な信者たちが山車を繰り出す祭りを開催する。祭りではクリシュナ、兄バララーマ、妹スバドラーそれぞれの神像が行列を従えて練り歩き、クリシュナにマドゥヴァナで待っている恋人ラーダーのもとに帰ることを思い出すよう促すのだ。

❖クリシュナと親しかった牛飼い女たちの中でも、特に親密だったのがラーダーだ。ラーダーの名前はバーガヴァタなどの初期のプラーナ文献には出てこないが、後世のプラーナ文献であるブラフマヴァイヴァルタには見出すことができる。一二世紀に詩人ジャヤデーヴァがサンスクリット語で書いた散文詩『ギータ・ゴーヴィンダ』では、ラーダーとクリシュナは夜に村の外で密会するが、その関係は秘めやかで官能的で、精神的に崇高でさえある。やがてラーダー自身も犠牲と謙譲と無償の愛のシンボルとなり、女神として崇められるようになった。

ドゥヴァーラカーへの移住

カンサを殺したクリシュナは、ヤーダヴァ族の解放者として歓迎された。クリシュナが本当はヴァスデーヴァとデーヴァキーの息子であることも公にされた。それは、クリシュナの牛飼いとしての日々が終わったしるしでもあった。クリシュナはヤドゥの子孫であり、クシャトリヤであると認められたのだ。

サーンディーパニから戦士としての教育を受けた後、クリシュナはヤーダヴァ族を治める長老会議の一員に迎えられた。長老会議は、カンサの死後すぐに復活していたのだ。

しかし、会議のすべてのメンバーがクリシュナを真のヤーダヴァ族として認めたわけではなかった。ヤーダヴァ族であるプラセーナジットが狩りの最中に殺されて、首飾りとして身に着けていたスヤマンタカとい

う銘の宝石が行方不明になった一件では、クリシュナが盗んだに違いないと、大勢の人々が非難した。ヴリンダーヴァナ村の牛飼いたちによれば、クリシュナはバター泥棒で、娘たちのハート泥棒だったそうではないか、というわけだ。

しかしクリシュナは、プラセーナジットを殺したのは獅子で、宝石を盗んだのは熊であることを証明することができた。プラセーナジットの兄弟のシューラジットは、疑いをかけた償いとして、娘のサティヤバーマーをクリシュナに娶《めあ》わせた。この婚姻によって、クリシュナは長老会議における地位を固めることができた。

しかし、すべてがうまくいったわけではない。

マガダ国の王ジャラーサンダは、ヤーダヴァ族が王の義理の息子であるカンサを殺した牛飼いを罰するどころか、一族の娘を嫁がせて身内として受け入れたことに激怒していた。ジャラーサンダ王は自国の軍隊にマトゥラーを攻撃して破壊するよう命じ、その襲撃は一七回に及んだ。そのたびにクリシュナとバララーマは勇敢にマトゥラーの都を防衛して、ヤーダヴァ族を勝利に導いた。

しかし、一八回目の攻撃のとき、ジャラーサンダ王の軍隊を率いていたのは、マトゥラーの都を破壊する人物であると予言されていたカーラヤヴァナだった。

慎重こそ勇気の真髄であることを知っていたクリシュナは、ジャラーサンダ王の兵士たちが焼き討ちを仕掛けている間に、全ヤーダヴァ族を率いてマトゥラーの都を脱出した。この撤退により、クリシュナは〝ランチョール・ライ〟＝遺棄者とあだ名されることになった。

クリシュナとヤーダヴァ族は、川の恵みを受けた肥沃な平野を去って西に進んだ。砂漠や山岳地帯

を抜けて沿岸部へと進出し、最終的にたどり着いたのがドゥヴァーラカーの島だった。

ドゥヴァーラカーは、レーヴァタという名の巨人によって支配されていた。かつてこのレーヴァタは、娘のレーヴァティーに最もふさわしい花婿は誰であるかを知りたいと思い、生きとし生けるものすべての父であるブラフマーの住処を訪れた。不運なことに、ブラフマーと過ごす一日は地上の千年に相当することを、レーヴァタは知らなかった。レーヴァタが娘とともに地上に戻ると、人間はすっかり小さくなってしまっていて、レーヴァタの巨大な娘と結婚できる男は一人もいなかった。

クリシュナの兄のバララーマは、レーヴァティーの肩に鋤をひっかけて、その顔がよく見えるように無理矢理かがませた。バララーマがそうした途端、レーヴァティーの体は小さく縮んだ。レーヴァタはたいへん喜んで、バララーマに娘と結婚してほしいと頼んだ。バララーマが同意したので、レーヴァタは感謝のしるしとして、ヤーダヴァ族が彼の島に定住することを許した。

この新しい住処となった島を守るために、クリシュナは周辺の王国の大勢の女性たちと結婚し続けた。その一人が、ヴィダルバ国のルクミニー王女だった。ルクミニー王女は、兄に無理強いされた愛のない結婚から救ってほしいと、クリシュナに頼んだのだ。ルクミニー王女の兄のルクミンは、妹をチェーディ国のシシュパーラ王と結婚させようとしていたが、クリシュナはシシュパーラ王の目の前でルクミニー王女を誘拐した。

偶然ではあるが、シシュパーラ王はカンサと同様、マガダ国のジャラーサンダ王と同盟を結んでいた。シシュパーラ王は直ちにジャラーサンダ王に、マトゥラーの都が灰燼に帰したというのに、クリシュナは無事生き延びていて、ヤーダヴァ族と一緒にドゥヴァーラカーの島にのうのうと居座っている、と知らせた。ジャラーサンダ王に打つ手はなく、憤懣《ふんまん》を募らせるしかなかった。

クリシュナはそれからも大勢の王女たちと結婚し続けた。その中には、アヴァンティ、コーサラ、マドラ、ケーカヤなどの国々の王女たちも含まれていた。こうして政略結婚を通じて同盟を築き上げようとしていた折に、ドルパダ王の宮廷を訪れたクリシュナは、父の妹の息子たちで、ヴァーラナーヴァタでの火事で死んだと思われていたパーンダヴァたちと初めて出会ったのだった。

Column

❖カーラヤヴァナという呼称は〝黒いギリシア人〟という意味で、ギリシア系インド人がルーツではないかと推測される。マケドニアのアレクサンドロス大王のインド侵略後、ギリシア系インド人は紀元前三世紀から紀元後三世紀ごろにかけて、北インドの歴史で重要な役割を果たした。これとちょうど同じ頃、『マハーバーラタ』も完成に近づいていた。クリシュナ伝説は、ギリシアの影響を色濃く受けている。ギリシア神話の英雄と同じく、クリシュナも子どものころに死から逃れ、若者になってから帰還して、家族に対する不当な仕打ちに復讐している。統治のための議会を組織し、君主制を忌避している点で、マトゥラーという都市は明らかにギリシアの政治制度の影響を受けている。マウリヤ朝のチャンドラグプタ王の宮廷にセレウコス朝から派遣されたギリシア人のメガステネスは、クリシュナをギリシア神話の英雄ヘラクレスになぞらえている。

❖本拠としていた都市が崩壊して、ヤーダヴァ族がガンジス川流域の平野からアラビア海沿岸の島に移住したという物語は、時代が動乱期にあったことを示唆している。クリシュナとバララーマは政略結婚を通じて部族の政治的地位を強化し、かつての名声を取り戻そうとした。

❖ドゥヴァーラカーの都は、ドゥヴァーラヴァティーとも呼ばれていた。バララーマが地元豪族の姫レーヴァティーと結婚したことで、ヤーダヴァ族は島の支配権を獲得した。

クリシュナの家系図

ヤドゥ
↓
アーフカ
↓
シューラセーナ
↓
ヴァスデーヴァ
↓
クリシュナ
↓
プラデュムナ
↓
アニルッダ
↓
ヴァジュラナビ

第八巻

分裂

「ジャナメージャヤ王よ、あなたの一族は、森を破壊し、無数の鳥や獣を殺して、自分たちの都を築いたのです」

クル王国の分裂

パーンダヴァたちはドラウパディーのスヴァヤンヴァラでクリシュナを見かけていたこともあって、少々用心深く対応した。「君はなぜ、競技会に参加しなかったのだ？」と、パーンダヴァたちは尋ねたが、クリシュナは答えず、ただ微笑むばかりだった。

クンティーは思い出の波におぼれながら、クリシュナを抱擁してすすり泣いた。ヤーダヴァ族とともに過ごした子ども時代、養父のクンティボージャ、聖仙ドゥルヴァーサスや太陽神スーリヤとの密会、パーンドゥとの結婚、神々の介入によって誕生した息子たち、未亡人の生活、息子たちと一緒に帰還したハスティナープラの都、そして自身と息子たちへの暗殺計画……。クリシュナは叔母を慰めた。「あなたは果敢に運命に立ち向かって、あなた自身の決断で勝利を収めたのですよ」「ええ、そうですとも」。クリシュナの優しく元気づけてくれる声のおかげで、クンティーは微笑みを取り戻した。クンティーは思った――これは自分が生きるべく定められた人生なのだ。そして、その人生が、この初対面の愉快な甥を自分のもとに連れてきてくれた。一体、なぜ？

クンティーの心を読んだかのように、クリシュナは言った。「今こそ、ハスティナープラの都に戻って、皆さんが生きていることを都の連中に明かしましょう。皆さんを害するような真似は敢えてしないでしょう。叔母上のご子息たちは、あの強大なドルパダ王のご息女と結婚したのですから。連中は節を曲げてでも、皆さんとうまくやっていこうとするでしょう」

「私の息子たちにハスティナープラの王位を与えるでしょうか?」と、クンティーは尋ねた。

「それは無理でしょうね」と、クリシュナ。「しかし、道は別にあります」

パーンダヴァたちが恐ろしい火災を生き延びて、ドルパダ王の婿となり、以前にも増して力をつけて戻ってきたことが知れ渡ると、都中が喜びに沸いた。

ドリタラーシュトラ、ガーンダーリー、ビーシュマ、ドローナ、ヴィドゥラ、そしてカウラヴァたちは、愛情と感激を大いに示しながら、パーンダヴァたちを迎え入れた。

しかしパーンダヴァたちは、関係者の誰が自分たちを殺そうと企んだのか、見抜けないままだった。ドゥルヨーダナ? ドゥフシャーサナ? それともビーシュマか? 一族の不和に終止符を打つために進んで犠牲を払ったビーシュマだから、あり得るかもしれない。師のドローナの息子のアシュヴァッターマンにしても、いつもドゥルヨーダナの歓心を買おうと一生懸命だ。自尊心を傷つけられたカルナは、パーンダヴァたちを決して許さないだろう。ドリタラーシュトラ王は、息子たちの悪行には文字通り盲目だ。

ヴィドゥラはドリタラーシュトラ王に、くだらない噂を一掃して、弟の息子たちを愛していること

を世間に知らしめるためにも、自ら退位して、王位をユディシュティラに譲るべきだと助言した。しかし、ドリタラーシュトラ王は乗り気ではなかった。「では、私の息子たちはどうなる？　息子たちは決してパーンダヴァたちに仕えないだろう。我々はむしろ、平和のためにドゥルヨーダナを王とするように、パーンダヴァたちに頼むべきなのではないか？」

そんなことをパーンダヴァたちが承知するはずはないことを知っているクリシュナは、ヴィドゥラに提案した――平和を守る唯一の方法は、王国を分割することだ。この提案を聞いたビーシュマは、当初は難色を示したが、他に方法がないことを悟ると、しぶしぶ承知した。

ドリタラーシュトラ王は公式の席で、パーンダヴァたちにカーンダヴァプラスタの森を与えた。「そこをお前たちの住処とするがよい。平和裏に去るのだ」と、クル王家の長老たちはパーンダヴァたちを祝福しながら言った。

Column

❖パーンダヴァたちはドラウパディーを自分たちのものにしたことで、劣勢を挽回することができた。そしてドラウパディーの登場は、クル王家の領土の分割につながった。ドラウパディーは幸運をもたらすと同時に、クル王家を分裂させたのである。

❖政治的な同盟を作り上げるために結婚を利用することは、ヴェーダ時代では一般的だった。ドラウパディーと縁ができるまでは、パーンダヴァたちには力がなかった。強大な力を持つドルパダ王を義理の父としたことによって、パーンダヴァたちは交渉力のある立場となった。クリシュナは、パーンダヴァたちにそのことを気づかせたのである。

❖従兄弟間で一族の資産を分割するという話が『マハーバーラタ』で語られているからといって、これは一般的なヒンドゥー家庭で通用する話ではない。実際には、これは不幸な話だと受け止められている。インド人が好むのは、相続した財産を兄弟間で無私無欲に譲り合う、『ラーマーヤナ』のような話だ。

❖クリシュナがドラウパディーのスヴァヤンヴァラに参加しなかった理由を、著者ヴィヤーサは明らかにしていない。ドラウパディーは明らかに人間世界を体現する存在である。その人間世界を救うために、〝神〟は天から下って来る。それはちょうど、シーターが人間世界を体現し、〝神〟がラーマの姿を取ったのと同じことである。それゆえ、クリシュナがドラウパディーの夫にはならないという決断を下したことには、理由があるに違いない。ドラウパディーは、極めて有能なカルナがスヴァヤンヴァラに参加することを、カルナが御者に育てられたという理由で許さなかった。ドラウパディーはこうしたカースト的な偏見を示すことで、図らずも、身分の低い牛飼いに育てられたクリシュナをも拒絶したのだ。ドラウパディーは偏見に満ちた世界を体現している。ドラウパディーが婿取りの際に生まれ育ちの卑しい男性を拒絶したのと同様に、人間世界は〝神〟から遠ざかり、そのために人間は苦しむことになったのかもしれない。しかし〝神〟のほうは、決して人間世界から遠ざかることはないであろう。

❖グジャラート地方の民話によると、ビーシュマはクル王家の領土を分割することを耐え難く思ったという。ビーシュマはハスティナープラの都の民たちに、分割に賛成するか反対するか、意見を聞いて回った。都の長老たちは、こう答えた。「あなたは自分の父親のために禁欲の誓いをしたとき、我々に相談しなかったではありませんか。あの愚かしい誓いの結果がついにかたちとなって現れた今になって、なぜ我々に相談するのですか？　あなた自身が引き起こした混乱の責任は、あなたがお取りなさい」

カーンダヴァプラスタの森の炎上

カーンダヴァプラスタは多くの鳥や動物が生息する大森林であり、ラークシャサやナーガ族の住処でもあった。その森を「焼いて更地にしよう」と、クリシュナが助言した。

「他にやり方はないのか？」と、ユディシュティラは逡巡した。

「森を破壊せずに、どうやって畑や果樹園や庭園や都市を築くのだ？」と、クリシュナは応じた。

そこへ火の神アグニが、太ったバラモンの姿となって、パーンダヴァたちを訪れてこう言った。「私に注がれたギーのせいで、私は病にかかってしまった。何か生《なま》のものを焼いてくれたら、私は確実に輝きを取り戻せるだろう」

アグニ神が都合よく訪れたことで、パーンダヴァたちにはカーンダヴァプラスタを焼き払う口実ができた。ほどなく、すべてが炎上し始めた。樹木、薬草、灌木、あらゆる野草の小さな葉っぱに至るまで燃え上がった。鳥や獣は叫喚し、炎から逃れようとした。「逃がすな、すべて殺せ」と、クリシュナは命じた。

「なぜだ？」とアルジュナは困惑した。

「誰かが戻ってきて、君たちの土地の所有権を要求するようなことがあってはならないからだ。何かを所有するためには、相応の対価を支払わなければならないことを、君たちは悟るべきだ。文明を築くためには重荷を背負わなければならないのだ」

「いつ、殺戮を止めるべきだろうか？」

「必要が満たされたら。君たちが貪欲の犠牲となる前に。止めるべき時を知っていることが、良き王であることの証明となるだろう」

こうして大虐殺は続いた。クリシュナとアルジュナをはじめとするパーンダヴァたちは戦車に乗って森を取り囲み、逃げ出そうとするものはすべて射殺した。鹿、獅子、猿、蛇、亀、鳩、鸚鵡、蜜蜂の群れ、蟻の隊列、ナーガにラークシャサ——森を

住処としていたすべてのものを殺戮した。

ナーガ族の悲鳴は、その友であるインドラ神に届いた。インドラ神は雷を投げて、雨雲を発生させた。雨が降ってくるのに気がついたクリシュナは、アルジュナに無数の矢を射らせて巨大な傘と成し、雨が一粒も地面に落ちないようにした。こうして矢の傘の下で、森は燃え続けた。

数日にわたって森が燃え続けた結果、アグニ神は満ち足りて、失っていた輝きを取り戻した。アグニ神は感謝のしるしとして、アルジュナにガーンディーヴァという強弓を、クリシュナにはスダルシャナという円盤を与えた。「これらの武器を使って、地上にダルマを定めて維持するがよい」と言い残して、アグニ神は神界に戻って行った。

この大火を生き延びたのは、マヤというアスラ一人だけだった。マヤは包囲網をすり抜けて脱出し、パーンダヴァたちに慈悲を乞い願った。「私の命を助けて下されば、皆様のために素晴らしい都市を建設しましょう。私は一族の中でも特に建築を得意とする者ですから」。パーンダヴァたちの問うような視線に、クリシュナはうなずいた。こうして、森を焼き払った跡地に、マヤはパーンダヴァたちのために壮麗な都市を建設した。パーンダヴァたちはこの都市をインドラプラスタ（〝インドラ神の都〟の意）と命名し、この都を地上の天国にしようと決

心した。マヤは命を助けてもらったお礼として、特にアルジュナにだけデーヴァダッタという法螺貝を贈った。

ほどなくインドラプラスタは、〝バラタの地〟と呼ばれる諸国すべてが羨望する、繁栄を謳歌する都市となった。畑、果樹園、牧草地、市場が整備され、河岸には船着き場も築かれた。聖職者、軍人、農民、牧夫、職人がインド各地から集まり、新たに家を構えた。ユディシュティラは弟たちの助けを借りて、この都にダルマの規定を導入して、人々に守らせた。すべての男性は、現世における先祖代々の職種の義務を果たすべきであり、すべての女性は、父、兄弟、夫、息子たちの世話をして、男性たちがその義務を果たせるように助けるべきである、とされた。

パーンダヴァたちに助言を与える導師のダウミヤは、パーンダヴァたちがエーカチャクラーの森で絶望的な貧困に苦しんでいたときから一緒にいて、彼らの運が上向いていく様子を目の当たりにしてきたのだった。

Column

❖本来はデーヴァ神族であるインドラがパーンダヴァたちと対立し、アスラ魔族のマヤが味方に付いたのは、興味深いことである。インドラはデーヴァ神族の王であり、雨を司り、天に住んでいる。そのインドラが、住処を破壊されようとしているナーガ族を助けようとするのに対して、インドラと同様にデーヴァ神族であり、火を司り、地上に住まうアグニが、ナーガ族とその住処を焼き尽くそうとする。このように、人間、神、アスラ、ナーガの関係はとても複雑なのだ。

❖デーヴァ神族とアスラ魔族には、ヴァストゥ・シャーストラの原理に基づいて巨大な城塞を建設できる技能を持つ者たちがいた。神々の側にいたのがヴィシュヴァカルマンで、アスラの側にいたのがマヤだ。パーンダヴァたちがマヤの助力を得たという逸話は、魔族として恐れられているアスラであっても、条件次第では盟友になれる、ということを示している。〝マヤ〟は〝魔術師〟を意味することからわかるように、マヤがパーンダヴァたちの宮殿を建てるために用いた技術は魔術的なものだと思われていた。

❖ヴェーダ時代の戦士にとって武器は必要不可欠なものだったので、武器には敬意を込めた銘が付けられていた。アルジュナの弓はガーンディーヴァ、クリシュナの円盤はスダルシャナと呼ばれていた。クリシュナは他にも、ナンダカという剣、カウモーダキという棍棒、サランガという弓を所有していた。バララーマは自分のすりこぎ棒をスナンダと呼んでいた。

❖インドラプラスタは、現代のデリーから遠くない、ヤムナー川の河畔に位置していたと考えられている。ハスティナープラは、ガンガー川の北側の河岸に位置していた。荒野だったとされているクルクシェートラは、現在はハリヤーナー州にある。

❖火の神アグニはアルジュナに、炎の輝きを取り戻す手助けをしてもらったお礼として、さまざまな武器を贈ったが、中でも有名なのがガーンディーヴァという弓と、シャイビヤ、スグリーヴァ、メーガプシュパ、バラーハカという四頭の馬が引く戦車だった。

共通の妻ドラウパディー

パーンダヴァ五兄弟は、妻ドラウパディーを平等に愛した。しかしこれは、災厄を招きかねない事態だった。なぜなら、兄弟間に嫉妬や独占欲が生じるのは時間の問題だったからである。

そんな折、クリシュナはパーンダヴァたちにティローッタマーの物語を語った。ティローッタマーはアプサラスで、アスラ族の兄弟スンダとウパスンダを仲違いさせて、殺し合いをさせるために神々が送り込んだ女だった。兄弟ともにティローッタマーを一目見るなり恋に落ちて、結婚を申し込んだ。「二人のうち、強い方と結婚するわ」と、ティローッタマーはいたずらっぽく微笑んだ。兄弟はティローッタマーを賭けて闘うことにした。兄弟の力は拮抗していたので、両人とも死ぬまで戦う結果となった。

クリシュナは五兄弟に言った。「君たちがスンダとウパスンダのようにお互いを殺し合う羽目になりたくなければ、ドラウパディーが一年間、一人の夫だけのものになることに同意しなければならない。一年が過ぎたら、ドラウパディーは別の夫のもとへ行く。つまり、ドラウパディーが戻ってくる

のは四年後だ。この順番を破ってドラウパディーの寝室を訪れた者は、一年間追放されることになるだろう」*

パーンダヴァたちは同意した。五兄弟のうち一人だけが一年間、ドラウパディーの寝室を独占的に訪れて、ドラウパディーもその一人だけに貞淑に仕えた。言い伝えによれば、ドラウパディーは新しい夫のもとに行く前に、必ず浄めの火をくぐって、処女性を回復したという。

ドラウパディーは、ユディシュティラの誠実、ビーマの強さ、アルジュナの武芸、ナクラの美、サハデーヴァの知を享受した。そして五人の夫それぞれとの間に息子を一人ずつ産み、計五人の息子たちの母となった。

また、パーンダヴァたちはドラウパディーと一緒になれない四年間の寂しさを紛らわすために、他の女性たちと結婚することもできた。しかし、他の妻たちはインドラプラスタに留まることは許されなかった。これはドラウパディーの要求であり、パーンダヴァたちも同意した。

ある日、パーンダヴァ所有の牛たちが、泥棒に連れ去られた。牛飼いたちに助けを求められたアルジュナは、大急ぎで宮殿に弓を取りに戻った。ところが、宮殿中を探しても、弓は見つからない。ついにアルジュナは、探していないただ一つの場所を見てみることにした。それは、ドラウパディーの寝室だった。しかし、アルジュナが入室すると、ドラウパディーはユディシュティラの腕の中にいた。

アルジュナは寝室を訪れる順番を破った罰として、一年間追放されることになった。アルジュナは

* 監訳注：原典では追放期間は一二年間と長い。

巡礼に出る決心をした。

Column

❖ドラウパディーは、パーンダヴァ五兄弟との間に五人の息子を産んだ。すなわちユディシュティラの息子プラティヴィンディヤ、ビーマの息子スタソーマ、アルジュナの息子シュルタキールティ、ナクラの息子シャターニーカ、サハデーヴァの息子シュルタセーナである。

❖パーンダヴァ五兄弟にはドラウパディー以外にも、それぞれに妻たちがいた。ユディシュティラはシャイビヤ族のゴーヴァーサナの娘であるデーヴィカーと結婚して、ヤウデーヤという息子を儲けた。ビーマはカーシの王女バランダラーと結婚して、サルヴァガという息子を儲けた。ナクラはチェーディ国の王女カレーヌマティーと結婚して、ニラミトラという息子を儲けた。サハデーヴァは、マドラ王ドゥユティマットの娘ヴィジャヤーと結婚して、スホートラという息子を儲けた。

❖パンジャーブ地方の民間伝承によれば、犬が人前で交尾するのは、ドラウパディーが決めたことだという。パーンダヴァたちはドラウパディーの寝室に入るときは必ず履き物を室外に脱ぎ置いて、自分が寝室にいることを他の兄弟たちに示すことにしていた。ところが一匹の犬がユディシュティラの履き物を盗んだために、アルジュナはドラウパディーが寝室に一人でいると思って、弓を探しに入った。ドラウパディーは取り乱して犬を呪った。犬のせいで、自分の情交の瞬間を他の夫に見られたのだから、今後すべての犬は、恥知らずにも衆人環視の中で情交するがよい、と呪ったのである。

❖オリヤー語で書かれた『マハーバーラタ』では、次のような話が伝わっている。火の神アグニがユディシュティラに面会を求めたが、ユディシュティラはちょうどドラウパディーとの房事に忙しかった。そこでアグニ神は、さっさと会わなければインドラプラスタの都を破壊するぞと脅した。そのため、アルジュナは順番を破ってでもドラウパディーの寝室に入らざるを得なくなり、結果、長きにわたって追放されることになった。

ウルーピーとチトラーンガダー

アルジュナは旅の間に、多くの聖地を訪れた。そのほとんどが、河岸、湖畔、山の頂上などに位置していた。

ある湖で、アルジュナは五匹の鰐に襲われたが、格闘の末にすべて退治した。驚いたことに、鰐は五人のアプサラスに変身した。「私たちは、ある聖仙の瞑想を邪魔したために、呪いをかけられて鰐に変えられていたのです。ただし、ある戦士が呪いを解いてくれると教えられていました。その戦士こそ、あなたです。ありがとうございました」

また、あるときは、アルジュナは川に引きずり込まれた。気がつくと、ウルーピーというナーガ族の女性の腕に抱かれていた。「私には夫がいないの。私をあなたのものにして。私を愛して」と、ウルーピーは懇願したが、アルジュナは拒絶した。しかし、ウルーピーは聖典を引用しながら言った。

「自分の意志で迫る女、欲望でいっぱいの女を拒絶することは、ダルマに反するわよ」。アルジュナはウルーピーと一夜を共にするしかなかった。その後、アルジュナは旅を続けたが、この奇妙な出会いのことはすっかり忘れてしまった。

ウルーピーと縁を結んだことで、アルジュナはイラーヴァットという若い戦士の父親となった。このイラーヴァットは、後年、クルクシェートラの大会戦で重要な役割を果たすことになる。

それからアルジュナはマニプーラ王国を訪れた。この国の王女チトラーンガダーは優れた女戦士だという噂だった。

チトラーンガダーはアルジュナの偉業を熟知していて、面識がないのにアルジュナに恋をしており、アルジュナが自分の男性的な物腰を嫌悪するのではないかと恐れていた。そこでチトラーンガダーはシヴァ神を呼び出して、自分をもっと女らしくしてほしいと頼んだ。シヴァ神はチトラーンガダーの祈りを聞き届けて、内気そうな乙女の姿に変えてやった。しかし、チトラーンガダーがその新しい姿で近寄っても、アルジュナはまったく関心を示さなかった。その手の女性は山ほど見てきたからである。アルジュナの目は、偉大な女戦士チトラーンガダーが凛々しく歩む姿を探し求めていた。アルジュナが求めているものを悟ったチトラーンガダーは、元の姿に戻してほしいと、シヴァ神に願った。本来の姿のチトラーンガダーを一目見た途端、アルジュナは恋に落ちた。

「あなたのご息女と結婚させてください」と、アルジュナはマニプーラ国王に願い出た。

「よかろう」と、王は答えた。「ただし、娘が産んだ息子は、私の養子とするように」

「そういたしましょう」と、アルジュナも承知した。やがて、チトラーンガダーはアルジュナの息子を出産し、その子はバブルヴァーハナと名付けられた。このバブルヴァーハナは後年、クルクシェートラの戦いの後に、父アルジュナの生涯において重要な役割を果たすことになる。

Column

❖アルジュナは追放中に多くの女性と恋に落ち、多くの女性もまた、アルジュナに恋をした。アルジュナと結婚した女性もいれば、そうはならなかった女性もいた。著者ヴィヤーサは、これらの女性のうちの三人だけに言及している。それが、ウルーピーとチトラーンガダーとスバドラーだ。タミル地方の伝説によれば、アルジュナはデーヴァ神族やアスラ魔族の娘たちとロマンチックな密会を重ねたという。

❖アルジュナの多くの妻たちの一人が、女族《アマゾン》の女王アイリーだ。アルジュナは蛇の姿に変身して、眠っているアイリーのベッドに潜り込んで誘惑した。タミル地方の民話では、蛇使いに化けたクリシュナとともに、蛇の姿に変身したアルジュナがアイリーを誘惑したことになっている。

❖ラビンドラナート・タゴールが一九世紀に創作した舞踊劇『チトラーンガダー』の主人公は、『マハーバーラタ』に登場するマニプーラ国王女とはずいぶんと異なっている。タゴールのチトラーンガダーは、教養ある有能な女性で、愛に憧れている。そして「私の願望の花は、熟した実を結ぶ前に泥に落ちることは決してないだろう」と宣言する。不細工な女戦士だとして、アルジュナから拒絶されると、チトラーンガダーは恥をかなぐり捨てて愛の神マダナと共謀し、魅惑的な美女に変身してアルジュナを屈服させる。やがて、単なる美に飽きたアルジュナは、勇敢なチトラーンガダー王女の噂を耳にすると、王女を探し求めるようになる。そこで王女はアルジュナに、彼女の真の姿を見せる。そのとき王女が述べた言葉は、女性が抱く不安感をもっとも美しく表現したものだ。「私は美しさの点で、私が崇拝する花々のように完璧ではありません。私には多くの欠陥と欠点があります。私はこの偉大な世界の旅人であり、私の衣は泥にまみれ、私の足は茨で傷つき、血を流しています。この私のどこに、花のごとき美、儚くも汚れのない愛らしさがあるでしょうか。私が誇りを持ってあなたに差し出すことができるのは、女の真心です。私の心には、あらゆる痛みと喜びが集まっています。死ぬべき定めの人間の娘の、希望と恐れと恥辱が詰まっています。しかし、不滅の生を求めてもがく愛も、その心から生じるのです。そこにあるのは不完全でありながら、高貴で崇高なものなのです」

スバドラーとの駆け落ち

アルジュナはついに、ヤーダヴァ族の有名な港湾都市ドゥヴァーラヴァティー（またはドゥヴァーラカー）に到着した。アルジュナはクリシュナの忠告に従って、托鉢僧に変装して都に入った。

クリシュナは妹のスバドラーがアルジュナと秘かに愛し合っていることを知っていたが、兄のバララーマはスバドラーをドゥルヨーダナと婚約させていた。クリシュナはアルジュナに、妹と駆け落ちするよう勧めていた。一方、スバドラーは、誰かに背中を押してもらうまでもなく、都にやって来た托鉢僧が愛する人であることに気づくとすぐに、アルジュナと一緒に戦車に乗って都を脱出した。都を出るのは自分の意志であることを世間に示すために、スバドラーは自ら手綱を取った*。

スバドラーが托鉢僧と駆け落ちしたと知ったバララーマは激怒したが、その托鉢僧が変装したアルジュナであることがわかると、一層怒りを募らせた。「追いかけて、妹を取り戻す」と、バララーマ

* 監訳注：原典では合意の上の略奪婚である。現代風に弱めて書かれているものと思われる。

は怒鳴った。

「なぜ?」と、クリシュナ。「スバドラーがアルジュナを愛しているのが分からないのか? スバドラーに無理強いはできない。戦車の手綱を握るスバドラーが、どんなに嬉しそうに笑っていたか、見ただろう」

バララーマは不本意ながら同意した。結局のところ、誰と一緒に生きたいかを決めるのは、スバドラーなのだ。

一方、スバドラーとともにインドラプラスタの城門にたどり着いたアルジュナは、苦境に立たされた。ドラウパディーが、パーンダヴァ兄弟の他の妻たちは決してインドラプラスタに住んではならないと、定めていたからだ。どうすればいいかわからなくて、新婚カップルはクリシュナに助言を求めた。

クリシュナの助言を受けたスバドラーは、牛飼い女に変装してドラウパディーの私室を訪ね、自分と夫を匿ってほしいと頼んだ。「私たち、駆け落ちしたのだけど、私と彼が一緒にいることを、彼の奥さんが許してくれそうにないの」と、スバドラーは身分を明かさずに言った。

「大丈夫、私のところにいればいい」と、ドラウパディーは愛情を込めて言った。「あなたのことは、まるで妹みたいに思えるもの」

「本当のところ、私はあなたにとって妹みたいなものよ。私はクリシュナの妹で、私の夫はアルジュナなのだから」と、スバドラーはびくびくしながら打ち明けて、ドラウパディーがどう反応するかに脅えた。

ドラウパディーは嵌められたと思ったが、スバドラーを許して、インドラプラスタに留まることを認めた。さらに、アルジュナが自分と一緒になれない四年間は、スバドラーがアルジュナのそばにいることを容認した。そうこうするうちに、アルジュナとスバドラーの間に息子が生まれ、アビマニユと名付けられた。

Column

❖インドネシアに伝わった『マハーバーラタ』では、アルジュナはドラウパディー以外にも七人の女性と結婚したとされている。その妻たちの中でも特に重要な役割を果たしたのが、クリシュナの妹でおとなしくて控えめなスゥンバドラと、ドラウパディーの妹で快活な弓の名手スリカンディ＊である。スリカンディは後にクルクシェートラの戦いに参戦して、ビーシュマ殺害に協力することになる。後にドゥルヨーダナの妻となった女性もまた、アルジュナと恋に落ちた。しかしアルジュナは、すでに従兄弟と結婚の約束をしている女性を妻とするのは拙いと思ったようだ。こうしたアルジュナの一面は、サンスクリット語で書かれた『マハーバーラタ』原典には出てこない。サンスクリット語『マハーバーラタ』のアルジュナは、ドゥルヨーダナの望むものを自分のものだと要求することに喜びを感じる人物として描かれている。

❖オリヤー語で書かれた『マハーバーラタ』では、この文献だけに登場する不思議な話が語られている。それによると、森に暮らしている頃のアルジュナに対して、クリシュナは策略を仕掛けたという。クリシュナはナバグンジャラという怪物の姿になってアルジュナに近寄った。ナ

＊監訳注：おそらくはシカンディンのことだと思われる。

バグンジャラは、さまざまな種類の動物――蛇、馬、雄牛、虎、象、孔雀、雄鶏、人間――が入り交じった怪物だ。ところがアルジュナは恐れることなく怪物を見つめ、怪物の中の人間がハスの花を手に持っていることに気づいて、怪物がクリシュナであることを見抜いた。この物語で語られているのは、重要なヒンドゥー哲学である。それは、「人間の知性で理解できないものは、究極的には〝神〟に由来するものであるから、恐れる必要はない」ということだ。

❖バララーマはドゥルヨーダナとビーマに棍棒術を伝授したが、バララーマが常に好意を抱いたのはドゥルヨーダナだった。その理由は説明されていない。クリシュナが常にパーンダヴァたちの味方をしたが故の、バララーマとクリシュナの兄弟間のライバル意識のせいだろうか。

❖タミル地方では伝統的に、ドラウパディーは女神であり、ムッタル・ラヴュッタムだけがドラウパディーの護衛であり門番である。彼は王であり、その娘はユディシュティラと結婚したと言われている。ドラウパディーが、五人の夫の他の妻たちが宮殿に滞在することを許さなかったことは有名である。ムッタルは自分の娘だけ特別扱いしてもらうために、永遠にドラウパディーの召使になることを申し出たという。

ガヤの斬首

ガンダルヴァ（一説によればアスラ）のガヤは、ドゥヴァーラカーの上空を飛行しているときに、地上に向かってつばを吐いた。そのつばは、クリシュナの頭を直撃した。激怒したクリシュナは、このような無礼を働いた者の首は斬り落としてやると誓った。クリシュナは武器を取ると、戦車に乗ってガヤを追いかけた。

怯えたガヤはインドラプラスタに駆け込み、震えながらスバドラーの足元にうずくまった。「高貴な奥方様、お助け下さい。気の狂った戦士が、私の首を刎ねようとしているのです。故意に犯した罪ではないのに」

ガヤを哀れに思ったスバドラーは言った。「恐れることはありません。私の夫、アルジュナは、世界一の戦士です。夫がそなたを守ってくれるでしょう」。ガヤは安堵の笑みを浮かべた。

その直後、怒ったクリシュナがインドラプラスタの城門に到着して、ガヤに出てくるよう命じた。ガヤがインドラプラスタに逃げ込むのを目撃していたのだ。そこでスバドラーは、ガヤの首を刎ねると脅している狂った戦士とは、ほかならぬ自分の兄であることを悟ったが、前言を撤回することはできなかった。「アルジュナがガヤを守ってやると誓いました。ガヤを傷つけることはできませんよ」

しかしクリシュナは言った。「私は奴を殺すと誓ったのだ。何者にも邪魔はさせない」

ほどなくして、クリシュナとアルジュナは対峙した。アルジュナは強弓ガーンディーヴァを手にし、クリシュナの指には破壊的な威力を持つ円盤スダルシャナ・チャクラが回っていた。ガヤはスバドラーの足元で震えていた。事態は緊迫していた。どちら側も前言を翻すわけにはいかず、したがって互い

に譲ることはできなかった。「言ったことを守るのは、ダルマの基本中の基本だ」と、二人の戦士は言った。アルジュナがクリシュナを攻撃すれば、世界は終わるだろう。クリシュナがアルジュナを攻撃すれば、パーンダヴァは滅亡するだろう。いずれにせよ、世界の希望は潰えることになるのだ。

天国スヴァルガからこの様子を見ていたデーヴァ神族も危機感を抱いて、創造主ブラフマーと世界の破壊者シヴァに介入を願った。創造神と破壊神は、戦っているクリシュナとアルジュナの間に降臨した。「やめよ」と両神は言った。「そなたたちの争いは、全世界を脅かしている」

アルジュナに向かってブラフマーは言った。「クリシュナにガヤの首を斬らせて、誓いを実行させよ。その後、私がガヤを生き返らせるから、そなたも誓いを実行できる。さすれば、そなたたち両人ともに約束を守ることができるであろう」。事の重大性を悟ったアルジュナは弓を下ろし、クリシュナにガヤの首を刎ねさせた。そしてブラフマーはガヤを生き返らせた。

ガヤはアルジュナに感謝するとともに、クリシュナに対しても、宇宙の存亡にかかわる事態を引き起こしたことを謝罪した。

Column

❖アルジュナとクリシュナを対立させることになったガヤの物語は、カルナータカのヤクシャガーナ族の劇場で上演されている。この戯曲は、一七世紀にハレマッキ・ラーマによって書かれたもので、サンスクリット語で書かれた古典には含まれていない。

❖このガヤの物語が示唆しているのは、たとえ善意に基づいた行動であっても、それが友情のきずなを壊すことはあり得るし、自分の利益のために友情を利用する人間もいる、ということだ。

ナラとナーラーヤナ

ある日、河岸を歩きながら、アルジュナはつぶやいた。「アヨーディヤーのラーマは弓の達人だったと聞いている。この私は射た矢で橋を造って、インドラ神の象たちを地上に降臨させることができた。ラーマなら、ラークシャサの王ラーヴァナにさらわれた妻シーターを救うために、矢で海に橋を架けることができただろうに。なぜ、ラーマはそうしなかったのだろう。ラーマは私ほどの弓の名手ではなかったのかな」

ラーマを信奉して仕えていた猿神ハヌマーンは、アルジュナの独り言を聞きつけて、その自慢話を不快に思った。ハヌマーンは木から飛び降りて、アルジュナに話しかけた。「矢の橋では、猿たちの体重も支えきれませんよ。だから、ラーマ様は石の橋をお造りになっ

たのです。この川に矢で橋を架けて、猿一匹の重さに耐えられるかどうか、試してみてはいかがですか」

相手が猿神ハヌマーンだとは知らないアルジュナは、猿が自分をからかっているのだと思った。そこでアルジュナは、川に矢で橋を架けた。ハヌマーンが前足を橋に乗せると、橋はあっという間に崩れた。ハヌマーンはアルジュナをあざ笑った。「あなたは本当に、インドラ神の象たちを降ろすために、地上から天国まで橋を架けたのですか？」

自尊心をひどく傷つけられたアルジュナは、自殺しようかとまで思いつめた。すると、通りかかった賢者がこう言った。「もう一度、矢で橋を架けてみなさい。ただし今度は、矢を射る度にラーマ・クリシュナ・ハリを唱えるのです。さて、結果はどう違うか、見てみましょう」

アルジュナは言われたとおりにした。今度は、猿が乗っても橋は崩れることなく、しっかりしていた。そこでハヌマーンは真の姿を現して、橋の上で踊った。しかし、橋は崩れなかった。ハヌマーンはさらに巨大化して、山ほどの大きさになったが、それでも橋はその途方もない重さに耐えて崩れることはなかった。

賢者は言った。「ラーマの御名こそが、ランカー島に架けた石の橋を堅固に保ち、猿たちの重みを受けてもひび割れませんでした。同様に、この矢の橋もクリシュナの御名のおかげでハヌマーン神の重さに耐えました。この世では、強さだけでは不十分で、神の恩寵が必要な

のです。クリシュナはラーマであり、両者ともハリでありヴィシュヌです。このことを決して忘れてはなりませんよ。クリシュナなしでは、あなたは何もできない。あなたはナラであり、クリシュナはナーラーヤナなのです」

アルジュナは賢者にお辞儀して、ハヌマーン神にひざまずいて己の傲慢を詫びるとともに、こう尋ねた。「私がナラで、クリシュナがナーラーヤナであるとは、どういう意味なのですか？」

「その隠れた意味は、まもなく明らかになるだろう」と、ハヌマーンは答えた。

その数日後、あるバラモンが自分の子どもたちを救ってほしいと、アルジュナに訴えた。「子どもたちは生まれるとすぐに姿を消しました。今、私の妻は妊娠中で、まもなく出産します。この子も失うことになるのではないかと、恐れているのです」

アルジュナは、たとえ死の神ヤマと戦うことになろうとも、強弓ガーンディーヴァでバラモンの子どもたちを守ると約束した。クリシュナも、この冒険に参加した。「もし失敗したら、私は我が身を生きながら焼くことにする」と、アルジュナは言った。

バラモンの妻がいよいよ出産するというとき、アルジュナは矢で作った防御柵でバラモンの仮屋を封鎖して、出入り口で見張りに立った。「誰が入って子どもを連れ出そうとするか、見張ることにしよう」

数分後、子どもが生まれた。アルジュナとクリシュナは赤ん坊の泣き声を聞いた。ところが、その泣き声が止んだ。「赤子が消えた！」とバラモンが叫んだ。「アルジュナ、あなたはしくじったぞ！」

なぜ、こんなことが可能なのだ？　誰も仮屋に入らなかったのに？　犯人は神か、悪魔か、人間か？　動揺したアルジュナは、即刻、その場で命を絶とうとした。しかし、クリシュナがアルジュナを止めた。「そんな極端なことをする前に、確かめるべきことがあるだろう」

アルジュナは戦車に乗り、クリシュナが手綱を取った。二人は一緒に地平線に向かって出発した。それは長い旅路だった。アルジュナは、戦車がもはや地面に接触していないことに気づいた。戦車は空を飛んでいて、山々や川は背後に過ぎ去った。間もなく、戦車は海を渡った。何もかもが青かった。戦車は速度を増して、風を切って飛んだ。クリシュナは真っ直ぐ前を見つめていた。空は暗さを増して、星さえ見えなくなった。クリシュナは円盤スダルシャナ・チャクラを放ち、円盤は戦車の前でうなりを立てながら、行く道を照らした。アルジュナは、自分たちが塩水の海を横断していることに気づいた。次に渡った真水の海は、蛇、巨大な魚、神秘的で奇妙な生物たちで一杯だった。その次は火を噴く爬虫類がのたうつ炎の海、さらに糖蜜の海、ついには乳の海を渡った。

アルジュナは乳の海の中心で、壮大な光景を目の当たりにした。千の頭を持つ蛇がとぐろを巻き、その上でくつろぐ荘厳な姿が見えた。穏やかな笑みを浮かべ、四本の腕に法螺貝、円盤、棍棒、蓮を持つ、ヴィシュヌ神だった。大蛇はアーディ・アナンタ・シェーシャという、時を司る蛇だ。ヴィシュヌ神の足元には、富と幸運の女神ラクシュミーが座っていた。ヴィシュヌ神の舌の上にいるのは、知恵の女神サラスヴァティーだ。ヴィシュヌ神こそ、宇宙の律動を維持する神なのだ。ヴィシュヌ神は時間と空間を操って、不可能を可能にする神だ——たとえば、母の胎内を出たばかりの赤子を跡形もなく失踪させる、といった……。

神々しい光景に圧倒されて、アルジュナは平伏した。そして顔を上げると、ヴィシュヌ神が腕に大勢の赤ん坊を抱えているのに気づいた。「これは、かのバラモンの子どもたちだ。私がこの子たちをここに連れてきたのは、そなたに追跡させるため、そして、そなた自身が存在することの真の意義を学ばせるためだ」

このヴィシュヌ神の言葉を、アルジュナは理解できなかった。しかし、クリシュナは微笑んで説明した。「かつて君はナラで、私はナーラーヤナだったのだ。我々はともに多くの悪魔と戦い、多くの戦いで勝利を収めた。そして今、我々はアルジュナとクリシュナだ。我々は地上にダルマを復活させるために生まれたのだよ」

ヴィシュヌ神はアルジュナに告げた。「クリシュナは知、そなたアルジュナは動である。二人一緒でなければ、役に立たない。二人一緒であれば、すべての戦いに勝利するであろう」

Column

❖以上の物語の出典はバーガヴァタその他のプラーナ文献で、これらの文献ではクリシュナは〝神〟とされている。

❖〝全能の神〟という概念が登場するのは、ヒンドゥー教の歴史の中でもかなり後期である。初期のヴェーダの聖典では、神の概念はせいぜい不可知論＊的に述べられている程度である。自然界の精霊や宇宙的な力についてはさまざまな記述があり、これらの威力は宗教儀式によって召喚できるとされているが、〝神〟に関する明確な言及はない。敢えて言うなら、ウパニシャッド＊＊は神を魂（アートマン）と関連づけている。仏教のような無神論的で禁欲的な道徳が台頭すると同時に、サンサーラ（輪廻）、カルマ（過去の行動の影響）、モークシャ（解脱）のような思想が人気を集めるようになった。こうした思想と対抗するものとして、〝神〟という概念――最初に〝神〟の概念を広めたのはバーガヴァタ派である――が、広く受け入れられるようになった。個人的に帰依する〝神〟から恩寵を得られると信じることで、人々は深く癒されるようになった。しかも、そうした〝神〟の恩寵は、カルマや輪廻といった束縛から人間を解き放ってくれるとされた。現世を生きる人間たちを守護してくれる擬人化された〝神〟、しかも個人的に信仰する〝神〟という概念を認定しているという点で、『マハーバーラタ』はごく初期のヒンドゥー教的な文献なのである。地上に降り立ったヴィシュヌ神としてのクリシュナの存在が、『マハーバーラタ』を聖典に変えているのだ。

＊　監訳注：宗教においては主に、神の存在を人間は知ることができないとする考え方をさす。
＊＊　監訳注：ヴェーダ以降に編纂された哲学についての文献群。

❖男性に乳首があるのは、男性の中に存在する女性的なものの痕跡であると、一般には信じられている。アルジュナに乳首が一つしかないのは、アルジュナが一般の男性以上に男らしいからだとされている。クリシュナに乳首がなかったのは、クリシュナがプールナ・プルシャ、すなわち完全な男性だったからである。

❖ナラとナーラーヤナという二人の賢者は、〝一心同体〟の親密な関係にあった。二人はヒマラヤ地方のナツメの木の下で暮らしていたという。ナラとナーラーヤナの名前は、アルジュナとクリシュナの前世として、『マハーバーラタ』で繰り返し取り上げられている。戦士かつ苦行者として描かれたアルジュナとクリシュナは、ヴィシュヌ神のごく初期の信者であるとみなされ、後にはヴィシュヌ神そのものだと解釈されるようになった。形而上学的に言えば、ナラは人間であり、ナーラーヤナは神である。アルジュナとクリシュナの関係は、人間と神の関係であり、不可分の関係なのである。

❖ナラとナーラーヤナを、アルジュナとクリシュナと関連付けることで、著者ヴィヤーサは二人を運命的な存在と位置付けた。アルジュナとクリシュナが生まれたのは偶然ではなく、必然なのだ。

第九巻
即位

「ジャナメージャヤ王、あなたの先祖の即位式の前に、そして即位式の間に、何人もの王が死んだのですよ」

ジャラーサンダの死

アルジュナが巡礼から帰還してすぐ、ユディシュティラは王になりたいと言い出した。「私はラージャスーヤ祭（世界皇帝即位式）を行いたい」*

しかしそのためには、ユディシュティラの統治権を承認するための象徴的な儀式に、各国の王たちに参加してもらわなければならない。

ユディシュティラに対して、クリシュナはこう言った。「まず、あなたが王位にふさわしい者であることを証明しなければならない。あなたの力を示し、あなたと王位を競う者がいないことを示すための最善の方法は、ジャラーサンダを打ち負かすことです」

「マガダ国の王、マトゥラーの破壊者か！」と、ユディシュティラは叫ぶと、急に不安になった。なぜなら、ジャラーサンダはバラタ全土で大いに恐れられていたからである。ジャラーサンダは一〇〇人の王たちを投獄し、人間を生贄に捧げようと企んでいると言われていた。「私の軍隊は、ジャラーサンダにかなわないだろう」

クリシュナは笑いながら言った。「強い筋肉も、賢い頭脳にはかないません。僧侶に化けて、マガ

* 監訳注：ラージャは「王」、スーヤは「祭式」の意。ラージャスーヤはただの王ではなく全世界を統べる王となるための儀式。

ダ国の都に行きましょう。ジャラーサンダは接待の法に則って、我々が望むものは何でも提供してくれるでしょう。そこで我々は、決闘を求めます。一対一で死ぬまで戦うのです」

パーンダヴァたちは、クリシュナの計画に感心した。クリシュナとジャラーサンダが宿敵であることを知っていたからだ。この計画は、ヤーダヴァ族とパーンダヴァたち双方にとって利点があった。ヤーダヴァ族は自分たちの国マトゥラーを破壊した男を排除することができ、パーンダヴァたちは自分たちの王権を宣言するとともに、自分たちに尽くしてくれたクリシュナに借りを返すことができる。

予想通り、ジャラーサンダはハスティナープラからやって来たという三人のバラモンを歓迎し、接待の法に則って、バラモンたちの望みは何でもかなえてやろうと言った。「何なりと望むがよい。かなえてさしあげよう」と、ジャラーサンダは言った。

「我々の望みは、あなたと決闘して、どちらかが死ぬまで戦うことだ」と、三人のバラモンは言った。

即座に、ジャラーサンダは彼らがバラモンではなく、変装したクシャトリヤであることを悟った。ジャラーサンダは騙されたわけだが、前言を翻すには誇りが高すぎた。「どうやら、お前たちのうちの一人はクリシュナ、私が奴のマトゥラーの都を焼き払った折にさっさと逃げ出した、あの臆病者だな。そして残りの二人は、奴と徒党を組んでいるパーンダヴァたちに違いあるまい」。アルジュナ

をにらみながら、ジャラーサンダは言った。「お前は痩せてひょろひょろだから、一対一の決闘には向かないな。その手のタコから推して、弓使いであろう。お前はアルジュナだな」。ジャラーサンダはビーマに目を向けた。「お前は大柄で強そうだ。相手にとって不足はない。お前はビーマであろう」。最後にジャラーサンダはクリシュナをねめつけた。「お前は色黒で、油断のならない目つきをしている。お前こそ、私の義理の息子を殺した小僧、クリシュナだな。ビーマを始末した後、お前も成敗してくれよう」

ビーマが闘技場に入るとき、クリシュナは手にした草の葉を葉脈に沿って二つに割きながら言った。「ジャラーサンダを殺す唯一の方法は、奴の体をこの葉のように真ん中から真っ二つに割くことだ。かつてジャラーサンダの父親は、子がなかったがゆえに、二人の妻それぞれに子どもを産ませようと、魔法の秘薬を半分に分けて二人に与えた。すると、二人の妻が産んだのは、半身しかない子どもだった。この二つの半身を一つに融合したのが、ジャラーというラークシャサの女だ。ジャラーに守護してもらっているので、ジャラーサンダは無敵なのだ。いかなる武器も、ジャラーサンダを殺すことはできない。二つに裂かれない限り、ジャラーサンダは死なないのだ」

ビーマはすぐに、ジャラーサンダが最強の対戦相手であることを悟った。ビーマの超人的な膂力は、バカやヒディンバなどの悪魔を倒してきたのに、ジャラーサンダにはまるで効かなかった。ビーマとジャラーサンダは何時間も野生の象のように戦った。しかしついに、ビーマはジャラーサンダを地面に押さえつけて、その足をつかむと満身の力を込めて、ジャラーサンダの体を二つに引き裂いた。その光景に、観衆は喝采した。

　しかし突然、誰もが黙り込んだ。驚くべきことに、裂かれた左半身が魔法にかけられたように動き出して右半身にくっつくと、ジャラーサンダは無傷のまま立ち上がった。ビーマは困惑して、クリシュナに視線を送った。クリシュナは素早く新しい葉を手に取って、再び葉脈に沿って二つに割いたが、今度は葉の左半分を右側に、右半分を左側に放り投げた。ビーマは、クリシュナのメッセージを理解した。

　戦いが再開された。激しい戦いに闘技場の柱は震え、デーヴァ神族は地平線に集ってビーマを応援した。長い戦いの末に、ビーマはついにジャラーサンダを地面に押さえつけた。そしてジャラーサンダの片足をつかむと、先ほどと同じように二つに裂いた。しかし今度は、左半身を闘技場の右側に、右半身を左側に投げた。

　こうしてジャラーサンダは殺された。これにより、クリシュナはついに、ヤーダヴァ族の都マトゥラーを破壊した男を排除することができたのである。ユディシュティラの即位宣言に反対する王は、もはやバラタの地には一人もいなくなった。パーンダヴァたちが建設したインドラプラスタは、独立王国になったのである。

Column

❖ラージャスーヤ祭は王国に統治権を与えるものである。統治権を獲得するためには、王国の統治者はその軍事力を証明して、他の王たちから同等の者として受け入れられなければならない。ユディシュティラはラージャスーヤを執り行うことで、正式に伯父とのあらゆるしがらみを絶って、自分の王国は独立国であることを世の中に宣言したのである。

❖クリシュナはパーンダヴァたちを助けるとともに、自分の敵ジャラーサンダを倒すためにパーンダヴァたちを利用した。ジャラーサンダの軍がマトゥラーを破壊したときに、クリシュナはマトゥラーから脱出したので、〝戦いから逃げた者〟という意味のラン・チョール・ライという軽蔑的なあだ名を付けられることになった。

❖ジャイナ教では伝統的に、世界が回転するサイクルごとに、シャーラーカプルシャと呼ばれる六三人の偉大な英雄が世に現れるとされている。この六三人は、二四人の隠者ティールタンカラ、一二人の王チャクラヴァルティン、二七人の戦士たちに分類される。二七人の戦士たちは、三人一組の全九組で構成され、一組の三人は、正義と平和を守るバラデーヴァ、正義は守るが暴力的なヴァースデヴァ、不正なプラティヴァースデーヴァに分かれる。クリシュナとジャラーサンダは、ヴァースデヴァとプラティヴァースデヴァであり、戦う運命にあった。クリシュナの兄バララーマは、戦争より平和を好む、穏やかなバラデーヴァである。ジャイナ教の聖典によれば、次の世界のサイクルでは、バララーマはクリシュナよりも早くティールタンカラとして生まれ変わるとされている。なぜならバララーマは、ジャイナ教の教義であるアヒンサーすなわち非暴力を好んだからである。

池に落ちたドゥルヨーダナ

ユディシュティラの即位式は、諸国の王たちが出席する盛儀だった。ラークシャサ、デーヴァ神族、アスラ魔族、ヤクシャ、ナーガ、ガンダルヴァも来賓として出席した。ドゥルヨーダナとチェーディ国王シシュパーラの姿もあった。

ドゥルヨーダナは、アスラのマヤが建設した巨大なインドラプラスタの都を見て回った。壮麗な宮殿群、整った街路、美しい庭園や果樹園……。宮殿の主殿は、すべての回廊をそよ風が吹き抜け、すべての壁面が陽光で輝くように設計されていた。詩人たちはパーンダヴァたちの大宮殿をインドラ神のサバー（集会場）に、インドラプラスタを天の都アマラーヴァティーに、パーンダヴァたちの王国を天界スヴァルガにたとえた。ドゥルヨーダナの心は嫉妬で一杯だった。

そんなドゥルヨーダナは、美しく彩られている屋根を眺めながら回廊を歩いているときに、足を滑らせて池に落ちた。ちょうど通りかかったドラウパディーは、軽率にも笑い声を響かせて言った。「めくらの子はめくらね」

ドゥルヨーダナにしてみれば、面白かろうはずがなかった。この日の仕返しに、いつの日かドラウパディーを侮辱して楽しんでやる、とドゥルヨーダナは誓った。

Column

❖ドラウパディーがドゥルヨーダナの両親を無神経にあげつらったことが、後に彼女が受けた屈辱の原因であることは、多くの人々が指摘してきた。この物語は、身体の障害を物笑いの種にしてはならないという、世の人々に対する警告である。

❖インドラプラスタの神秘的な宮殿は、ここを訪れたあらゆる王たちの羨望の的だった。中でも特にドゥルヨーダナは心をかき乱された。従兄弟たちが何もないところから偉業を成し遂げたのに対して、自分は人生で何かを成し遂げたことがなかったからである。ドゥルヨーダナの嫉妬心は、ユディシュティラの即位式で頂点に達した。

❖ランカーの王でラークシャサの首領だったヴィビーシャナは、アヨーディヤーの王ラーマ以外には頭を下げないとして、ユディシュティラに礼をとることを拒否した。ラーマはヴィビーシャナの兄ラーヴァナを打ち負かした、地上に降臨したヴィシュヌ神だったからだ。一方、やはり地上に降臨したヴィシュヌ神であるクリシュナは、この世でダルマを守る王は誰もがアヨーディヤーの王ラーマその人であるとして、ユディシュティラにひざまずいた。これを見たヴィビーシャナは心を入れ替えて、ユディシュティラにひざまずいたという。

シシュパーラの死

　バラタ全土の王たち全員の前で、バラモンは水と牛乳と蜂蜜をユディシュティラの頭上に注いだ。これでユディシュティラは正式に王となった。王を囲むのは四人の弟たちで、王の左の膝に座るのは、共通の妻にしてインドラプラスタの王妃であるドラウパディーだった。賓客の中でも、義父のドルパダ王、伯父のシャリヤ、従兄弟のクリシュナとバララーマといった人々は、パーンダヴァたちとともに幸せを味わっていた。その一方で、ドゥルヨーダナ、カルナ、シャールヴァ、シシュパーラなど、むしろ妬み心を抱く人々もいたのである。

　式典の合間に、バラモンたちはパーンダヴァたちに、集まった賓客の中から主賓を選ぶよう求めた。選ばれたのはクリシュナだった。クリシュナがいなければ、今日のパーンダヴァたちもいなかったからだ。クリシュナは貴賓席について、パーンダヴァ五兄弟とその妻から多くの贈り物を受け取った。

　そのとき突然、チェーディ国王シシュパーラが立ち上がって抗議した。「百人の王が集っているというのに、パーンダヴァが主賓として選んだのがヤーダヴァ族のクリシュナだとは。父親に王位継承を拒絶されたヤドゥを先祖に持つクリシュナは、どう転んでも王にはなれないぞ。しかも身分の低い牛飼いに育てられて、子どものころは動物を殺したり牛飼い女と踊ったりしていた。生みの母の兄を殺した挙げ句、ジャラーサンダ王に故郷を焼かれたときは、牛飼いさながらに逃げ出した。攻撃をか

わす盾とするために王女たちをかどわかして駆け落ちした男だ……」

シシュパーラが延々と悪口を言い続けるのにウンザリしたパーンダヴァたちは、シシュパーラを黙らせようと武器を手にした。しかし、集まった王たちは、シシュパーラを守るために武器を取った。シシュパーラは間違ったことは言っていなかったからだ。ユディシュティラの王宮の広間は、戦場に変わる瀬戸際にあった。この緊迫のさなか、クリシュナが発言した。「これはシシュパーラと私の問題だ。彼に言いたいことを言わせよう。彼はパーンダヴァたち同様、私の父の姉妹の息子、私の従兄弟だ」

クリシュナは賓客たちには言わなかったが、実はシシュパーラが生まれたとき、クリシュナがシシュパーラを殺すだろうという予言が下っていたのだ。シシュパーラの母は息子を守るために、息子の不品行を許すようにクリシュナに願っていた。そのときのクリシュナの約束は、「一〇〇回までは許しましょう。ただし、それ以上はだめです」というものだった。

その後もシシュパーラは延々と悪口を続け、クリシュナを侮辱し続けた。クリシュナも侮辱されるたびに、耐えて許した。

しかし、侮辱が一〇〇回目に達したとき、クリシュナは立ち上がって手を上げた。「もう十分だろう、従兄弟殿。君はすでに一〇〇回も私を侮辱した。私は君の母上に一〇〇回までは許すと約束した。しかし、これ以上はだめだ。もしまた私を侮辱するようなら、私は君を殺すよ」

しかし、シシュパーラは無視した。クリシュナを嫌っていたからだ。シシュパーラはこう思っていた――クリシュナは身分の低い牛飼い、自分はチェーディの王だ。それなのにバラタ全土で、クリシュナのほうが尊敬され、人気もある。しかも愛する女性ルクミニーを自分の目の前でさらって、結婚してしまった。父のように慕っていたジャラーサンダを殺したのもクリシュナだ。挙げ句の果てに、パーンダヴァたちの主賓に選ばれるとは……　憎しみと妬みで一杯になって、シシュパーラはクリシュナに対してもう一回――一〇一回目の――侮辱を行った。

大広間の人々が瞬きする間もなく、クリシュナの円盤スダルシャナ・チャクラがシシュパーラの首を斬り落とした。シシュパーラの首が地面に落ちると、王たちは色めき立った。「これがパーンダヴァたちの客に対するもてなし方か？　身分の低い牛飼いに王を殺させるとは！　さあ、出ていこう。ユディシュティラは王かもしれないが、我々が敬意を払うには値しない」。そう言うと、多くのバラタ全土の王たちが席を蹴って集会場から出て行った。こうしてユディシュティラの盛大な即位式は、不穏な空気の中で幕を閉じた。

席を蹴って出て行った王たちの中には、シャールヴァとダンタヴァクラがいた。二人はシシュパーラの友人で、ジャラーサンダとも同盟関係にあった。そこで二人はクリシュナを懲らしめてやろうと決心した。挙兵してクリシュナの本拠地ドゥヴァーラカー島を攻撃し、クリシュナが防衛のために急ぎインドラプラスタを去って帰国せざるを得ないようにした。

Column

❖『バーガヴァタ・プラーナ』によれば、シシュパーラとダンタヴァクラの前世は、ヴィシュヌ神の門番のジャヤとヴィジャヤだったという。この門番たちは、サナトクマーラと呼ばれる四人の賢者たちがヴィシュヌ神の住処ヴァイクンタに入るのを阻んだ。そのため、三回転生しても、そのたびに神に背くことになるという呪いをかけられた。転生するたびにジャヤとヴィジャヤはおぞましい所業に及ぶので、ヴィシュヌ神が自ら降臨して二人を成敗せざるを得なくなる、というのだ。一回目は、二人はアスラ族の兄弟ヒラニヤークシャとヒラニヤカシプとして生まれ、イノシシとナラシンハ（頭はライオン、体は人間の獣人）となったヴィシュヌ神に殺された。二回目は、ラークシャサの兄弟ラーヴァナとクンバカルナとして生まれ、ラーマとして降臨したヴィシュヌ神に殺された。そして三回目の転生でシシュパーラとダンタヴァクラ（「カンサとシシュパーラ」という説もある）になり、クリシュナとして降臨したヴィシュヌ神に殺された。このように、シシュパーラの死は定められた運命だったのだ。

❖シシュパーラの母は息子を守るために、クリシュナに一〇〇回までは息子の罪を許すという便宜を図ってもらった。しかし息子に対しては、罪を犯すなと警告さえしなかった。この逸話でヴィヤーサが強調したのは、内面を改めることなく外面的な手段で問題を解決しようとする、人間の業である。

❖民間伝承によれば、クリシュナはスダルシャナ・チャクラをシシュパーラに投げつけたとき、自身の手を切ったという。ドラウパディーはすぐさま着衣の上着を引き裂いて、クリシュナの傷を縛って止血した。クリシュナはドラウパディーが布地をくれたことに感謝して、いつの日かドラウパディーが衣服を必要とするときは、自分が提供しようと約束した。後にクリシュナは、カウラヴァたちが公衆の面前でドラウパディーの衣服を脱がせようとしたときに、この約束を果たすことになる。

❖ユディシュティラの即位式に前後して、不吉な出来事が次々と起きた。まず即位に先立って、ジャラーサンダ王が死に、ドゥルヨーダナ王が屈辱を味わった。即位式のときも、シシュパーラ王が殺害されて、クシャトリヤたち全員を騒然とさせた。

第一〇巻

賭博

「ジャナメージャヤ王よ、
あなたの祖先は王国と妻を骰子賭博で失ったのです」

シャクニの計略

インドラプラスタから戻ったドゥルヨーダナは打ちひしがれて、妬みに悶々としていた。「パーンダヴァたちは徒手空拳から王となった。彼らの国は私の国より豊かで、世間の評判もはるかに高い」。ドゥルヨーダナはまたもや従兄弟たちへの劣等感に苛まれた。

そんな折、ドゥルヨーダナたちの母ガーンダーリーの弟であるシャクニが、ある計略を持ちかけてきたことで、ドゥルヨーダナは気力を回復した。「ユディシュティラは優れた男かもしれないが、一つだけ弱点がある。それは、賭け事を好むことだ。ユディシュティラを骰子《さいころ》賭博に招待するのだ。ユディシュティラは賭博の才が全くないくせに、必ずやって来るだろう。断ることはできないはずだ。私がお前の代わりに勝負しよう。私の骰子の腕前はお前もよく知っているだろう。私は絶対に勝つ。勝負に勝つたびに、パーンダヴァたちの財産を取り上げて、すべてを奪おう。勝負の決着が付くときには、お前はインドラプラスタの主となり、パーンダヴァたちはただの乞食に落ちぶれているだろう」

ドゥルヨーダナはこの話を聞いて大喜びした。しかし、この叔父がクル王家を滅ぼすために、遠回りな罠を仕掛けていることには気づかなかったのである……。

それはもう何年も前、パーンダヴァたちとカウラヴァたちがまだ子どもだった頃のことだ。子どもたちは一緒に遊んでいたが、いつものように最後は喧嘩になった。カウラヴァたちはパーンダヴァたちを侮辱して、「お前たちなんか、売春婦の子どもじゃないか」と言った。つまり、パーンダヴァたちの実の父親は、生母の夫ではないという、世間に知られた事実を指摘したのだ。

これに対して、パーンダヴァたちは「お前たちこそ、未亡人の子どもじゃないか」と言い返した。カウラヴァたちは、これを聞いて驚いた。もちろん、カウラヴァたちの母は未亡人ではない。カウラヴァたちは泣きながら、この出来事をビーシュマに訴えた。そこでビーシュマはガンダーラ王国に密偵を送り込んで、真実を探らせることにした。

密偵が探り出した事実は、驚くべきものだった。ガーンダーリーが生まれたとき、占星術師たちは「ガーンダーリーの最初の夫は短命で、二番目の夫は長命である」と予言した。ガーンダーリーの父スバラは、娘を一匹のヤギと〝結婚〟させて、直後にそのヤギを殺した。つまり名目上、ガーンダーリーは未亡人になったのである。

ヤギが殺されなかったら、カウラヴァたちの父親はヤギだったはずだと、占星術師たちが明かしたことに、ビーシュマは激怒した。「私はスバラに騙されたのだ。我が高貴な家門に、未亡人を嫁入りさせるとは何たることか。これが世間に知れたら、私はバラタ族の間で嘲笑の的となるだろう。スバラの一家を皆殺しにして、このおぞましい秘密も一緒に葬り去るしかない」

ビーシュマは、スバラとその息子たちを地下牢に閉じ込めた。そして毎日、一握りの米しか与えなかった。スバラは息子たちにこう言った。「ビーシュマは、親族を殺すことはアダルマであると知っている。ビーシュマはダルマに反しないやり方で、我々を殺そうとしているのだ。毎日食べ物は与えるが、その量は少なすぎるので、我々は飢えて死ぬだろう。しかし、我々にはどうしようもない。もっと多くの食べ物を求めることはアダルマだからだ。さらに、食事が出されているのに娘の嫁ぎ先から逃げ出すこともアダルマだ」

こうして日にちが経つにつれて、事態は悪化していった。ガーンダーリーの兄弟たちは食べ物をめぐって争い始めた。飢えて苦悩するスバラは、唯一の解決策にたどり着いた。「我々のうち一人だけが食べることにしよう。一番賢い者が食べるのだ。たった一人でも生き延びて、ビーシュマの残酷な仕打ちを覚えておくのだ。生き延びた者が復讐するのだ」

選ばれたのは、最も若いシャクニだった。シャクニは、他の家族たちが飢えに苦しむのを目の当たりにしながら、一人だけ食べ物を口にした。

スバラは死ぬ前に、シャクニの足首を打ち砕いた。「これでお前は歩くたびに、足を引きずることになるだろう。そして足を引きずるたびに、クル王家が我々一家に対して犯した罪を思い出すのだ。決して奴らを許すな」

スバラは、シャクニが骰子ゲームを好むことを知っていた。そこで、いまわの際にこう言い残した。「私が死んだら、私の指の骨で骰子を作れ。私の憤怒に満ちた骰子だ、お前の望むどんな目も出すだろう。お前は骰子賭博では必ず勝者となるのだ」

その後間もなくスバラと、シャクニ以外の息子たちは息絶えた。生き残ったシャクニはビーシュマ

の庇護の下、ハスティナープラの都でカウラヴァたちとともに養育された。シャクニはカウラヴァたちの友として振舞ったが、その裏で復讐を画策し続けた。ビーシュマが自分の家族を全滅させたと同様に、ビーシュマの一族も破滅させることを目論んでいたのである。

Column

❖パーンダヴァたちの栄華に対するドゥルヨーダナの妬みは、『マハーバーラタ』という悲劇の根本的な原因である。ドゥルヨーダナを苦しめたのは、自分の持っているものが少ないことではなく、従兄弟たちが自分よりも多く持っていることだった。

❖シャクニの家族の物語は、さまざまな民間伝承に登場する。中には、シャクニの父と兄たちを殺したのはビーシュマではなくドゥルヨーダナだとする伝承もある。人にはそれぞれの事情があり、それを知らずに批判してはならないことを、シャクニの物語は教えてくれている。いかなる極悪人であれ、その罪を容認することはできないにしても、その行動の理由を説明する物語は存在するのだ。

❖別の伝承では、スバラとその息子たちは、ガーンダーリーを盲人のドリタラーシュトラに嫁がせることを断ったために投獄されたことになっている。つまり、ヴィチトラヴィーリヤ王の妃にされたアンビカーとアンバーリカーと同様に、ガーンダーリーとシャクニも捕虜だったわけだ。

❖ガーンダーリーとヤギの物語の出典は、『マハーバーラタ』のジャイナ教系の伝承である。

❖叙事詩が書かれた時代の政略結婚では、母方の親族は非常に重要な役割を果たしていた。カウラヴァたちにとってシャクニは母方の叔父であり、パーンダヴァたちにとってクリシュナは母方の従兄弟だった。

❖『マハーバーラタ』では、すべての破滅の原因は貪欲だとされている。『ヴィシュヌ・プラーナ』で詳しく述べられている物語によると、ヴィシュヌは小さな魚となって地上に降臨し、最初の人間であるマヌに、大きな魚から助けてほしいと頼んだという。大きな魚は小さな魚を餌としている、という概念は〝マツヤ・ニヤーヤ〟と呼ばれ、いわゆる〝ジャングルの掟〟を意味している。小さい魚を救うと約束したことで、マヌは実質的に〝文明の掟〟すなわちダルマを確立した。このダルマにおいては、弱い存在も繁栄することができる。マヌは小さい魚を壺に入れた。しかし数日後、小さな魚は大きくなって、壺に入りきれなくなった。そこでマヌは魚を池に移した。しかし魚はやがて、池も狭くなるほど大きくなった。マヌは魚を川に移した。さらに日を重ねると、川さえ魚にとっては狭くなった。魚は海に移った。魚は海を凌ぐほど大きくなった。すると空が破れて豪雨が降り注ぎ、ついには水が大地を覆い尽くした。これがプララーヤ、すなわち世界の終わりであると、魚は不吉な宣言を下した。物語の最後に、ヴィシュヌ神の化身であることが明らかになった魚が、マヌとその家族の乗った船を大洪水から脱出させて安全な場所まで曳航する。物語の後半はノアの箱舟に似て、ヴィシュヌは救世主と見なされる。これに対して、物語の前半は、文明の勃興と没落を示唆している。小さな魚が大きな魚から救われたとき、文明は勃興し、魚が池に入りきれないほど巨大化し続けたとき、文明は終焉するのである。

賭博の勝負

パーンダヴァたちはカウラヴァたちに招待されてハスティナープラを訪れ、骰子賭博に参加した。招待を断ったら無礼だとみなされるだろうと、ユディシュティラは助言されたのだった。もっとも、ユディシュティラは口には出さなかったが、骰子賭博が大好きなのだ。

カウラヴァたちがパーンダヴァたちを招待したこと、パーンダヴァたちが骰子賭博への参加を決めたことを、クリシュナはまったく知らなかった。クリシュナは故シシュパーラの友人のシャールヴァとダンタヴァクラにドゥヴァーラカーを包囲されて、彼らとの戦闘に忙殺されていたからだ。

賭博の当日、パーンダヴァたちの共通の妻であるドラウパディーは月経があったため、慣習に従って、女性専用の居住区の奥深い一郭に一人留まっていた。

こうして、クリシュナの助言を聞くことなく、ドラウパディーが同席できるようになるのを待つこともなく、パーンダヴァたちは賭博の会場に入ったのだった。

ユディシュティラはパーンダヴァを代表して、シャクニはカウラヴァを代表して勝負に臨んだ。ルールは、投げた骰子の目に従って盤上で硬貨を動かす、というものだ。つまり、運と技術が必要なゲームなのだ。勝負を面白くするために、開始に先立って何を賭けるかが決められた。

当初、賭けの対象はごくささやかで、傘とか首飾りだった。シャクニは骰子を振るたびに「ほら、私の勝ちだ」と声を上げた。敗北にかっとなったユディシュティラは、損失を一気に取り戻そうと焦った。回を重ねるごとに、賭けの対象の価値は高くなっていった。そして、シャクニも「ほら、私の勝ちだ」と勝利を重ねていった。

ユディシュティラが黄金の戦車を賭けると、シャクニは骰子を振って、「ほら、私の勝ちだ」と言った。

ユディシュティラが宝物庫にある財宝すべてを賭けると、シャクニは骰子を振って、「ほら、私の勝ちだ」と言った。

ユディシュティラが腰元の乙女たちを賭けると、シャクニは骰子を振って、「ほら、私の勝ちだ」と言った。

ユディシュティラがそば仕えの若者たちを賭けると、シャクニは骰子を振って、「ほら、私の勝ちだ」と言った。

ユディシュティラは、象、馬、牛、山羊、羊を次々に賭けた。その度に、シャクニは骰子を振って、「ほら、私の勝ちだ」と言った。

負けが込んでくると、パーンダヴァ兄弟たちは、シャクニの骰子はいかさまではないかと疑ったが、それを証明するすべはなかった。日が傾くにつれて、パーンダヴァたちは全財産――財宝、穀物、家畜、土地、身に着けた宝石類まで――を次第に失っていった。「もうやめましょう」とパーンダヴァ兄弟たちは長兄に訴えた。「撤退は恥ではありません。あのクリシュナでさえ、マトゥラーを一七回防衛した後、撤退したではありませんか」。しかし、ユディシュティラは拒否した。次の勝負に勝てば、すべてを取り戻せると、ユディシュティラは頑なに信じ込んでいた。カウラヴァたちはこの思い込みを後押しするように、静かに薄笑いを浮かべていた。

ビーシュマ、ヴィドゥラ、ドローナ、クリパら長老たちは黙って見ていた。「こんな狂気の沙汰は止めるべきです」と、ヴィドゥラが言った。盲目のドリタラーシュトラ王はこの進言を退けた。勝っている息子たちを止めるのは無理であり、すでに王位に就いているユディシュティラを止めるのも妥当なことではなかった。ユディシュティラには自分で決定を下す権利があるのだ。

一一回目の勝負ですべての富を失ったユディシュティラは、信じられない行動に出た。自分の兄弟たちを、一人また一人と、賭けの対象にしていったのである。最初は美貌のナクラを、次は博識なサハデーヴァを、さらには剛勇のビーマを、ついには弓の名手アルジュナを――そして全員を失った。とうとうユディシュティラは自分自身を賭けて――失った。それでも、ユディシュティラはあきらめなかった。「妻を賭ける」。これには会場にいる誰もが息をのんだ。ドゥルヨーダナはにやりと笑って、賭けを受け入れた。シャクニはこれが一七回

目となる勝負の骰子を振って、「ほら、私の勝ちだ」と言ったのである。

Column

❖ヴェーダ時代、骰子賭博は宗教的儀式であると考えられていた。王たる者は、決闘や戦争を挑まれたら無視できないのと同様に、賭博の勝負に招かれたら断れなかった。賭博は、王が知性と運に恵まれているかどうかを証明する場だった。クリシュナは知性を、ドラウパディーは運を体現していた。パーンダヴァたちはそのどちらも持たずに、勝負に臨んだのである。

❖『マハーバーラタ』の中でも、この骰子賭博は、パーンダヴァ兄弟が母も、友も、妻も不在なときに、自分たちだけで決定を下した唯一の場面である。そしてパーンダヴァ兄弟はみじめに失敗した。

❖骰子賭博において、骰子を投げる行為は運命を、盤上の硬貨の動きは自由意志を象徴している。このように、ヴェーダ時代の骰子ゲームは、運命と自由意志に操られる人生を代弁するものであり、豊穣を願う儀式の一環でもあった。人生というゲームにおいては、死と運命の神ヤマが骰子を投げ、生と欲望の神カーマに導かれている人間には硬貨を動かす力があるとされていた。

❖インドは多種多様なボードゲームの発祥の地である。運任せの単純なすごろくゲーム「蛇と梯子」、運と腕前が必要な骰子ゲームやチャウサル、完全に能力と技術に依拠するチェスなど、さまざまだ。

❖ヒンドゥー教徒は、人生とはゲームのようなもの、あるいは囲碁ソフトの『Leela（リーラー）』＊のような人為的なルールに基づいたものと考える。こうしたルールは勝者と敗者を生む。勝てば嬉しく、負ければ悲しいものだ。ヴィヤーサは『マハーバーラタ』の物語の礎石に骰子賭博を据えることで、あらゆる人生は結局はゲームであることを、我々に思い起こさせている。

❖ここで指摘しておかなければならないのは、ユディシュティラが最初に賭けたのは異母弟のナクラとサハデーヴァであり、同母弟を賭けたのはその後だった、ということだ。ユディシュティラは弟たちを二つに分けていたのだろうか。同母弟たちだけは残そうとしていたのだろうか。

衣を剝がれたドラウパディー

ユディシュティラがドラウパディーを骰子賭博で賭けて失ったこと、ドラウパディーの新たな主人となったカウラヴァたちが彼女に賭博会場に来るように命じていることを、門番のプラーティカーミーがドラウパディーに告げた。すると、ドラウパディーはこう応じた。「では、賭けを行った夫に尋ねてきておくれ。自分と妻のどちらを先に賭けたのか、と。もし、夫が先に自分を賭けて、自分を失ったのなら、妻に対する権利が夫にあるはずがない」

＊監訳注：サンスクリット語で〝あそび〟の意。

ドラウパディーの詰問は、ドゥルヨーダナを苛立たせた。女性に対して――たとえドラウパディーのような貴婦人に対してでも――釈明するなど、自分の沽券にかかわるとドゥルヨーダナは思った。

カウラヴァたちはもう一度門番を遣わして、ドラウパディーを連れてこさせようとした。するとドラウパディーは、今度はこう言った。「では、王家の嫁である女性を賭け事の対象にして失うことが道徳的に許されるのかと、長老方に尋ねておくれ」

ドラウパディーのさらなる詰問は、ドゥルヨーダナをますます苛立たせた。「口数の多い女だ」。そして弟のドゥフシャーサナに命じた。「あの女を連れて来い。必要なら力ずくでもな」

兄には常に従順なドゥフシャーサナは、女性専用の居住区に押しかけた。ドラウパディーは髪を解いたまま、血に染まった衣一枚を身にまとって座っていた。ドゥフシャーサナの傍若無人な振舞いに驚愕したドラウパディーは、抵抗する間もなくドゥフシャーサナに髪をつかまれて、賭博会場の広間まで宮殿の廊下を引きずられていった。必死に暴れて柱にしがみついたが、ドゥフシャーサナの暴力には到底抗えなかった。ドラウパディーが悲鳴を上げても、宮殿の廊下にいた女性たちは恐怖で助けに出ることもできずに、物陰に隠れてしまった。

広間の人々は信じられないような光景を目の当たりにした。あのドラウパディーが半裸で、髪を振り乱したまま、ドゥルヨーダナの足元に土下座させられているのだ。誰一人として、ドラウパディーを救おうとする者はいなかった。王家の長老たちは石のように沈黙し、パーンダヴァたちは恥辱のあまり面を伏せた。「やめて、恥知らず！　私はパーンチャーラ王の娘、あなたたちの義理の姉妹、王家の嫁ですよ」と、ドラウパディーは叫んだが、誰も答えなかった。

ドラウパディーの高慢さを耐えがたく思っていたドゥルヨーダナは言い放った。「お前の夫たちは役立たずだ。お前を守ってはくれないぞ。奴らは賭けで王国を、武器を、自分たち自身を、そしてお前を失った。さあ、来い。私の膝に座れ。私がお前の面倒を見てやろう」。ドゥルヨーダナは左の太腿をむき出しにして、好色な眼差しでドラウパディーをねめつけてあざ笑った。ドラウパディーはドゥルヨーダナの下劣さにぞっとした。同時に、広間に集うクシャトリヤの誰一人として抗議しないことにおののいた。誰もが面白い見世物を見るような目つきをしていた。

「これがダルマなのですか？　女性をこのように扱うことが、ダルマにかなうことなのですか？」

カウラヴァ兄弟で最年少のヴィカルナが言った。「ユディシュティラ殿は、先に彼自身を賭けて負けました。ですから、他人に対する権利は持っていません。それゆえ、ドラウパディー様を賭けることはできないはずです」

これに対して、カルナが反駁した。「若い王子よ、あなたの誠実さはどこにあるのか。あなたの兄弟たちは法を犯していない。ユディシュティラが賭博で自分自身を失ったのなら、その所有物は――妻

も含めて——新たな主人のものとなる。したがってドラウパディーは、彼女の夫が奴隷になった瞬間に、カウラヴァの奴隷になったのだ。それはさておき、やろうと思えば、ドラウパディーだけを賭けの対象とすることもできるのだ。ヴィカルナよ、あなたは未熟さゆえに、感情で判断を曇らせている」。そしてカルナは、ドラウパディーに——かつてカルナをスヴァヤンヴァラに参加する資格がないと決めつけた女に——向き直った。「古来の法によれば、女は夫の許しを得れば、四人までの男と交渉を持つことができる。ところがお前は五人もの夫を持った。つまり、お前は売春婦なのだ。主人が意のままに扱い、誰の相手をさせてもよい女なのだ」

「そうとも、お前たちは我らの思うがままなのだ」と、ドゥルヨーダナが傲慢に言い放った。「奴隷たち、お前たち六人全員、衣を脱げ」。パーンダヴァたちは面を伏せて、言われるがままに、上着と下着を脱いだ。その悲惨な有様に、ドラウパディーは慟哭した。「お前もだ」と、ドゥルヨーダナはドラウパディーを指差した。「ドゥフシャーサナよ、こいつを裸にしろ。我々の新しい奴隷の、世に名高い美体を世間

に見せてやれ」

　ドゥルヨーダナの命令に、誰もが驚愕したが、声をあげる者は一人もいなかった。パーンダヴァたちは抗議する立場になく、長老たちはダルマに縛られていた――ドゥルヨーダナはダルマの範囲内で振舞っているというのが、長老たちの考えだった。ドゥルヨーダナの異母弟ユユツ（ドリタラーシュトラ王が侍女に産ませた子）は抗議しようとしたものの、結局は黙って、恥じながら目を伏せるしかなかった。ドリタラーシュトラ王も無言のままだった。ドリタラーシュトラ王は息子たちを溺愛していたし、息子たちに落ち度はないと思っていたからだ。ビーシュマ、ドローナ、クリパは内心の葛藤に苦しんでいたが、法が破られていない以上、抗議の声をあげることさえ難しいと思っていた。

　ドラウパディーは、自分が孤独で無力であることを悟った。ドゥフシャーサナがドラウパディーのサリーをつかんで引き剝がし始めると、ドラウパディーは天に向かって腕を差し伸べて叫んだ。「神よ、お救い下さい。私は神におすがりするほかないのです」

　ドラウパディーの悲痛な叫びは天に届いた。賭博場の柱は涙を流し始めた。空は暗くなり、太陽は恥じて身を隠した。そして、信じられないことが起きた。

　ドゥフシャーサナがドラウパディーのサリーを引き剝がすたびに、ドラウパディーの体は別のサリーに覆われた。その新たなサリーをドゥフシャーサナが引き剝がすと、次のサリーがドラウパディーの体を覆った。ドゥフシャーサナは幾重もの布地をドラウパディーから剝ぎ取ったが、ドラウパディーの体は常に布に覆われていて、ドラウパディーの名誉が損われることはなかった。

　この信じ難い出来事は、疑いもなく奇跡であり、合理性と時空の法則を超越した〝神〟のわざだった。〝神〟はカウラヴァたちの側ではなく、ドラウパディーの側に付いたのだ。人間が立ち上がろうとしないときに、〝神〟が立ち上がったのである。

Column

❖裸の女神カーリーは残忍で野蛮、いわば人間が立ち入らないジャングルのような存在である。これに対して、着衣の女神ガウリーは穏やかで、人間が作った果樹園や田畑のような存在だ。ドラウパディーの衣服を脱がせるという話は、単に女性を裸にすることを意味しているのではない。この話が象徴するのは、文明の崩壊、田畑から森への移行、ガウリーからカーリーへの移行である。ダルマが放棄されて、マツヤ・ニヤーヤ（ジャングルの掟）の支配が優勢になるとき、力の強いものが柔和なものを支配する。

❖夫が自分自身を賭けて負けた後に、妻を賭けることができるかどうかなど、どうでもいい議論だ。むしろ重要なのは、女性が所有物のように賭け事の対象にされて、そのことが法的に正当化されていた、という事実である。昔のこととはいえ、酷い話だ。

❖ある民間伝承によれば、クリシュナはパーンダヴァ兄弟と一緒に川で水浴びしていたときに、下着を流されてしまったという。ドラウパディーが直ちに自分の上着を提供したので、クリシュナは体を覆うことができた。このドラウパディーの親切への恩返しとして、クリシュナはドラウパディーを救いに駆け付けて、カウラヴァがドラウパディーの衣服を脱がせようとしたときに、布地で彼女の体を覆い隠したのだった。

最後の勝負

ドラウパディーの瞳は燃え上がった。「カウラヴァたちの仕打ち、決して許さぬ。この髪をドゥフシャーサナの血で洗うまで、私は髪を結わないと誓う」

ビーマもはや黙っていられなかった。「カウラヴァは皆殺しにしてやる。ドゥフシャーサナの血を飲み、我が妻を侮辱したドゥルヨーダナの太腿を砕いてやる」。ビーマの声が広間に轟《とどろ》くと、骰子は震え、ゲーム盤は火を噴いた。

宮殿の外では犬が吠え始め、猫がすすり泣くように鳴いた。ドリタラーシュトラ王の心に恐怖が忍び込んだ。ヴィドゥラは兄王に言った。「神々は、あなたとあなたの息子たちにご立腹だ。手に負えなくなる前に、この狂気の沙汰を止めましょう」

盲目の王は叫んだ。「やめよ、ドラウパディー。そのような呪いの言葉を吐かないでくれ」。そしてドラウパディーに向かって、よろよろと進み出て言った。「恥ずべきことに、事態をここまで悪化させたのは私の責任だ。恥ずべきことに、このような愚かな勝負を許したのは私の責任だ。恥ずべきことに、私は楽しんでさえいた。老いて、盲目で、愚かな私を許しておくれ。私はそなたの願いを三つまで叶えよう。どうかそれで満足して、静かに去っておくれ」

ドラウパディーはすすり泣きを止めて言った。「第一に、夫たちを自由にしてください。第二に、夫たちの財産を返してください」

「それで三つ目の願いは？　そなた自身のことで願いはないのか？」

「ありません」と、ドラウパディーは答えた。「貪欲は武人の妻にふさわしくありませんから」

パーンダヴァたちが武器を取り、妻を伴って出て行こうとすると、カルナが嘲った。「ドラウパディーは、おぼれかけたパーンダヴァどもを救った筏《いかだ》だな。女に救われて恥ずかしくないのか？　勝負で失ったものを、勝負で取り返すのではなく、お情けで恵んでもらうとはな」

カウラヴァたちも叫んだ。「戻って来い。最後の勝負をしろ、ユディシュティラ。最後の一勝負だぞ。たった一回勝てば、失ったものすべてを取り返せるんだぞ。とりわけ、お前の名誉をな！」

「もし、私が負けたら？」と、誘いに乗る気を露わにしてユディシュティラが尋ねたので、パーンダヴァの弟たちは狼狽した。「一二年間の森への追放だ。持って行っていいのは、一人で担いで行けるものだけだ。その間はインドラプラスタへの権利は停止だ。そして一三年目は誰にも見つからないように隠れて暮らせ。もし、この最後の一三年目に誰かに見つかったら、さらに一二年間の追放だ」

ユディシュティラは勝負の条件を受け入れて、賭博会場へと取って返した。弟たちは押し止め、妻は止めてくれと哀願した。しかし、ユディシュティラは拒絶した。「最後の勝負には絶対に勝つ」

再び、骰子が振られた。そして再び、シャクニは言った。「ほら、私の勝ちだ」

こうしてパーンダヴァたちは自分たちの都を去って、一三年間の長きにわたって森で暮らすことになった。ユディシュティラは無言のままドリタラーシュトラ王に会釈し、王族たちに別れを告げると、妻と弟たちを伴い、衣服と愛用の武器以外は何も持たずに出発した。

ドリタラーシュトラ王は戦車の御者のサンジャヤから、去り行くパーンダヴァたちの様子を聞いた。その報告によると、ユディシュティラは、自分の怒りに満ちた目がハスティナープラの都を滅ぼさないように、布で顔を覆っていた。ビーマは、カウラヴァたち全員の骨をへし折るまで休まることはないとばかりに、腕に力こぶを作っていた。アルジュナは、自分たち一家を陥れた人々の上に百万本の矢を降らせてやると言わんばかりに、一握りの砂を背後に撒いた。ナクラは美しい女性が森までついてこないように、泥で体を汚した。サハデーヴァは恥の印として、顔を黒く塗った。ドラウパディーは乱れ髪で顔を覆っていたので、都の女たちはいずれ恐ろしいことが起こるのではないかと震え上がった。

立ち去るパーンダヴァたちを、母のクンティーが追いかけ、さらにその後をヴィドゥラが追いかけた。ユディシュティラは立ち止まって母を抱擁したが、戻るよう促した。「ドゥルヨーダナは、私のことはどう思っているにせよ、母上に対して礼を失することはないでしょう。叔父上たちと、その奥方たち、姪御たちと一緒にここにとどまってください。私たち

が追放から戻るまで待っていてください」

クンティーは悄然として、息子たちに別れを告げた。「あの子たちをお願いね」と、クンティーは涙ながらに嫁に言った。「特にサハデーヴァには気をつけてやって。あの子は繊細で、この災難の重圧に耐えきれないかもしれないから」

クンティーとヴィドゥラは、六人が都の城門を出て、南の地平線に向かって歩み去るのを見送った。大勢の人々が六人を慕って追って行った。人々は六人がガンガー川で沐浴するのを見守り、対岸に向かって別れの言葉を叫んだ。対岸には森が横たわっていた。その森こそ、これから長きにわたって、パーンダヴァたちの家となるのだ。

Column

❖なぜ、ドリタラーシュトラは最後に介入したのだろうか。最後に良識が勝ったということだろうか。周囲の不吉な前兆に気づいて、息子たちが過大な権力欲の報いを受けないように守ってやらなければならないと思ったのだろうか。さまざまな伝承が示唆するように、ガーンダーリーをはじめとするクル王家の女性たちが抗議の声を上げたからだろうか。著者ヴィヤーサは読者の想像に任せている。

❖インド南部では、ドラウパディーは五人の夫に失望して猛り狂う処女神として崇拝されている。一八日にわたって『マハーバーラタ』全編が演じられる祭では、最後に若い男性たちによる火渡りの儀式が行われる。この儀式は、女神を失望させたことに対して男たちが集団で詫びる行為だと考えられている。バンガロールのカルガー祭では、女装した一人の男性が、剣を手にした勇猛な男たちの集団ヴィーラクマーラスに囲まれて、市内を練り歩く。女装した男性は、パーンダヴァの長兄ユディシュティラを象徴している。つまりこの祭は、ユディシュティラが妻である女神の許しを請い、民への恩寵を願うために、屈辱を耐え忍ぶ儀式なのである。

❖パーンダヴァたちが追放されたとき、日蝕が起きたと考えられている。「サバー・パルヴァン」でヴィドゥラがそのように語っている。

❖グジャラート州北部に住み、ラージプート族の子孫と称するドゥングリ・ビール族に伝わる『マハーバーラタ』の異本『ビール・バーラタ』には、霊験あらたかな祭式を始めるのに先立って〝女性に売られた男〟を見つけるようにと、パーンダヴァたちが求められたという話が出てくる。そこでビーマが、該当する男性を見つけてくることになった。ビーマは探し回ったが、そのような男性は見つからなかった。なぜなら、ビーマが出会った女性たちは皆、自分が所有する男性とはすなわち夫である、と答えたからだ。女性たちはビーマに、夫は妻を美しく飾ってくれる宝石のような存在だから、家畜のように他人に譲ることはできない、と言った。最後に、ビーマは大勢の顧客を抱える高級娼婦と出会った。男たちは娼婦に夢中だったが、娼婦には男たちに対する愛情はなかった。娼婦は喜んで男たちの一人をビーマに売ってくれたので、パーンダヴァたちは祭式を執り行うことができたという。バグワーンダース・パテール博士が採集したこの民話は、ドラウパディーが彼女を守るべき男たちによって賭け事の対象にされたことに対する、民衆の怒りを表しているのではないだろうか。夫たちはドラウパディーを妻としてではなく、所有物として扱ったからだ。

第一一巻

追放

「ジャナメージャヤ王よ、
あなたの先祖は一度は栄華を誇ったのに、
森で貧困のうちに暮らし、幾度も面目を失って、
落ちぶれていったのです」

クリシュナ、パーンダヴァを訪ねる

ハスティナープラで賭博勝負が行われて、パーンダヴァたちが全財産を失ったのと同じころ、クリシュナは遠く離れた本拠地ドゥヴァーラカーを故シシュパーラの友人たちシャールヴァとダンタヴァクラの攻撃から守っていた。その攻撃を退けると、クリシュナはハスティナープラに急行した。しかし、クリシュナが到着したときには勝負は終わっていて、パーンダヴァたちはすべてを失っていた。

クリシュナが従兄弟たちとその妃に会えたのは、彼らがすでにハスティナープラを出て、カーミヤカの森の洞窟のそばで、意気消沈した姿で隠者たちに取り巻かれていたときだった。隠者たちはパーンダヴァたちを慰めながら、一体何が起きたのか聞き出そうとしていた。数日前までは王者として、黄金、穀物、牛、馬を所有していたのに、今や一文無しなのだ。

クリシュナがやって来るのに最初に気づいたのは、ドラウパディーだった。涸れ果てていた涙を再びあふれさせながら駆け寄ると、周囲の男たちの目も気にせずに、クリシュナに抱きついた。パーンダヴァたちも続いてクリシュナを抱擁した。こうしてクリシュナに会えると、悪しきこともすべて好転するように、パーンダヴァたちには思えるのだった。

「我々には、まだ武器がある。今すぐにハスティナープラに進撃して、カウラヴァどもを殺そう」と、ビーマが決然として言った。

「しかし、勝負に負けたら一三年間の追放を受けると、君たちは同意したのだろう?」と、クリシュナは言った。

「そうだ」と、ユディシュティラは答えた。

「では、約束は守りたまえ」

「奴らは我々を騙したのだ」と、アルジュナが叫んだ。「シャクニはイカサマ骰子を使ったのだ。追放なんて関係ない。ドゥルヨーダナは決してインドラプラスタを諦めないだろう」

「それは一三年後の問題だ」と、パーンダヴァ兄弟たちが怒りを募らせるのを感じ取りながら、クリシュナは穏やかに言った。

「賭けをしたのはユディシュティラだ。我々弟たちではない」と、ビーマが断じるように言った。「我々を戦わせてくれ。我々のものを取り戻させてくれ」

クリシュナは厳しい眼差しでビーマをにらんだ。「この期に及んで、ユディシュティラを責めるな。君たち弟は、自分たちの代表としてユディシュティラが賭けを行うことを認めたのだ。ユディシュティラ同様、君たちにも責任がある。賭博への招待を受けたことも、君たちの妻を賭けたことも、誰かに強制されてやったことではないだろう。誇りが邪魔をして、退くことができなかったのだ。あらゆる良識を放棄しながら、勝負を続けたのだ。君たち五人全員が負けたのだ。君たち五人全員が約束を守り、黙って追放の苦しみに耐えねばならない。約束を守ることはダルマだ」

クリシュナの話を聞きながら、ドラウパディーはこらえきれずにすすり泣き始めた。ドラウパディーの乱れ髪は、復讐を求めて掲げられた旗のように、その足元まで垂れていた。「私には絶対に責任なんてない。なのに、こんな目に遭うなんて」

クリシュナは同情に満ちた眼差しでドラウパディーを見つめた。「神はあなたを嫌ってなどいないよ。しかしあなたには、カーストを理由にカルナを拒絶したことへの責任がある。カルナは偉大な武人だ。決してあなたを賭け事の対象になどしなかっただろう。あなたがカルナの代わりに選んだバラモンは、本当は王子であることがわかり、その王子は四人の兄弟たちとあなたを共有した。しかし、その夫たちはあなたを守ることができなかった。その結果、あなたはここにいる――孤独で、無力で、恥辱にまみれて。意図的ではないにせよ、この状況はあなた自身のせいでもあるのだ。あなたも責任を取らなければならない」

クリシュナが語る耳に痛い真実に、ドラウパディーは打ちのめされた。クリシュナはドラウパディーを抱擁して、ともに泣き、そして慰めた。「ドラウパディーよ、あなたを虐げた者たちは、そうしないこともできた。周囲の者たちは、あなたを助けることもできたのに、虐げるほうを選んだ。長老たちは抗議することもできたのに、法典の陰に隠れてしまった。罪を犯した者も、罪が犯されるのを黙って見ていた者も、誰もが代償を支払わなければならないだろう。今はあなたが泣いているが、いずれは連中の未亡人たちが泣くことになるだろう。必ずそうなるからね」

クリシュナはまた、ドラウパディーが我が子たちを心配してい

ることを察知して、こうも言った。「心配しなくていい。あなたの子どもたちと、スバドラーとその息子はドゥヴァーラカーで匿おう。私の息子として、私の妻たちが育て上げよう」

Column

❖インドの二大叙事詩『マハーバーラタ』と『ラーマーヤナ』に登場する森は、自然界の現実であるとともに、精神世界の野性的で未知なる領域の比喩でもある。自然界および精神世界の森を最初に探索したのが、聖仙たちである。聖仙たちは洞窟と水源をつなぐ道を開いて、旅人たちに避難場所を提供した。旅にあたっては戦闘能力のある者が同伴者もしくは従者となって、野獣や悪しき存在から旅人を守った。このようにしてヴェーダのしきたりは、未開の地まで浸透していった。森は飼いならされて、か弱い者も生きていける、人間にとって安全な場所となった。政治的に言えば、これはいわゆるアーリヤ民族の侵略、いかにしてヴェーダの信奉者たちがインドにおける覇権を確立したかの物語である。あるいは哲学的に言えば、精神が次第に飼いならされていく物語ともみなすことができよう。

❖『ラーマーヤナ』同様、『マハーバーラタ』でも、森への追放は悲劇として始まるが、最終的には多くを学ぶことのできた貴重な経験となった。この経験を通じて、パーンダヴァたちはより良い人間、すなわちより優れた王者となったのである。

❖パーンダヴァたちは森で生まれた。宮殿炎上の罠の後も、森に逃げ込んだ。骰子賭博に負けた後も、再び森へと追放された。これとは対照的に、カウラヴァたちは宮殿で生涯を過ごした。

このことからも、カウラヴァたちは運に恵まれ、パーンダヴァたちはそうではなかったことがわかる。だからこそパーンダヴァたちは運を切り開くために、知性と強さと兄弟のきずなに頼らざるを得なかったのだ。

ドラウパディーの壺

パーンダヴァたちの司祭長ダウミヤは、森まで付き従ってきた。そのダウミヤには、カウラヴァたちの行動に嫌悪感を覚えた数百人のバラモンがハスティナープラから付き従ってきた。「あなたに王国がなくても、あなたは私たちの王です」と、バラモンたちはユディシュティラに言った。「これまで通り、私たちにあなたのためのヤジュニャを執り行わせてください。神々を召喚して、皆様の不運を一掃しましょう」

夫たちを取り囲んでいるバラモンたちを見つめながら、ドラウパディーは絶望に打ちのめされた。「インドラプラスタでは、食事を出さずに賢者様たちを帰すようなことはなかったのに。ここでは何もお出しできないわ。恥ずかしい！」

パーンダヴァたちを囲むバラモンたちを眺めていたクリシュナは、ドゥルヨーダナの指示で加わったと思われる者たちが大勢いることに気づいた。その目的は、客に食事を出せないパーンダヴァたちに惨めな思いをさせることで、カウラヴァたちの歓心を買うことだと、クリシュナは看破した。実際、パーンダヴァたちは惨めだった。五人兄弟は木の実や果実を求めて森を探し回ったが、バラモン全員に行き渡るだけの十分な量を集めることは無理だった。

クリシュナはドラウパディーに言った。「私はあなたに会うために遠くから旅してきた。それなのに、私に食事を出してくれないの？　もてなし上手なあなたが、どうしたんだい？」

ドラウパディーは我が身の不幸をクリシュナにからかわれていると思って、涙をこぼした。クリシュナはドラウパディーの顎に手を添えて、顔を上げさせると、その瞳を見つめながら、勇気づけるように微笑んだ。「絶対に何かあるはずだよ」

ドラウパディーは涙を払った。友人に考えがあることに気づいたのだ。ドラウパディーは少し考えてから言った。「木の実が半分あるわ。あなたが来たとき、食べていたのよ」

「それだよ」とクリシュナが応じると、ドラウパディーは顔を輝かせた。衣装の結び目を解いて、入れておいた木の実を取り出すと、クリシュナに手渡した。クリシュナは嬉しそうに食べると、満足のげっぷまで漏らしてみせて、ドラウパディーを笑わせた。

クリシュナがげっぷを漏らした途端、バラモンたち全員が山ほど食事をしたような気分になった。あまりの満腹感に、座っていることもできないほどだったので、全員が立ち上がって満足のげっぷを出し続けた。「食事はなくても満腹です」と、バラモン

たちは言いながら、神々の恩寵がパーンダヴァたちの上にあることを悟った。パーンダヴァたちが食事を出せなくても、彼らのもとを飢えて去る者は誰一人としていなかったからである。バラモンたちはパーンダヴァたちとドラウパディーを祝福した。

次いでクリシュナがユディシュティラに助言したのは、客をもてなせないという困った状況から救ってくれるように太陽神スーリヤに祈ることだった。その祈りに応えて、太陽神はユディシュティラに魔法の壺を与えた。「この壺をドラウパディーに渡すがよい。客人全員が満腹になるまで、お前たち兄弟が満腹になるまで、そしてドラウパディーが食事を終えるまで、この壺には食べ物が満ち溢れるであろう」と、太陽神は告げた。

魔法の壺がもたらされたことで、ドラウパディーはほっと一息つけた。ドラウパディーは太陽神スーリヤを伏し拝み、クリシュナに感謝した。こうして従兄弟たちの面倒を見た後、クリシュナは別れを告げてドゥヴァーラカーに戻った。

Column

❖クシャトリヤたちにとって、来訪者に必ず十分な食事を提供して、満足させた後に帰すことは、沽券にかかわる重大事であり、接待の作法でもあった。だから今日でもインド人は、自宅を訪れた人には必ず最低でも一杯の水かお茶、茶菓子などを出さずに帰すことを良しとしないのである。

❖ドラウパディーの壺は、ラクシュミーのアクシャヤパトラ（尽きることのない皿）やギリシア神話の豊穣の角と同様、常に食べ物で溢れている。今日のインド社会でも、〝ドラウパディーの壺〟といえば、「お客や家族はもとより、使用人にまでも、上等の食材を使った料理をふんだんに提供する台所」のたとえであり、有能な主婦の象徴である。
❖太陽神スーリヤは、ドラウパディーがカーストを理由に息子のカルナを侮辱したにもかかわらず、魔法の壺を与えて助けてやった。この逸話もまた、『マハーバーラタ』の随所に見られる〝許し〟の一例である。

カウラヴァの満悦

ドゥルヨーダナは、パーンダヴァたちを追放するだけでは満足していなかった。「奴らは森へ行ってしまったが、いずれ帰ってくる。我らも森へ行って、野獣の代わりにパーンダヴァたちを狩ろう。そうしてこそ、我らの地位も永久に安泰だ」

ドゥフシャーサナ、シャクニ、カルナはドゥルヨーダナに同意した。しかし、ドゥルヨーダナたちが行動を起こす前に、ヴィヤーサが血相を変えてハスティナープラを訪れて、盲目の王と目隠しをした王妃をたしなめた。「息子たちを止めよ。連中はすでに十分すぎるほど、クル王家の名に泥を塗ったではないか。今度は卑劣にも、そなたの甥たちを狩る旅に出ようとしている」

「本当に恥ずべきことです」と、ヴィドゥラも同意して、兄王にこう言った。「あなたの甥たちがこうした状況に陥ったのは、王たるあなたの責任です。それでもあなたはまだ、事態を打開することができる。パーンダヴァたちを呼び戻して、これは大きな間違いであったと言ってください。奸計をめぐらせたあなたの息子たちを罰してください。クル王家を破滅から救ってください」

「そんなにパーンダヴァたちが心配なら、なぜお前自身が会いに行ってやらないのだ？　なぜ、ここに私と一緒に座っているのだ？」と、弟の諫言にうんざりしている王は言い返した。

「そうしますとも」と、ヴィドゥラは応えると、すぐさま立ち上がって、兄王に一瞥だにせず宮殿を出ると、都を離れて一路カーミヤカの森に向かった。

ヴィドゥラに去られた途端、ドリタラーシュトラ王は自分の辛辣な発言を後悔した。「なんてことを言ってしまったのだろう。ひたすら私のためを思ってくれている弟に、なんて酷いことをしてしまったのだろう」。王は直ちに家来にヴィドゥラの後を追わせた。「弟が帰ると約束してくれるまで、戻ってきてはならぬ」

家来がヴィドゥラを見つけたとき、ヴィドゥラはパーンダヴァたちと一緒に、ガンガー川の畔のバニヤンの大木の下に座っていた。「お戻りください。王様は暴言を後悔しておいでです」と、家来は頼んだが、ヴィドゥラはここを動かないと言って断った。

ユディシュティラは、叔父たち兄弟がどれほど愛し合っているかを知っていたので、「叔父上、どうぞお戻りください」と言った。「叔父上は宮殿でただ一人、良識ある発言ができる人です。この難事において、王には叔父上の支えが必要です。叔父上は王の政治に賛成できないかもしれませんが、こんなときに王を見捨てないでください。王の側にいてあげてください。私たちが叔父上を必要とする以上に、王には叔父上が必要なのです」

ヴィドゥラは泣きながら、盲目で心弱い兄のことを思った。そして、甥たちとドラウパディーを祝福してから、宮殿に帰って行った。

このとき、ヴィドゥラに同行していたのが、聖仙マイトレーヤだった。カウラヴァたちがヴィドゥラに挨拶するためにやって来たとき、マイトレーヤは言った。「盲目の王の息子たちよ、心するがよい。パーンドゥ王の息子たちの力に心するがよい。そなたたちはパーンダヴァたちを人里から遠ざけたが、パーンダヴァたちは森にあっても独力で栄光を勝ち得ている。その栄光を、そなたたちカウラヴァはどれほど切望しても得ることはできないだろう」

マイトレーヤがドリタラーシュトラ王とその一〇〇人の息子たちにわざわざ語って聞かせたのは、パーンダヴァたちがカーミヤカの森に入るとき、ラークシャ

サのキルミーラにいかに邪魔されたかという物語だった。パーンダヴァたちは追放という不幸な重荷を背負っていたにもかかわらず、恐れることなく果敢に立ち向かった。ビーマは棍棒でキルミーラを打ちのめし、牛飼いが言うことを聞かない子牛を扱うように、キルミーラを地面に押さえつけると、その首をへし折った。キルミーラが退治されたという噂は森中に広まって、長年キルミーラに苦しめられてきた聖仙たちはパーンダヴァたちのもとに駆け付けて、大いなる感謝と祝福を捧げた。

「誰も、太陽の光を隠すことはできない。誰も、パーンダヴァたちの栄光を隠すことはできない。パーンダヴァたちに追放の日々を平和に過ごさせなさい」と、マイトレーヤは言った。

これを聞いて、ドゥルヨーダナはパーンダヴァたちを狩る計画を中止した。この決定を正当化するために、ドゥルヨーダナはこう言った。「ヴィドゥラ叔父は我々の計画を連中に話したに違いない。これで不意打ちはできなくなった。連中が警戒を緩めた後に実行すべきだ」

聖仙マイトレーヤが去ったのち、カルナは秘かにドゥルヨーダナに進言した。「君は今や、パーンダヴァたちのかつての財産の所有者だ。君の広大な王国を旅して、君の牛の数を調べようじゃないか。その途中に、パーンダヴァたちが暮らしている森に寄って、連中の暮らしぶりを見ることができるだろう。君が連中を狩らないと約束したのは承知しているが、連中を憐れんでやってもいいいんじゃないか?」

「森まで出かけて行って、連中を嘲笑ってやるということか?」と、ドゥルヨーダナが問うと、カルナは、次いでドゥフシャーサナとシャクニは、にやりと笑った。ドゥルヨーダナも笑い出した。かつて自分をあざ笑ったドラウパディーをあざ笑ってやれるとは、ビーマが乞食になっている姿を見られるとは、なんという喜び！　ドリタラーシュトラ王を納得させるのに、長い時間はかからなかった。

こうして大行列が整えられた。馬、象、駕籠、カウラヴァたちの妻女、お付きの者たち、楽師、踊り子、料理人、奴隷から成る大行列を組んで、ハスティナープラとインドラプラスタを回って、今やクル王家のものとなった牛の数を調べるのだ。これが、世に言うゴーシャヤートラである。

パーンダヴァたちを愚弄することを秘かに企んでいたので、カウラヴァたちの大行列はパーンダヴァたちが亡命生活を送っている森から遠くない場所に留まった。そしてにぎやかに天幕を張り、食べ物を料理し、楽師たちは宴席を盛り上げる準備をした。

近くで唐突に始まった騒動を調べに行ったビーマは、この様子をつぶさに見て、憤慨しながらユディシュティラに報告した。「連中は我々の風上で野営して、山ほど料理を作っている。香りを嗅ぐに、どれも私の好物ばかりだ。不幸な我々をあざ笑おうという悪辣な企みだ」

「奴らは狩りをするつもりだ。獲物は我々だぞ！」と、カルナが弓を張る様子を見たアルジュナが顔を曇らせて言った。

「騒がずに落ち着きなさい」と、ユディシュティラがたしなめた。「奴らは我々を煽ろうとしているが、その誘いに乗ってはならない。かつて奴らの罠にはめられた我々だが、同じ

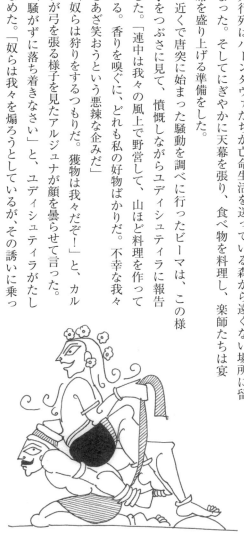

轍を踏んではならない」

そのとき、カウラヴァたちの野営地から叫び声が上がった。人々のさんざめきや歌舞音曲がいっせいに止んだ。大気を震わせて、何百本もの矢が空から降ってきた。ナクラとサハデーヴァが斥候となって様子を見に行った。

「ガンダルヴァがカウラヴァを攻撃して捕虜にした」と、戻ってきた二人は報告した。「我々がヴァーラナーヴァタの宮殿を焼き討ちされた後に出会った、あのガンダルヴァたちだ。カウラヴァ全員だけでなく、カルナやシャクニ、家来たちまで縛り上げて、さるぐつわをかませている。皆殺しにする気だ」

「では、助けねばなるまい」と、ユディシュティラは言った。

ドラウパディー、ビーマ、アルジュナの三人は、信じられないと言わんばかりにユディシュティラを見つめた。「どうして? 放っておけばいい」

「ダルマの核心は、助けを求めるものを助けることにある。カウラヴァたちは今、無力で助けを求めている。だから、我々は助けなければならない。さもなければ、カウラヴァたちと大差ない人間になってしまう」と、ユディシュティラは言った。

ユディシュティラの指示に渋々と従って、ビーマは棍棒を、アルジュナは弓を手にした。パーンダヴァはカウラヴァの野営地に赴いて、ガンダルヴァに戦いを挑んだ。小競り合いの後、ガンダルヴァはあっさりと敗走して、パーンダヴァがカウラヴァを解放するに任せた。

このパーンダヴァたちの高潔な振舞いに恥を覚えながら、カウラヴァたちはハスティナープラの都に戻った。特にカルナは、自分を打ち負かしたガンダルヴァを、アルジュナが打ち負かすのを見て、強い屈辱感を味わった。ドゥルヨーダナは、森のパーンダヴァを放っておくことに決めた。「追放の一三年目に奴らを見つけることができれば、もう一度、森に逆戻りさせることができるからな」

そのころ森では、ガンダルヴァが愛情を込めてパーンダヴァを抱擁していた。そして、カウラヴァを懲らしめるために、神々の王インドラが自分たちを遣わしたのだと明かしたのだった。

Column

❖命を救ってもらったことで、ドゥルヨーダナはパーンダヴァに借りができた。クリシュナはドゥルヨーダナに、ビーシュマが所有している五本の金色の矢をパーンダヴァたちに与えることで借りを返すようにと助言した。ドゥルヨーダナは五本の金色の矢を盗んでクリシュナに渡したが、実はこの五本の矢にはパーンダヴァ五兄弟を殺す力があることを、ドゥルヨーダナは知らなかった。この逸話は、クリシュナがいかにして強大なビーシュマからパーンダヴァたちを守ったかを物語っている。

❖ケーララ州のテイヤム祭の舞踏劇には、森にいるパーンダヴァたちを殺そうとして、カウラヴァたちが黒魔術を使う場面が登場する。しかし、クリシュナの美徳とドラウパディーの力によって、カウラヴァたちの企みは次々と阻止される。

❖ケーララ州の古典舞踏劇『カタカリ』によれば、ラークシャサのキルミーラの妹シンヒカーは、キルミーラがビーマの手にかかって死んだと知って、ドラウパディーを殺す決心をする。乙女に化けたシンヒカーはドラウパディーに近づいて、戦いの女神ドゥルガーの秘密の寺院へ連れて行ってあげようと持ち掛けた。シンヒカーはドラウパディーをドゥルガー女神の生贄にしようと企んだが、間一髪で気づいたドラウパディーが助けを呼び、夫たちはシンヒカーの鼻を切り落として追い払った。

❖一説によれば、ドゥルヨーダナの肩には繁栄の女神ラクシュミーが常に座っていたという。そのおかげでドゥルヨーダナはいつも富に恵まれていた。ラクシュミーはドラウパディーとなってパーンダヴァたちの人生に関わったが、パーンダヴァたちはそのドラウパディーを賭けで失ってしまった。

❖公的な儀式として牛の頭数を数えたことからわかるように、『マハーバーラタ』で描かれている当時の社会は、家畜によって維持されていた。都市は、牛と牧草地を守ることを主な目的として建設された。おそらくヴェーダ時代の都市は、南アフリカのズールー族のクラールと呼ばれる集落と同様に、家畜小屋を取り囲むように家々が建てられていたのだろう。牛たちは夜が明けると外に出され、日暮れとともに小屋に戻された。牛飼いの世話を受け、武人によって守られた。牛泥棒は戦争の主な原因だった。平和な時代には、雌牛・雄牛は賭け事の対象となった。

❖パーンダヴァたちが森で暮らしている間に、カルナはドゥルヨーダナにアシュヴァメーダ・ヤジュナを執り行って、地上のすべての王たちをドゥルヨーダナの支配下に置くように勧めた。対パーンダヴァの戦争が勃発したときは、誰もがカウラヴァの側につくようにしたかったのだ。

❖〝チャーンダール・チャウクリー〟というヒンディー語の慣用句は、「四人組の悪党」を意味し、そのもとになったのが『マハーバーラタ』の四人組、ドゥルヨーダナ、ドゥフシャーサナ、シャクニ、カルナである。

ジャヤドラタ

ガンダルヴァの襲撃の数日後、パーンダヴァ兄弟たちが遠出していたとき、住処としている洞窟の入り口でジャヤドラタと出会って、ドラウパディーは驚いた。ジャヤドラタはシンドゥの王で、カウラヴァたちのただ一人の妹ドゥフシャラーの夫である人物だった。

ドラウパディーはジャヤドラタに座るよう勧めて、水と果実を供したが、なぜジャヤドラタが森までやって来たのかといぶかった。同情と連帯感を示し、カウラヴァたちの行動に賛同していないことを明言するためだろうか。それとも単に優越感を味わうためだろうか。「夫たちはすぐに帰ってくると思います」と、ドラウパディーは言った。

「いや、帰ってきてほしくないね」と、ジャヤドラタは淫らな目つきで答えた。「私はあなたに会いに来たのだ」。ドラウパディーはゾッとした。そのドラウパディーの前に、ジャヤドラタは箱

を置いた。その中には、素晴らしい織物、見事な宝石、化粧品が入っていた。「あげるよ。もっと欲しかったら、一緒にシンドゥにおいで」

ドラウパディーは愕然とするとともに、男の厚かましさにうんざりした。「私はインドラプラスタの女王でパーンダヴァの妻です。それがわかっての物言いですか？　よくもまあ、ずうずうしい！」

ジャヤドラタは笑った。「王国がないのに、何が女王だ。あんたは乞食だよ。五人兄弟の売春婦で、カウラヴァたちに人前で服を脱がされた女だ。私の宮殿に来て側室になれば、もっと良い生活をさせてやるよ」。そう言うなり、シンドゥの王はドラウパディーの腕をつかんで、自分の戦車まで引きずって行った。

「夫たちに殺されるわよ」と、悲鳴を上げるドラウパディーを、ジャヤドラタは戦車に押し込むと走り去った。

この様子を近くで目撃した聖仙たちが、ビーマとアルジュナのもとへ知らせに走った。二人は直ちに戦車の轍《わだち》をたどって、すぐに妻をさらった男に追いついた。アルジュナが矢で戦車の車輪を粉砕した。ビーマがジャヤドラタに飛び掛かり、怒りに任せて手ひどく殴りつけた。

ユディシュティラがその場に駆け付けなければ、ジャヤドラタは間違いなく殺されていただろう。「殺すな。我々のただ一人の女性のいとこの夫だぞ。夫の不品行のせいで、妹に寡婦暮らしの苦しみを味わわせてはならない」

パーンダヴァ兄弟とドラウパディーは、腹立たしくて仕返ししたくてたまらなかったが、ユディシュティラの言うことが正しいと思い、ジャヤドラタを許して解放した。

それでもジャヤドラタを行かせる前に、ビーマはジャヤドラタの髪を、五つの房だけ残して引き抜いた。五人のパーンダヴァたちに見逃してもらったことを、忘れさせないためだった。

Column

❖パーンダヴァたちの家庭生活の暗い側面を、著者ヴィヤーサは知らないわけではなかった。ドラウパディーはジャヤドラタに屈辱的な扱いをされても、義理のいとこの夫だという理由で、許さざるを得なかった。

❖ヴィヤーサは、何が女性を妻たらしめているかについて、常に疑問を呈している。文明社会では明らかに、既婚女性は貞節を守るという掟が、女性を妻たらしめている。しかし、森にはそのような掟は存在しない。それでも女性は妻たり得るのだろうか。女性を妻たらしめるのは文明社会でも森でもないことを、ジャヤドラタの逸話ははっきりと示している。女性を妻たらしめるのは、男の欲望と克己心だけである。

❖ドラウパディーが男たちに及ぼす影響は、『マハーバーラタ』で繰り返し取り上げられるテーマである。ジャヤドラタ以外にも、ドラウパディーを求める男たちはいた。物語ではこの後もドラウパディーは、マツヤ王ヴィラータの義弟にあたるキーチャカの横恋慕を受け流すのに苦労する。

ラーマーヤナ

カウラヴァや親族たちに煩わされるのにうんざりして、パーンダヴァたちは森の奥深くに移動することにした。カーミヤカの森から、ドゥヴァイタヴァナの密林に移ったのである。洞窟を住処としながら、一カ所に長く留まらないことにした。

日々は過ぎ行くが、パーンダヴァたちには会話する以外にすることがなかった。ビーマは怒りながら悶々としていた。一三年間を無為に過ごすなど、考えたくもなかった。「我々は戦って正当な権利を主張すべきだった」。ドラウパディーも運命を嘆き、夫たちを呪った。しかし、その間もユディシュティラは冷静に、家族に忍耐と平静を求めた。

そんなユディシュティラに、ビーマはくってかかった。「腹が立たないのか？　自尊心が傷つかないのか？　苛立たしくないのか？　カウラヴァに、運命に、神に対して？」

ユディシュティラは答えた。「いいや、我々が激情に駆られたことがそもそもの原因なのだから、世間に文句を言うのはお門違いだ。だからこれからは、感情で動くことのないようにしよう。正義とダルマによって、身を律しよう」

このように理で諭しても、弟たちと妻の心に怒りと欲求不満がくすぶっていることを、ユディシュティラは感じ取っていた。そのことにユディシュティラは強い恥辱と罪悪感を覚えるのだった。

そんなある日、ユディシュティラは自分が家族の没落の原因となったことを申し訳なく思いながらも、「私ほど苦しい思いをしている男はいないだろうなあ」と嘆いた。

これを聖仙マールカンデーヤが聞きとがめた。「いや、それは違う。かつてラーマという人物が、もっと苦しんだことがある。あなたたちの追放期間は一三年間だが、ラーマの場合は一四年間だ。あなたは苦難を自分のせいにできるが、ラーマの苦難は、〝善き息子は父に従うべきである〟というダルマが原因だった」。そしてマールカンデーヤは、ドラウパディーとビーマをちらりと見て付け加えた。「あなたの兄弟たちが追放を甘受せざるを得ないのは、他に選択肢がないからだが、ラーマの弟であるラクシュマナは、兄への愛ゆえに自ら進んで苦難を引き受けたのだ」

そしてマールカンデーヤはラーマ・ウパーキヤーナム、すなわちアヨーディヤーの王子ラーマの物語を語り始めた……。

アヨーディヤー王ダシャラタには、三人の妻と四人の息子がいた。その長男がラーマだった。ラーマの即位式*の前夜に、ダシャラタ王の第二妃カイケーイーは、かつて戦いの最中にカイケーイーがダシャラタの命を救った際に、ダシャラタがカイケーイーの願い事をひとつかなえてやると約束したことを持ち出した。「ラーマを一四年間、森に隠棲させて、代わりに私の息子のバラ

＊ 監訳注：原典では皇太子即位。

タをアヨーディヤーの王にしてください」

ダシャラタ王は約束に背くわけにもいかず、ラーマに王位をバラタに譲ってアヨーディヤーを去るよう頼んだ。忠実な息子であるラーマは素直に従った。王族の衣装を脱ぐと、木の皮でできた衣をまとい、弓を携えて、森へと去った。妻のシーターと弟のラクシュマナも、ラーマの不運を共に分かち合うべく、ラーマに従った。

一方、アヨーディヤーではバラタが、奸計で得た王位になど就かないとして、ラーマが戻ってきて王権を取り戻すまでの間、摂政を務めることにした。

そして森では、ラーマは妻や弟とともに一三年間も苦難を耐え忍んだ。未開の地を旅して、魔族と戦い、洞窟に隠れ住んだ。しかしときには賢者たちと出会って、英知に満ちた話を聞き、大いに勇気づけられた。

追放の最後の年、シュールパナカーというラークシャサの女がラーマとラクシュマナの美丈夫ぶりに魅せられて、繰り返し誘惑してきた。ラーマたちが拒絶すると、シュールパナカーは断られたのはシーターが一緒にいるせいだと邪推し、シーターを殺そうとした。ラーマたちは間一髪で阻止すると、懲らしめとして、ラクシュマナがシュールパナカーの鼻と乳房を切り落として追い払った。

残酷な仕打ちを受けたシュールパナカーは、兄でラークシャサの王ラーヴァナのもとに走り、この屈辱に復讐してほしいと頼んだ。そこでラーヴァナは、ラーマ兄弟が黄金の鹿を狩っている間にシーターを誘拐した。ラーヴァナはシーターを自分の王国であるランカー島に連れて行って、力ずくで自分の妃にしようとした。

悲嘆に暮れたラーマは、森の猿、熊、ハゲワシたちとともに挙兵すると、海に橋を架けてランカー島に攻め入った。数日にわたる戦いの後、ラーマはついにラーヴァナを倒して、シーターを救出した。それからラーマはラクシュマナとともにアヨーディヤーに戻り、バラタの介添えで王位に就き、シーターも王妃となった。

Column

❖ラーマ王子の物語は『マハーバーラタ』の挿話だが、詩人ヴァールミーキによって独立した叙事詩に書き改められた。『ラーマーヤナ』として知られるラーマ王子の物語では、理想の王と理想の統治が語られる。これとは対照的に『マハーバーラタ』は、欠点のある王たちと欠陥のある統治の物語である。『ラーマーヤナ』ではヴィシュヌ神はラーマ王子として法を守護するが、『マハーバーラタ』ではヴィシュヌ神はクリシュナとして法を変革する。『ラーマーヤナ』では神は王であり、『マハーバーラタ』では神は王の後見人である。*

❖ラーマ王子の物語を通じてヴィヤーサが語ろうとしたのは、我々は自分が抱えている問題が最も深刻で、自分こそ最も不幸だと思いがちだが、もっと苦しんだ人が必ずいる、ということだ。自分たちよりも苦しんだ人が生き延びて勝利したのだから、自分も必ずそうできるはずなのだ。

❖『ラーマーヤナ』と『マハーバーラタ』を合わせて、イティハーサ（〝古い物語〟の意）と称す

＊監訳注：『ラーマーヤナ』は徳の高いトレーター・ユガの物語、『マハーバーラタ』は時代が進んで暗黒時代カリ・ユガに入る直前の物語。両物語の統治の違いは宇宙期の違いにある。

る。このイティハーサは、ヴェーダやプラーナとは区別されなければならない。イティハーサは、完全性と神性を求めてダルマを守ろうとする人間の闘争の物語である。これに対してヴェーダは、生命を支配する原理を抽象的に記述している。そしてプラーナは、これらの原理をさまざまな神聖な存在として具象化し、〝神〟がこの世界を周期的に創造・破壊する様子を語っている。

シヴァ神、アルジュナをたしなめる

アルジュナは内心、一三年後には戦いが起きるだろうと思っていた。ラーマがラーヴァナと戦ったように、パーンダヴァたちもカウラヴァたちと戦わなければならないだろう。森で日々を送るにしても、ドラウパディーのように運命を呪ったり、ビーマのように怒ったりせずに、来るべき戦いに備えたほうが遥かに良いはずだ。

「破壊の神であるシヴァの降臨を願って、かのパーシュパタのような武器――あらゆる鳥と獣の力を合わせたほどの威力を備えるという武器――を賜ることができたら、カウラヴァたちを倒すために使うことができるだろう」

アルジュナは兄弟たちのもとを去って北に向かい、雪を頂いて天に届くほどの高い峰を擁する山々を目指して旅をした。その山々のふもとには、松の大木がそびえる密林があった。アルジュナはその森の空き地で、川床で拾った卵形の滑らかな石を、軟らかな土の上に据えた。「この捉えどころのない形をした石を、形を持たない神シヴァのシンボルであるリンガとみなそう」。アルジュナは石に花を供えると、その前に座って五感と息を殺して、ひたすらシヴァ神に祈りを捧げた。

数日が過ぎた。じっとして動かないアルジュナを目撃した人々は、その集中力に感心した。

そのアルジュナに、突然、猪が突進してきて、瞑想を断ち切った。アルジュナは目を開けて弓を取ると、ただの一矢で猪を倒した。

猪に近寄ったアルジュナは、もう一本の別の矢が刺さっていることに気づいた。ふと目を上げると、猪のそばにはキラータ族（山岳狩猟民）の猟師が立っており、猟師は美しい妻を伴っていた。「私の夫がこの猪を仕留めたのよ」と、猟師の妻は誇らしげに言った。

「いや、仕留めたのは私だ」と、アルジュナ。

「いいえ、夫よ」と、猟師の妻。

「私の妻が正しい。猪を殺したのは、私の矢だ。そなたは死んだ猪を射たのだ」と、猟師が言った。

「誰に向かって口をきいているのだ」と、自身の主張をこのように否定されたことのないアルジュナは言い返した。

「いつも勝ちたがっている小僧に向かって」と、猟師はアルジュナを嘲笑うような表情を浮かべた。

アルジュナはいきり立たった。「私はアルジュナ、ドローナの弟子にして、世界最強の弓使いだ」

猟師は笑った。「最強？　何を根拠に？」

猟師の妻も言った。「ここは森です。そなたが暮らしていた都の掟はここでは通用しないのよ、ぼうや。そなたは他所では王子様かもしれないが、ここでは犬ころにすぎない。獅子には道を譲りなさい」

アルジュナは激怒した。こんな粗野な部族民の夫婦に侮辱されるとは、許し難いことだった。「勝負しようじゃないか。勝利した者が武人として勝る者、猪を仕留めた者だ」。猟師が嘲るような表情を浮かべたまま挑戦を受けたので、アルジュナはますますいきり立った。

アルジュナは弓を取ると、猟師に向かって矢を放った。猟師は落ち着いて反撃し、その放った矢はアルジュナの矢と空中でぶつかった。アルジュナは猟師が優れた弓使いであることを、嫌でも認めざるを得なかった。矢筒が空になると、アルジュナは剣を抜いて猟師と切り結んだ。剣が折れると、今度は素手で戦い続けた。アルジュナは、猟師が武術に優れているだけでなく、途方もない力持ちであることも悟った。猟師は楽々とアルジュナを打ち負かした。

アルジュナは怒り、絶望し、自信を喪失して、シヴァ神に見立てたリンガの石のもとに戻って、花を捧げた。そしてあらためて目を開けたアルジュナの前に座っていたのは、優しく微笑む猟師だった。その体は、アルジュナがシヴァ神に捧げたばかりの花々で覆われていた。

猟師がほかならぬシヴァ神であることを、アルジュナは悟った。

「そなたが武器を与えるのにふさわしいかを確かめたかったのだ。よくぞ屈服しなかったな」。シヴァ神は森中に声を轟かせながら言った。アルジュナは、猟師の妻が女神シャクティであることにも気づいた。また、矢の刺さった猪は、二神に仕える聖なる雄牛ナンディンが変身して死んだふりをしていたのだった。

アルジュナは神の前に平伏した。「さあ、これがパーシュパタだ。受け取るがよい。賢く使うのだぞ」アルジュナは、シヴァ神の真の姿を見た。髪はもつれ、体は灰で汚れている。獅子と虎の皮をまとい、手には三叉矛、振り太鼓、髑髏でできた托鉢椀を持っている。首には菩提樹の実（ルドラークシャ）を連ねた首飾りを掛け、蛇を巻き付けている。妻とともに巨大な白い雄牛ナンディンに乗っている。シヴァ神の妻は結婚と愛を象徴する一六個の装飾――赤いサリー、髪に挿した花々、口にはキンマの葉、バングル、アームレット、アンクレット、ブレスレット、足指輪、鼻輪、耳輪、首飾り、宝石を連ねた飾り帯――を身に着けている。魂と肉体の具現化である夫婦神は、その手を掲げてアルジュナを祝福した。

Column

❖アルジュナが執り行ったプージャーは、ヤジュニャとは異なるが、ヴェーダの聖典に定められた重要な宗教儀式である。プージャーでは、神を象徴する存在に花、食料、香水、水などを供えて礼拝する。プージャーの〝プ〟は、タミル語で〝花〟を意味する。タミル語は、ヴェーダのサンスクリット語とは起源が異なる古い言語であることから、プージャーはヴェーダ文化に属さない、あまり遊牧民的ではなく、むしろ土着的な部族の宗教行事だったと推測される。

❖ヒンドゥー教的思想では、〝モノを測る尺度〟という概念を重視する。つまり、モノの価値は、どんな尺度で測ったかによって左右される。すべての尺度は人間が作ったものだから、モノの価値もおしなべて人為的である。しかし、森の住民キラータの尺度に従えば、王子は森の住民よりも優れている。アルジュナの尺度に従えば、勝負に勝った者が負けた者よりも優れている。尺度という色眼鏡を通して見る世界が、マーヤー（幻）と呼ばれるゆえんである。

❖アルジュナがシヴァ神と会えたことによって得られた成果は、パーシュパタだけではない。アルジュナは、謙虚の大切さを知ることができた。それまでアルジュナは、森の住民は社会的下位者だと思っていて、その森の住民に殴られるなど、考えるのも耐え難いことだった。

❖ヴィヤーサが描くアルジュナは、競争心の強い傲慢な王子である。競争は他者に勝るための有効な手段ではあるが、他者を支配するための手段としてはならないと、ヴィヤーサは警告する。才能を誇示することで他者を支配するなど、ケダモノがすることであり、品位のある人間がすることではない。

❖ガルワー地方に伝わるパンダヴァー・リーラーは、追放中のパーンダヴァたちのために武器を鍛えた伝説の鍛冶師カーリヤー・ローハールの物語を別の解釈で語っている。一説によれば、鍛冶師のカーリヤー・ローハールはシヴァ神の化身であり、そのためこの地方では神として崇拝されている。

アマラーヴァティーのアルジュナ

それからアルジュナは、ヒマラヤの雪を頂く山々に登った。ある日、空は黒雲で覆われて、稲妻が光った。アルジュナの父である天空を司る神インドラが、その存在を知らしめていたのだった。

アルジュナは、空から二輪戦車が下降してくるのを見た。それはインドラ神の戦車で、御者のマータリは、アルジュナにスヴァルガに来て父神と会うようにと招いた。「なぜ、父上が私を呼んでおられるのか？」

「インドラ神はあなたの助けを必要としておられます。インドラ神は魔族アスラに手を焼き、パーシュパタの使い方を心得ているあなたなら、神々よりも易々とアスラを打ち負かすことができると考えておられます」*

アルジュナは己の武芸を認めてもらって、にっこりと笑った。「必ずや、父上のお役に立とう。弓を取って、父上を悩ますアスラを打ち負かそう」

＊監訳注：原典では、アルジュナが必要とされた理由は、アスラの一族カーラケーヤとニヴァータカヴァチャは神々によっては倒すことができないが、人間になら倒すことができる、とブラフマーによって定められていたため。

アルジュナは神々とともに戦って、名高いカーラケーヤ族やニヴァータカヴァチャ族などを含む多くのアスラを打ち負かした。インドラ神は息子を抱擁して、スヴァルガに迎え入れた。「天国の歓びを享受するがよい、我が息子よ。望みは何なりとかなえてやろう」

アルジュナは天国の楽しい生活に夢中になって、兄弟や妻のことをほとんど失念してしまった。特に楽しんだのが、天人ガンダルヴァから舞踏を学ぶことだった。笛の音に合わせて、汗にまみれて躍動する武人の美しい肉体に、天女アプサラスもうっとりした。

そんなある日、かの有名なアプサラスのウルヴァシーが美々しく装って、アルジュナに迫った。「私の恋人になっておくれ」

アルジュナは仰天した。「そんなこと、できるわけがありません。あなたは、私の先祖プルーラヴァスの妻だったのですよ。私にとっては母同然です」

「不死なるものは、死ぬべきものの掟には縛られないのよ」

「しかし私は、その掟に縛られている身です。あなたに触れることはできません。それどころか、あなたが私を思うように、あなたを思うことさえできません」

「死ぬべきものの分際で、この私を拒絶するの！」と、ウルヴァシーは激怒した。「この意気地なし！　さっさと男をやめてしまえ！」

「そんな！」

ウルヴァシーは怒りながら去って行った。アルジュナは父神にすがって、呪いを解いてくれるよう願った。しかし、インドラ神には呪いの効力を弱めることしかできなかった。「そなたは男性を失うことになるが、その期間は一年間だけだ。しかも、いつそうなるかは、お前自身が選ぶことができる」

「私はなんて運が悪いんだろう」と、アルジュナはうめいた。

「呪いを好機に変えるのだ」と、神々の王であるインドラ神は言った。「追放の一三年目、隠れて暮らさなければならない年に、この呪いをうまく活かすがよい」

Column

❖『マハーバーラタ』では、神々は飛行する二輪戦車ヴィマーナに乗っているので、これは〝空飛ぶ円盤〟ではないかと推測する人もいる。ヴェーダの時代にすでに航空力学の知識を基に飛行機が作られていた、と信じる人も多い。もっとも、合理主義的に考えれば、神々の空飛ぶ戦車は、詩的で非現実的な空想の産物と解釈すべきだろう。

❖ウルヴァシーの価値観は、アルジュナとは異なっている。ウルヴァシーは〝自然〟そのものであり、自然界では、道徳や倫理によって欲望が抑制されることはない。一方、アルジュナが生まれた人間社会では、欲望は道徳や倫理によって抑制される。アルジュナの先祖にあたるシャンタヌとヤヤーティは欲望を抑えることができなかったが、アルジュナは欲望を抑え込むのに成功したことが、この逸話からわかる。おそらく追放生活が、アルジュナをより強い男にしたのだろう。

❖アプサラスと神々の寿命は、マーナヴァ（人間）の寿命とは異なっている。当然、その価値観も異なる。ウルヴァシーにとっては単なる情熱と快楽であっても、アルジュナにとっては近親相姦なのだ。対立や不一致が生じるのは、必ずしも白黒や正邪がはっきりしているときではないことを、ヴィヤーサは示唆している。異なる価値観を持つ者同士の間で、対立は生じるのである。

❖『マハーバーラタ』では、天に届くほど高い峰々を有するヒマラヤ山脈は、神々の天国に至る階段であるとされている。

旅と物語

アルジュナはアマラーヴァティーで楽しく暮らしながらも、妻と兄弟たちのことを心配していた。そこでインドラ神は聖仙ローマシャに、パーンダヴァたちとドラウパディーの安否を確認し、ヒマラヤ山地の雪を頂く峰にあるナラとナーラーヤナの庵まで連れて行くように命じた。「アルジュナはその父のもとで過ごした後、庵まで会いに来るだろうと、彼らに告げよ」

ローマシャが訪問すると、パーンダヴァ一家はアルジュナの不在をひどく悲しんでいて、その消息を熱心に聞きたがった。「アルジュナは父君のそばで安寧に過ごしています。そしてインドラ神はあなた方に、追放の日々を旅をして過ごすようにと助言しておられます。ローズアップルの木が生い茂るジャンブードゥヴィーパの大地のあちらこちらにある、河畔の地、山の頂、洞窟を訪れなさい。賢者たちとともに過ごし、さまざまな物語を聞き、新しい技を学び、知恵を身につけなさい。一二年間など、インドラ神のまばたきよりも短く、あっという間に過ぎるでしょう。追放から戻ったとき、あなたたちは以前よりも優れた統治者となっているでしょう」

こうしてパーンダヴァたちの壮大な巡礼の旅が始まった。ダウミヤ、ナーラダ、パルヴァタ、ローマシャをはじめとする大勢の賢者たちを伴って、パーンダヴァたちは南へ、東へ、西へと旅した。聖なる川の合流点で沐浴し、古代の神に守られている湖に身を浸した。洞窟で瞑想し、聖なる山の頂から太陽が昇るのを見た。パーンダヴァたちはこの旅を通じて、人生を新たな視点から見つめ直すことができた。

旅の途上では、ブリハドアシュヴァやアールシュティセーナなどの偉大な聖仙と出会って、さまざまな物語を聞き、さまざまな哲学的問題について論じ合った。こうした経験に特に感銘

を受けたのが、ユディシュティラだった。物質的な富はなくても、精神的な豊かさに欠けることは決してなかった。

聖仙たちはユディシュティラに、精神的修行と物質的必要性とのバランスを取ることの大切さを諭した。聖仙たちは、極端な禁欲生活は生殖不能に等しいと言った。「かつてヴィバンダカという賢者は、息子のリシュヤシュリンガに女性について一切教えようとしなかった。その結果、リシュヤシュリンガの住む地域は、長い期間干ばつに苦しめられた。干ばつが終わって雨が降ったのは、その土地の王ローマパーダの娘シャーンターが、リシュヤシュリンガを誘惑して肉体の歓びを教えたときだった」

聖仙たちは、結婚の意義についても語った。「聖仙アガスティヤは、夢に現れた先祖たちに苦しめられた。先祖たちは底なしの穴の上に逆さづりになっていて、自分たちは生まれ変われない限り、悲惨な運命から逃れられないのだと文句を言った。そして、生まれ変わるための唯一の方法は、子孫が結婚して子どもをもうけることだ、と言うのである。先祖の望みを尊重して、アガスティヤはローパームドラー王女と結婚して子どもをもうけた。このようにしてアガスティヤは先祖に借りを返して、先祖が生まれ変われるようにした」

聖仙たちは、息子を持つことの素晴らしさについても語った。「かつて、カホーダという男は、自分がヴェーダを間違って理解していることを、まだ生まれていない息子に指摘されて腹を立てた。カホーダは、息子が八つの障害を負って生まれてくるように呪った。この息子はその八つの障害ゆえにアシュターヴァクラと名付けられて、後にバンディンという学者を論破した。実はバンディンはかつて、多くの聖仙たちの面前でカホーダを侮辱したことがあったのだ。こうして、父に呪われたにもかかわらず、息子は父の恥辱を晴らしたのである」

聖仙たちは、約束を守ることの大切さについても語った。「シャラ王は、聖仙ヴァーマデーヴァが所有する二頭の駿馬（雌馬）ヴァーミーを一カ月の約束で借りたにもかかわらず、返却しようとしなかったので、ヴァーマデーヴァの怒りを招いた。厳格なヴァーマデーヴァは悪魔を召喚して、王を殺させた。さらにシャラ王を継いだ弟のダラ王も、馬を手放そうとしなかった。あまつさえダラ王はヴァーマデーヴァに向かって矢を射た。しかし、矢が当たったのはダラ王の息子だった。そこでダラ王の妃が夫の行為をヴァーマデーヴァに詫びて、夫に馬たちを正当な所有者であるヴァーマデーヴァに返却させたのである」

聖仙たちは、世間に対して責任を果たす重要性についても語った。「カウシカは隠者となるために、年老いた両親を捨て、精神修養に励み、神通力を身に着けた。しかし、その神通力は、一睨みで鳥を殺せるといった殺伐としたもので、カウシカの心に平安

を与えてくれなかった。カウシカは家庭の主婦や街の肉屋から、世俗の生活を否定しても心の平安は得られないことを学んだ。人間の魂について知識を深め、ありのままの世界を深く理解してこそ、心の平安は得られるのだ。人間は内面の知識を深めながら、同時に世俗の義務を果たすこともできる。人生とは過去のカルマの結果であり、人間には臨機応変に対応する力が備わっている。カウシカは、真実は森ではなく人間の心の中にあることを悟って、家に戻って老いた両親の面倒を見た。神通力を身に着けることではなく、世俗の営みに真理を見出すことによって、カウシカは心の平安は得たのである」

聖仙たちは、貪欲についても語った。「ソーマカ王は、一人息子のジャントゥを生贄にした罪で神々に罰せられた。なぜソーマカ王がそんなことをしたかというと、ジャントゥのような息子を一〇〇人欲しかったからである」

聖仙たちは、寛容についても語った。「聖仙ライビヤは、息子のパラーヴァスの嫁がヤヴァクリータという若者の腕の中にいるのを見てしまった。ライビヤは激怒して、ヤヴァクリータを殺した。ヤヴァクリータの父のバラドゥヴァージャは、パラーヴァスの妻がヤヴァクリータを誘惑したのだと考えていたので、ライビヤが息子パラーヴァスの手にかかって死ぬよう呪いをかけた。数日後、呪いは実現した。パラーヴァスはライビヤを獣と間違えて殺してしまったのだ。ところがパラーヴァスは罪を免れようとして、弟のアラーヴァスがやったと主張した。アラーヴァスは無実を訴えたが、誰にも信じてもらえなかった。アラーヴァスは怒りと憎悪を抱えて森に入った。兄を懲らしめて汚名をそそぐために、厳しい修行を積んで神通力を身に着けようと考えたのだ。やがて、アラーヴァスの心にタパスと呼ばれる精神的な炎が点った。タパスの光と温かさに包まれて、アラーヴァスは英知で満たされた。英知は復讐への欲求を鎮めて、アラーヴァスの心を平安で満たした。兄を罰するのではなく、兄を許してこそ、大いなる喜びを得られることを、アラーヴァスは悟ったのだった」

聖仙たちは、寛容が財産を残すことについても語った。「インドラデュムナ王はインドラ神の天国で数世紀を過ごした後に追放されて、地上の人々が王の業績を覚えていたら戻ってきてもよいと告げられた。王はまず、聖仙マールカンデーヤのもとへ行った。マールカンデーヤは人間の中で最長老だったからである。しかしマールカンデーヤは王のことを覚えておらず、自分より長生きの梟のもとへ王を連れて行った。しかし、梟も覚えていなかった。梟は王にコウノトリのもとへ行くようにと言った。残念なことに、コウノトリも覚えていなかった。コウノトリは亀のアクーパーラのもとへ行くように言った。生き物の中で最長老の亀のアクーパーラは、自分の住処である湖を造ったのがインドラデュムナ王であることを覚えていた。ところが王本人には、湖を造った覚えはなかった。亀の説明によれば、王は意図的に湖を造ったのではなく、王の寛容の副産物として湖ができたのだという。王が多くの牛を手放したとき、小屋を出る牛たちが大量の土を蹴立てて地面が沈下し、そこに雨が降って湖ができたのだ。その湖は、多くの魚、亀、蛇、鳥の住処となった。王の善行によって直接

的または間接的に利益を得たものが、この世に大勢いたおかげで、インドラデュムナ王は忘れられずに済んだのだ。こうして王はスヴァルガに昇り、再び神々の下で暮らすことができた」

聖仙たちは、ユディシュティラの偉大な先祖、クル王についても語った。このクル王の名に因んで、ハスティナープラ周辺の地域はクルクシェートラと呼ばれるようになったのである。「クルはおのれの肉を種とし、おのれの血を水として大地を耕し続けたので、ついにインドラ神が憤慨して、何が目的なのだと問い詰めた。クルは自分自身のためには何も求めていなかった。クルの唯一の望みは、自分が耕した土地で死んだ者たちが、即座に天国に昇れることだった。インドラ神は同意したが、一つだけ条件を付けた。クルクシェートラで死ぬだけでは十分ではなく、その死に方が重要だとした。放《ほう》擲《てき》*して死ぬか、戦場で死ぬか、そのいずれかでなければ天国に昇れないと定めたのだった」

Column

❖ 一二年にわたる追放生活の間も、パーンダヴァたちとその妻は決して孤立していなかった。一家に仕える司祭ダウミヤをはじめとする多くの聖仙たちが、常にパーンダヴァたちに同行して、聖地に案内したり、ありがたい説話を語って聞かせたりした。聖地を巡礼することも、説話を聞くことも、カルマの負債を軽減し、カルマの功徳を積むのに役立つと信じられていた。こうして不運なパーンダヴァたちは、長い追放期間を活かして、その運命を浄化していったのである。

* 監訳注：サンスクリット語でサンニヤーサ。行為を最高神に捧げること。

❖巡礼は、ヒンドゥー教徒にとって重要な精神修養である。『マハーバーラタ』では折に触れて、インド各地の聖地とその地にまつわる物語を取り上げている。そうした聖地に関する逸話は、定住社会の住民の想像力をかき立てて、生きているうちにいつかは巡礼に出かけたいという気持ちにさせた。ともすれば内向きになりやすい視野を広げるためにも、旅は重要な手段であることを、賢い人々は知っていたのである。

❖ヒンドゥー社会では伝統的に、物語を語り、物語を聞くことは、深遠な真理の伝達手段として重視されている。つまり、物語は人々の世界観を形成するのである。

ラークシャサとの遭遇

一一年が過ぎた。さまざまな神や女神と縁のある聖地を巡礼した後、パーンダヴァたちは雪化粧したヒマラヤ山脈を目指して、北極星が輝く北に向かって旅した。アマラーヴァティーから降りてきたアルジュナとそこで会えると、聖仙ローマシャに教えられていたからだ。

ヒマラヤへ向かうパーンダヴァたちに同行する大勢の聖仙たちの中に、ジャタースラという名の変装したラークシャサが交じっていた。

一行が休息を取っていた、ある日のことだった。ビーマは狩りに出かけ、聖仙たちは花を摘むのに忙しかった。その間にジャタースラは正体を現した。巨人の姿に変じて、ユディシュティラ、ナクラ、サハデーヴァ、ドラウパディーを両腕に抱えて、森の中に駆け込んだ。ジャタースラは三人のパーンダヴァたちを喰らい、その妻を暴行するつもりだった。

「助けて、助けて」と、サハデーヴァが大声でビーマに助けを求めた。ビーマはすぐさま振り返り、声のする方角に走った。

一方、ユディシュティラはジャタースラに話しかけた。「愚かなことをするな。こんなことをしても、お前にとって何の益もないぞ。我々を殺し、我々の妻を暴行した罪で、人間や神に生まれ変わりたくてもできなくなるぞ。お前は自ら事態を悪化させているのだ。より貴い存在に生まれ変わりたいと願っているお前が、来世では動物や植物、悪くすれば石ころに生まれ変わるだろう」

ユディシュティラの言葉に、ジャタースラは考え込んだ。考え込んだジャタースラの足は遅くなり、走るのではなく歩き始めた。そのおかげでビーマが追い付いて、棍棒でジャタースラを殴り倒した。ユディシュティラ、ナクラ、サハデーヴァ、ドラウパディーは逃れ、ビーマはジャタースラの顔を繰り返し殴って、とうとう殺してしまった。

ジャタースラに襲われた後も、パーンダヴァ一行は北に向かう旅を続けた。ヒマラヤの山の斜面や峰々からの眺望は息をのむほど見事だったが、急峻な山道を行く登山は危険だった。ときには風が激しく吹いて、一行を押し戻した。冷気に体の節々がかじかんで、洞窟に留まって休むこともあった。

間もなく、ユディシュティラは息が切れだし、ドラウパディーは過労のあまり気絶した。ナクラとサハデーヴァはドラウパディーのそばに駆け寄って、手足を撫でさすり、励ましの言葉をかけた。
それでもパーンダヴァ一行は登り続けなければならなかった。頂上まで登りきれば、アルジュナに再会できるのだ。

Column

❖パーンダヴァたちがヒマラヤに滞在したことは、地元の人々に大きな影響を与えた。『マハーバーラタ』では、さまざまな川、道、山、洞窟について、さまざまな出来事や登場人物と関連付けて語られている。今日でも、パーンダヴァたちの偉業を詳述するパンダヴァー・リーラーは、ガルワー地方の文化で極めて重要な位置を占めている。

❖パーンダヴァたちは森に入るたびに、ヒディンバ、バカ、キルミーラ、ジャタースラなどのラークシャサの戦士と戦った。彼らはおそらく、ヴェーダ文化に属さない敵対的な部族だが、中にはガトートカチャのようにパーンダヴァたちと最終的に友好関係を結ぶものもいた。

❖ネパールのネワール族は、ビーマをバイラヴァ（荒々しい様相のシヴァ神）と同一視し、生贄を捧げて信仰している。

アルジュナの帰還

山を登れば登るほど辛くなるだけだとわかって、ビーマはラークシャサの妻ヒディンバーとの間に生まれた息子ガトートカチャを召喚することにした。ビーマは息子が言ってくれた最後の言葉を覚えていた――「私の助けが必要になったら、私のことを想ってください、父上。そうすれば私はおそばに参ります」

その言葉通り、ビーマがラークシャサの若者のことを考えた途端、超常の思念力と空を飛ぶ力を具えたガトートカチャは直ちに現れた。ガトートカチャは大勢のラークシャサたちを伴っていて、パーンダヴァ一家を肩に担いで、最も高い峰に登るのを助けた。

パーンダヴァ一行はヤクシャ族の都アラカープラに到着し、ヤクシャ族の王クベーラにもてなされた。ヤクシャとラークシャサには、プラスティヤの息子ヴィシュラヴァスという共通の先祖がいた。ヤクシャは北方の山の頂上に住み、ラークシャサは南方の森林地帯に住んでいる。ヤクシャは宝の守護者であり、なぞなぞを非常に好んだ。クベーラ王は、口を開くたびに宝石を吐くマングースを飼っていた。パーンダヴァたちは、かつてナラとナーラーヤナが瞑想して暮らしたバダリカーの洞窟も訪

れた。パーンダヴァたちに同行していた聖仙ローマシャとダウミヤによれば、ナラとナーラーヤナはもう一度この地上を歩く定めにあった。噂によれば、ナラとナーラーヤナは、アルジュナとクリシュナとして生まれたという。その後まもなくアルジュナが、光り輝きながら空を飛ぶ戦車に乗って、アマラーヴァティーから降りてきた。ドラウパディーは駆け寄ってアルジュナを迎えた。聖仙たちは花輪を捧げた。兄弟たちは、神々から賜った聖なる武器を見せてくれとせがんだ。アルジュナが武器を天国で織られた布の包みから取り出そうとした途端、大地は震え、風は凪いで、太陽は陰った。周囲の生き物たちは声をそろえて叫んだ。「気をつけろ。恐ろしい武器だぞ。すべての命を奪う武器だぞ。そんな雑な扱い方をするな」。アルジュナは直ちに武器を引っ込めて、天国の布に包み直した。こうして、死すべき者の中でこれらの武器を見た者は誰一人としていないのだ。

Column

❖ヒマラヤ地方には、パーンダヴァにまつわる民話が数多く伝わっている。あるとき、パーンダヴァたちは放牧されている牛の群れの中に、どう猛な雄牛が交じっていることに気づいた。実は、その雄牛はシヴァ神の化身だったのだ。ビーマが捕まえようとしたが、雄牛は姿を消した。雄牛の背の瘤だけが地面に残されており、この瘤はケーダールナートとして崇拝されるようになった。また、あるときは、アルジュナは見知らぬ戦士に負けたが、その戦士はアルジュナの息子で、ナーガ族の王女との間に生まれたナーガールジュナだった。この物語は、後にサンスクリット語で書かれた言い伝えに登場するバブルヴァーハナによく似ている。また、アルジュナが亡父に供えるためにサイ狩りをしたという話も伝わっている。

❖古代インドの劇作家バーサが西暦一〇〇年頃*に書いた戯曲『マディヤマヴィヤヨーガム』では、ビーマはラークシャサに喰われそうになっていたバラモンの少年を助けたが、そのラークシャサは息子のガトートカチャであることがわかったという。

❖『ラーマーヤナ』では、ラークシャサはヤクシャと親戚関係にある、洗練された部族と見なされている。ラークシャサは黄金の都に住み、空飛ぶ戦車も所有していた。一方、『マハーバーラタ』では、ラークシャサは粗野な野蛮人として描かれている。

* 監訳注：一般には三世紀頃とされている。

バララーマとドゥルヨーダナの娘たち

ビーマの息子ガトートカチャが、パーンダヴァたちのもとを去ろうとしたときのことだった。ガトートカチャは父の家族に別れを告げる前に、ドゥヴァーラカーとハスティナープラで起きた出来事、つまりヤーダヴァ族とカウラヴァたちの間で起きた出来事について話すことにした。

「ドラウパディー様のご子息たちは、素晴らしい若者に成長しています。スバドラー様のご子息のアビマニユ殿も武人として名を挙げました。皆様、クリシュナ様のお子様たちと一緒に幸せに暮らしています。そしてバララーマ様のご息女のヴァトサラー様は、アビマニユ様と恋仲になられました。ところが残念なことに、バララーマ様はヴァトサラー様を、ドゥルヨーダナの息子のラクシュマナと婚約させてしまったのです。婚礼の日が近づき、不幸なヴァトサラー様がクリシュナ様に相談した結果、クリシュナ様は私を呼び寄せま

した。私はクリシュナ様の命で、ヴァトサラー様を肩に担いで空を飛び、ドゥヴァーラカー城外の丘まで運びました。そこでアビマニユ様とヴァトサラー様は、ガンダルヴァ流に木々を証人として結婚しました*。さらにクリシュナ様は、私にヴァトサラー様に化けて、花嫁のふりをするようにと命じられました。結婚式の間、私はラクシュマナの手を、この怪力で握りしめたものですから、ラクシュマナは気絶してしまいました。私の正体がばれると、ドゥヴァーラカーは大騒ぎになりました。カウラヴァたちは、ヤーダヴァ族に騙されたといきり立ちました」

「ドゥルヨーダナはさぞかし激怒したことだろう」と、ビーマは笑いを抑えられずに言った。「ドゥルヨーダナはバララーマの妹スバドラーと結婚したがったが、スバドラーはアルジュナと結婚してしまった。今度は、己が息子とバララーマの娘を結婚させたがったが、その娘はアルジュナの息子と結婚してしまったのだからな」

「ドゥルヨーダナはこの屈辱を甘受しませんでした」と、ガトー

* 監訳注：ガーンダルヴァ婚。法典が定める結婚形態の一つ。

トカチャは続けた。「ヤーダヴァ族を懲らしめてやるとばかりに、娘のラクシュマナー様とクリシュナ様のご子息サーンバ様との婚約を破棄したのです。サーンバ様はこんな仕打ちを甘んじて受ける方ではありません。ハスティナープラに潜入してラクシュマナー様を連れ出して結婚しようとしました。しかし、サーンバ様は捕らえられ、獄につながれました。これを知ったバララーマ様は単身ハスティナープラに赴き、サーンバ様が愛する女性と一緒にドゥヴァーラカーに戻れるよう釈放してほしいと頼まれました。しかしドゥルヨーダナは拒絶したばかりでなく、ヤーダヴァ族は一度も約束を守ったことがないと、悪口を言い始めました。さらには、ヤーダヴァ族のご先祖ヤドゥが父親の苦しみを代わりに引き受けなかったために、子孫は王になれなくなったのだと、嘲笑いました。ドゥルヨーダナの長広舌に憤慨されたバララーマ様は、怒りのあまり、天に届くほどの巨人となられました。バララーマ様は武器とされている鋤をハスティナープラの土台に引っ掛けて、クル王家の偉大な都を海の方角に引きずり始めました。ドゥルヨーダナは、バララーマ様が並のマーナヴァ（人間）でないことを悟りました。ドゥルヨーダナが長年慣れ親しんできたバララーマ様は、棍棒術の達人であり、師であり友でもありました。常にパーンダヴァの皆様の味方をするクリシュナ様とは違って、バララーマ様はドゥルヨーダナに常に過分なまでの愛情を注いできたのです。そのバララーマ様を怒らせてしまったドゥルヨーダナは、それまで想像したこともないバララーマ様の一面を目の当たりにしました。ドゥルヨーダナはバララーマ様の足元にひれ伏して、許しを請いました。ご存じの通り、バララーマ様はすぐにお怒りになりますが、そのお怒りはすぐに鎮まります。バララーマ様はカウラヴァたちをお許しになり、クリシュナ様のご子息とその新妻を伴ってドゥヴァーラカーに帰還されました」

パーンダヴァたちは、バララーマの巨人化した姿を想像した。一体、バララーマは何者なのだろう。疑問に思うパーンダヴァたちに、聖仙たちが真実を明らかにした。「バララーマ様はシェーシャ、すなわち〝残り〟です。神が眠り、世界が溶解しているときでさえ、存在するものです。アーディ、すなわち始まり以前に存在するものであり、アナンタ、すなわち終わり以後も存在するものです。巨大なコブラであり、そのとぐろの上にヴィシュヌ神が姿を顕して横たわっているのです」

この話を聞いて、パーンダヴァたちは「バララーマとその弟クリシュナは、見た目以上の存在ではないか」という自分たちの予想は正しかったと、あらためて確信した。

Column

❖ドゥルヨーダナは、バララーマのお気に入りだった。バララーマは妹をドゥルヨーダナに、娘をドゥルヨーダナの息子に嫁がせようとした。その計画はふたつともクリシュナに阻止されて、妹はアルジュナと結婚し、娘はアルジュナの息子と結婚した。

❖バララーマはシヴァ神の化身なのかもしれない。しかし、禁欲的で誠実な性格であるために、愛情で目が曇りやすく、カウラヴァたちの欠点が見えなかったのだ。

❖ヴァトサラーあるいはシャシーレーカーなどの名前で知られるバララーマの娘の物語は、さまざまな伝承に登場する。絵解き語りを生業としているチットラカティーと呼ばれる人々が描いた、この場面の絵は、マハーラーシュトラ地方の一九世紀の文献にも掲載されている。

❖クリシュナの息子とドゥルヨーダナの娘の結婚の物語は、『バーガヴァタ・プラーナ』に由来する。

❖ヤーダヴァ族の女性ヴァトサラーとクル王家の女性ラクシュマナーそれぞれの結婚の物語は、政略結婚とみなすことができよう。アルジュナの息子アビマニユの妻の家族として、ヤーダヴァ族はパーンダヴァの側につかざるを得ないし、クリシュナの息子サーンバの妻の家族として、カウラヴァはヤーダヴァ族の側につかざるを得ない。こうして結婚によって、敵対する者同士を拡大家族の輪に組み込むことで、敵味方に分かれることを難しくしたのである。

❖哲学的次元で言うと、知性に支配されるお見合い結婚と、感情に支配される恋愛結婚は、対立概念である。どちらが適切な行為なのだろうか。クリシュナは明らかに、結婚に関しては頭のよさより心を重視しているようだが、本当のところはどうだろうか。なぜなら、結婚は政治的同盟に多大な影響を与えるものであり、そうしたことをクリシュナは熟知しているからである。

ハヌマーン、ビーマをたしなめる

ある日、千の花びらを連ねて金色に輝き、天国のような芳香を放つ蓮の花が、風で吹き寄せられてきた。

「もっと欲しいわ」と、ドラウパディーが興奮して言った。こんな幸せそうな妻を見るのは、ビーマにとって久しぶりのことだった。「取ってきてあげよう」と、風が花を運んできた方角へ、ビーマは向かった。

ビーマは大股で力強く決然と、でもいささか短気に、ひたすら真っ直ぐ歩いて行った。道を遮るものはすべて、巨石、木々、山々までも蹴散らして進んだ。ビーマが近づいてくるのを見た鳥や獣は逃げ出した。辛酸をなめてきた妻がこれほど喜んだのだから、何が何でも黄金の蓮の花を手に入れるのだと、ビーマは使命感に燃えていた。

やがてビーマは、日の光が地面に届かないほどにプランテン＊が密生した林に入った。見れば、老衰した猿がビーマの進路を遮るように地面に横たわっていた。「退け！」と、ビーマは気短に怒鳴った。

「私は年を取りすぎて動けないよ」と、猿は弱々しく言った。「私の尻尾を脇に除けてから、進んでおくれ」

「あんたがそう言うなら」と、ビーマは猿の尻尾を足で蹴って、脇に押し除けようとした。ところが驚いたことに、尻尾は重すぎて動かせなかった。足に全力を込めても無駄だった。ビーマは棍棒を下ろして、両腕で尻尾を持ち上げることにした。ビーマは文句を言いながら力を振り絞ったが、尻尾はまったく動かなかった。

＊訳注：熱帯地域の主食となる調理用バナナを実らせるバショウ科の植物。

ビーマは立ち上がると、老いた猿をまじまじと見つめた。相手は並の猿ではない。あまりにも強すぎる。突然、ビーマは悟った。相手はほかならぬハヌマーンだ。ハヌマーンは猿軍団の長であり、かつてラーマ王子がラーヴァナにさらわれた妻シーターを救出する際に協力した。ハヌマーンは不死だとされている。そしてビーマ同様、風の神ヴァーユの息子、つまりビーマの兄弟なのだ。

「そのとおり、私はそなたの兄弟だ」と、老いた猿は立ち上がった。その眼差しは英知と慈悲に満ちていた。クリシュナ神がハヌマーンを遣わして、謙虚の大切さを教えてくれたことを、ビーマは悟った。ビーマは教えに感謝し、ハヌマーンにお辞儀をしてから、旅を続けた。その歩みは、以前ほど傲慢ではなかった。

ついにビーマは、芳しい黄金の蓮の花が咲き乱れる湖に着いた。ビーマが花を摘み始めると、湖を守護しているガンダルヴァたちが襲ってきた。しかしビーマは、その攻撃を蚊の群れ同然に払いのけると、花を摘み続けた。こうしてビーマは無事に兄弟のもとに戻り、ドラウパディーは大喜びで大きな花束を受け取ったのだった。

Column

❖シヴァ神がアルジュナをたしなめたように、ハヌマーンはビーマに謙虚の大切さを教えた。森での生活は、パーンダヴァたちをより良い王者に変えた。追放という悲劇も、パーンダヴァたちをより優れた統治者にするための、神々の計画の一環だったのかもしれない。

❖かつて、ビーマは熱があるふりをして、ドラウパディーに足をマッサージしてほしいと頼んだ。ビーマは大きな果物をベッドのシーツの下に隠した。夫が離れた場所から様子を窺っているのも知らず、ドラウパディーはシーツの下にあるものを夫の硬い足だと思ってマッサージした。本当のことを知ると、ドラウパディーは怒って、果物に呪いをかけた。その果物は滑らかな皮を失い、棘で覆われるようになった。インド原産の果実パラミツ(英語名ジャックフルーツ)が棘だらけなのは、このためだとされている。

❖ヒマラヤ山岳地帯の人々は、平地の人々とは異なる特徴を具えていた。合理的に考えれば、アーリヤ人はそれが理由で、山岳地帯の人々を悪魔、ゴブリン、ラークシャサ、ヤクシャなどにたとえたのだろう。

❖ビーマとドラウパディーの情愛は、多くの伝説の題材となっている。タミル・ナードゥ州タンジャーヴールの祭りに登場する、馬の張りぼてを装着して乗馬姿に仮装した踊り手は、ビーマとドラウパディーを象徴している。

真情を吐露したドラウパディー

ドラウパディーの屈辱の記憶は、ビーマを苦しませた。ビーマはドラウパディーを幸せにしてやりたいと切望していたが、それが無理であることもわかっていた。ドラウパディーはいつもふさぎ込んでいた。性生活の面でも、その気になれば千人の女性を満足させることのできるビーマなのに、一度もドラウパディーを十分に満足させてやることができなかった。ビーマにはその原因がわからなかった。

追放期間の一二年間が終わりに近づく頃、パーンダヴァたちは自分たちが追放以前とは別人になったと感じていた。ユディシュティラは自制心を培った。アルジュナとビーマは、謙虚の大切さを学んだ。しかし、ドラウパディーは何かを学んだのだろうか。

ある日、森を散策していたドラウパディーは、ローズアップル（サンスクリット語でジャンブー）の木の下枝に一個の実が生っているのを見つけた。その美しい果実に、ドラウパディーは食欲をそそられた。しかし、その実をもいだ途端、ローズアップルの木が声を上げた。「なんということをしたのだ。この実は一二年間もここに生っていたのだぞ。この木の反対側では、一人の聖仙が一二年にわたって苦行を行っている。まさに今日この後、その聖仙は目を開けて、一二年目の最初の食事として、この実を食べることになっていたのだ。それなのに、お前が触

れたために、この実は汚れてしまった。聖仙は飢えるだろう。聖仙を飢えさせた罰は、すべてお前が受けることになるだろう」

怯えたドラウパディーは夫たちを呼んで、何とかしてほしいと頼み込んだ。「ビーマ、強いあなたなら、この実を木にくっつけることができるでしょう？」ビーマは、為すすべもなく、首を横に振った。「アルジュナ、あなたなら矢で実をくっつけることができるでしょう？」アルジュナも無理だと言った。腕力や武芸で為せることは多いが、いったんもいだ木の実を再び木に付けることはできないのだ。

ローズアップルの木は厳かに言った。「ドラウパディーよ、お前が本当に貞淑ならば、その貞淑さの力でことを為せるはずではないか」

「私は貞淑です。五人の夫がいても、私の寝室を訪れることのできるのは、毎年、五人のうち一人だけです。私は常にその一人だけに誠実でした」

「ドラウパディーよ、お前は嘘をついている。お前には五人以外にも愛する男がいる」

「確かに私はクリシュナが好きです。でもそれは、友人として

であって、夫や恋人としてではありません」と、ドラウパディーは答えたが、自身の真情について、とやかく言われることにたじろいだ。「他にもいるだろう。真実を話せ、ドラウパディーよ」

ドラウパディーは自制心を失った。自分の秘密のせいで、聖仙を飢えさせるのも嫌だった。

「カルナです。カルナを愛しています。カーストのせいでカルナと結婚しなかったことを後悔しています。もしカルナと結婚していたら、賭け事の対象にされることもなかったでしょう。人前で侮辱されることもなかったでしょう。売春婦呼ばわりされることもなかったでしょう」

ドラウパディーの告白に、パーンダヴァたちは衝撃を受けた。ドラウパディーに怒りを感じるべきなのか、それとも自らを恥じるべきなのかもわからなかった。わかっているのは、兄弟全員として、また各個人として、ドラウパディーを失望させていたということだった。

一方、ドラウパディーは、真情を吐露することで浄化されて、果実を木に戻すことができた。その夜、一二年にわたる「苦行」を終えた聖仙は、目を開けた。聖仙は川で沐浴して、ローズアップルの実を食べると、パーンダヴァたちとその貞淑な妻ドラウパディーを祝福した。

ビーマとアルジュナにとって、妻がカルナを愛しているなど、受け入れがたいことだった。そんなある晩、ビーマとアルジュナは、ユディシュティラがドラウパディーの足に触れて、ドラウパディーに敬意を表しているのを見た。二人はユディシュティラに説明を求めた。ユディシュティラは、「その答えを知りたければ、今夜は眠らないように」と告げた。真夜中、住まいとする洞窟の外に出た三兄弟の面前には、朱赤色のバニヤン樹（ベンガルボダイジュ）がそそり立っていた。バニヤン樹の下には、女神を召喚する役目を負う九人のラーク神がいた。これに応えるように、ドラウパディーが姿を現した。ラーク神はドラウパディーを黄金の玉座に座らせて、花々を浴びせた。ビーマとアルジュナは、妻が並の女性ではなく、女神の化身であることを悟った。ビーマとアルジュとアルジュナは妻を守れなかったばかりでなく、…たばかりでなく、身の程知らずにも、妻の品格を批判しようとしていたのだった。ビーマ

Column

❖このローズアップルの逸話は、マハーラーシュトラ州に伝わる『ジャムブール・アーッキャーム』という民話劇に基づいている。食べると舌が紫色に染まるローズアップルの実は、自分が世間に隠している秘密を自覚させると言われている。サンスクリット語で書かれた古典とは対照的に、民間伝承はもっと自然体で俗っぽく、人間の不完全さを賛美している。

❖『ビール・マハーバーラタ』のような民間伝承では、ドラウパディーは女神とみなされている。

❖タミル語で書かれた『マハーバーラタ』では、ドラウパディーはヴィーラパンチャリとして崇拝されている。さまざまな冒険に遭遇しながら、ドラウパディーは夫たちが聖なる品々を見つけるのを手伝う。鐘、太鼓、ターメリックの箱などの聖なる品々は、ドラウパディーが被った屈辱に復讐するための力を授けてくれるのだ。ある晩など、ドラウパディーは裸になって森に駆け入り、象と野牛を狩って、その血でのどの渇きを癒す姿をパーンダヴァたちに目撃されている。

❖インド南部の民話によれば、ビーマは妻を性的に満足させるために、クリシュナに自分の体内に入って力を貸してくれと頼んだという。しかしドラウパディーはすぐに気づいて、こんな悪

戯を仕掛けた夫と友人をたしなめた。

❖古代インド神話における女神は、大地そのものである。世界を維持する神であるヴィシュヌ神と女神との関係は、時とともに変遷する人間と大地との関係を表している。世界のサイクルは四期に分かれており、無垢な世界である第一期が終わりに近づくときの女神は、レーヌカーである。レーヌカーとは、パラシュラーマとして地上に降臨したヴィシュヌ神の母である。青春の世界である第二期が終わりに近づくときの女神はシーター、ラーマとして地上に降臨したヴィシュヌ神の妻である。そして、成熟した世界である第三期が終わりに近づくときの女神がドラウパディー、クリシュナとなったヴィシュヌ神の姉妹であり友人なのだ*。

サーヴィトリーとサティヤヴァット

悲惨な状況にうんざりしていたドラウパディーは、ある日、聖者たちに尋ねた。「人は、その運命に縛られるのでしょうか?　自分の運命を変えることはできるのでしょうか?」

* 監訳注：インドの宇宙論においては、四つの宇宙期があるとされる。第一期はクリタ・ユガ、第二期はトレーター・ユガ、第三期はドゥヴァーパラ・ユガ、第四期はカリ・ユガである。『マハーバーラタ』の大戦争は第三期から第四期の過渡期に行われた。クリシュナの死によって第四期が始まり、現代はその第四期に相当する。なお、最初が一番良い時代で、だんだん悪くなり、第四期のカリ・ユガは最悪の暗黒時代である。

ドラウパディーの問いに答える代わりに、聖者たちが語ったのは、愛と決意と知性によって、死そのものを打ち負かした女性サーヴィトリーの物語だった。

サーヴィトリーはアシュヴァパティ王の唯一の子どもだったが、サティヤヴァットという木こりと恋に落ちた。しかもサティヤヴァットが亡国の王子であり、一年以内に死ぬ運命であることを知った上でも、結婚の意志を変えなかった。アシュヴァパティ王は不本意ながらも結婚を許した。サーヴィトリーは王族の快適な暮らしを棄てて、貧しい夫とともに森で幸せに暮らした。

一年後、サティヤヴァットは死んだ。サーヴィトリーの目の前で、死の神ヤマは夫の命を奪っていった。サーヴィトリーは夫の亡骸を荼毘に付すのではなく、死の神の後を追うことにした。死の神も、南にある死の国に向かう自分の後をサーヴィトリーが付いてくることに気づいていた。旅路は長く、いずれサーヴィトリーは疲れて足を止めるだろうと、死の神は高をくくっていた。しかし、サーヴィトリーは疲労の色も見せず、ひたすら死の神を追った。

「付いてくるな」と、死の神ヤマは叫んだが、サーヴィトリー

はどこであろうと夫とともにいると決心していた。「運命を受け入れよ。夫の亡骸を荼毘に付すために帰れ」。しかしサーヴィトリーにとっては、森に横たわっている夫の亡骸よりも、ヤマの腕の中にある夫の生命の息吹のほうが大切だった。

ヤマは苛立って言った。「そなたの夫の命以外のことなら、三つまで願いをかなえてやるから、帰るがよい」。サーヴィトリーは恭しくお辞儀をすると、三つの願い事を述べた。第一に、義父が王国を取り戻せるよう願った。第二に、実家の父に息子が生まれるよう願った。そして第三の願いとして、サティヤヴァットの息子の母にしてほしいと言った。

ヤマは、サーヴィトリーにその三つの願い事をかなえてやると約束して、死の国に向かって旅を続けた。しかし、生者の国と死者の国を隔てるヴァイタラニー川の畔に着いても、サーヴィトリーはまだ付いてきていた。「三つの願い事をかなえてやるから、付いてくるなと言ったはずだ」

サーヴィトリーは再度恭しくお辞儀をして言った。「第一の願いはかないました。義父は王国を取り戻せました。第二の願いもかないました。実家の父に息子が生まれました。しかし、第三の願いは？どうやったらかなえることができるでしょうか。夫は死んで森に横たわっているのに、どうして私は夫の息子の母親になれるでしょうか。そのことを問い質すために、私は付いてきたのです」

ヤマは、サーヴィトリーにまんまと出し抜かれたことを悟って苦笑した。第三の願いをかなえるためには、サティヤヴァットを生き返らせなければならないからだ。ヤマはそうするしかなかった。こうしてサーヴィトリーは、自分の未来だけでなく、義父と実父の未来も変えることができたのである。

Column

❖ このサーヴィトリーの逸話は、インドの伝統的な諦観の概念に疑問を呈しているという点で注目に値する。インド人はヴェーダ時代の昔から、運命と自由意志の葛藤、運命と欲求の葛藤に立ち向かってきた。ヴェーダによれば、欲求は創造の根源である。このように、運命ばかりでなく人間の欲求もまた、未来を左右する重要な役割を担っている。ウパニシャッド哲学の哲人ヤージュニャヴァルキヤは、人生という戦車には欲求と運命の二つの車輪がついている、と述べている。人生は欲求と運命のいずれか、または両方に左右されるのだ。サーヴィトリーは、〝不動の意志〟のかたちをまとった〝強い欲求〟によって、その運命を変えることができた。ヒンドゥー女性が守ってきたヴラタ*と呼ばれる儀礼の起源もここにある。絶食して徹夜することで、願望と決意を示し、家族の運命に良い影響を及ぼすことを願うのである。

ナフシャヤとの問答

ある日、森で狩りをしていたビーマは、巨大なニシキヘビに巻き付かれた。それは、ただの蛇ではなかった。「私はプルーラヴァスの子孫のナフシャヤだ。私はかつて偉大な王だったので、主神インド

* 監訳注：サンスクリット語で「誓戒」の意。

ラが瞑想して浄罪するためにアマラーヴァティーを離れている間、アマラーヴァティーの統治を神々から一時的に任されることになった。私は天界でインドラ神の象に乗り、インドラ神の稲妻を操った。この新たな力に慢心した私は、インドラ神の妃シャチーに手を出しても構わないだろうと思った。当然ながらシャチー女神は、私に言い寄られて喜ぶはずがなかった。私を懲らしめようと考えたシャチー女神は、自分の寝室を訪れたかったら、天界でヴェーダを守護する七人のサプタ・リシ（「七仙」の意）が担ぐ輿に乗って宮殿まで来い、と言った。私は愚かにも同意して、尊敬すべき聖仙たちに輿を担ぐことを強要した。私はシャチー女神の宮殿へ急ぐあまり、聖仙アガスティヤの歩みが遅すぎると苛立って、その頭を足で蹴った。私のあからさまな欲情と無礼な行為に激怒したアガスティヤは、「ナフシャは神々から授けられた地位にふさわしくない」と言った。さらに私を天界から転落させて地上に戻し、しかも王どころか人間でもなく、ニシキヘビとなって永遠に腹這って動き回り、餌がやって来るのを待つしかない身になるよう呪

いをかけた。いつの日か、ユディシュティラという名の私の子孫が、バラモンの真の意義を教えてくれるまで、私はこの惨めな姿から解放されないのだ」

ビーマは、自分はユディシュティラの弟だと訴えたが、ニシキヘビは聞く耳を持たなかった。ニシキヘビは大口を開けて、ビーマを呑みこもうとした。「みんな、助けてくれ！」と叫ぶビーマの声に、パーンダヴァ兄弟は救援に駆け付けた。ユディシュティラはニシキヘビに語りかけた。「弟を食べないでくれ。代わりに私を食べてくれ。私はユディシュティラ、パーンドゥの息子だ」

ユディシュティラの名乗りを聞いた蛇は動きを止めて、ビーマを締め上げていた力を緩めた。「お前が名乗った通りの人物ならば、私の質問に答えて、お前の弟だけでなく、私もこの悲惨な状況から解放してくれ。さあ、答えよ。バラモンとは、何者なのか？」

長年にわたる聖仙たちとの議論を通じて知識を深めてきたユディシュティラは、こう答えた。「世の人々は、バラモンとはバラモンの息子のことであると信じているが、そうではない。バラモンとは、思慮を身に着け、精神を律することによって、〝ブラフマ・ヴィディヤー〟すなわち『永久不滅にして無限の魂に関する知識』を得た者である。だからバラモンは、満ち足りて寛容で穏やかな者である。なぜならバラモンは真実を身に具えた者だからである」

ユディシュティラの答えを聞いて、蛇のナフシャは喜びに満たされた。ビーマを解放すると同時に、ナフシャ自身も蛇の体から解放された。天界の姿を取り戻したナフシャは、ビーマとユディシュティラを祝福して、スヴァルガに昇天していった。パーンダヴァ兄弟は野営地に戻り、その帰りが遅いことを心配していた人々に迎えられた。

Column

❖インドラ神の妻シャチーは、ラクシュミー女神の相のひとつだと考えられている。シャチーは幸運を司る女神だ。そして、前のインドラ＊よりも多くの徳を積めば、誰もがインドラになれるのだ。インドラになるためには、シャチーと関係を持たなければならない。シャチーが忠誠を誓うのは、インドラその人ではなくインドラの地位である。ナフシャは、まだインドラではなかった。ナフシャは一時的な代行者であり、インドラ以下の存在だった。ナフシャは分不相応にシャチーを求め、その報いを受けた。ナフシャの逸話の焦点は、「他人の妻を求めてはならない」という倫理の問題ではなく、「分不相応なものを求めてはならない」という思慮分別の問題なのである。

❖聖典によれば、パーンダヴァ五兄弟の前世はインドラであり、共通の妻であるドラウパディーはシャチーだった。

❖ユディシュティラとナフシャの問答から分かるように、『マハーバーラタ』が繰り返し強調しているのは、人間は出自ではなく努力によってバラモンになれる、ということである。こうして『マハーバーラタ』は、伝統的なカースト概念に疑問を呈しているのだ。

＊監訳注：「インドラ」は神の固有名詞であるとともに、「神々の王」を意味する一般名詞でもある。したがってインドラは複数いることになる。

ヤクシャとの問答

ある日、ユディシュティラは夢を見た。一匹の鹿が涙を流しながら、ユディシュティラに森を出て、もと居た場所に戻るように訴える、という夢だった。「あなたたち兄弟は何年間も私の仲間を狩ったので、私たちの数は減ってしまった。もう帰ってくれ。追放期間はほぼ終わっている。家へ戻ってくれ。ドゥヴァイタの森を去ってくれ」

ユディシュティラは直ちにドゥヴァイタの森を出ることを決めて、カーミヤカの森に戻った。カーミヤカの森に戻ると、一人の聖仙がパーンダヴァたちに助けを求めてきた。「儀式用の火おこし棒を木の枝に掛けておいたところ、羚羊《れいよう》が角に引っ掛けて持って行ってしまいました。取り戻してもらえませんか。私は狩人ではありませんが、羚羊が毎晩水を飲みに現れる池は知っています」

簡単な用事だったので、ユディシュティラはナクラに狩りを命じた。ナクラはすぐに池のそばにいる羚羊を見つけたが、羚羊は風のように走り去ってしまった。そのとき突然、ナクラは喉の渇きを覚えて、羚羊を追う前に池の水を飲むことにした。ナクラが一口、水を飲もうとすると、声が聞こえた。「私はヤクシャ、ここの支配者だ。水を飲みたかったら、私の問いに答えよ」。ナクラは周囲を見回したが、誰もいなかった。そこで、先ほどの声を気に留めずに、ナクラは水を手で掬って飲んだ。そのとたん、ナクラは倒れて死んだ。ユディシュティラは兄弟たちを次々に送り出して捜索に当たらせ、水を持ち帰らせようとしたが、その全員がナクラと同じ目に遭った。最後にユディシュティラ本人が急いで駆けつけたが、兄弟たちが死んで横たわっているのを見つけて驚愕した。ところが、周囲には誰もおらず、野獣の気配はなく、兄弟たちの体には傷もなかった。そしてユディシュティラもまた、池に着いたときの兄弟たち同様に、疲れて喉が渇いたので、詳しく調べる前に水を飲むことにした。そのとき、兄弟たちの場合と同じく、声が聞こえた。「私はヤクシャ、ここの支配者だ。水を飲みたかったら、私の問いに答えよ」。ユディシュティラは即座に、手に掬った水を飲むのを止めた。「お前が私の兄弟たちに害をなしたのか」

「そうだ。その者たちは私の警告を無視したのだ」。そしてヤクシャは、ユディシュティラの前に姿を現した。「では、お前の問いに、できる限り答えるとしよう」と、ユディシュティラは言った。「太陽を昇らせているのは誰か」と、ヤクシャは問い、

「神である」と、ユディシュティラは答えた。「では、太陽が沈むのは？」

「太陽にとって当然の義務、すなわちダルマである」

「何が太陽を、太陽たらしめているのか？」

「真理である」

「どこで真理を見出せるか？」

「ヴェーダの聖典で」

「バラモンをバラモンたらしめるものは何か？」

「ヴェーダを理解することである」

「何が、バラモンを尊敬に値する者としているのか?」

「心を制御する能力である」

「クシャトリヤに威力を与えているものは何か?」

「武器である」

「クシャトリヤを高貴な者としているのは何か?」

「慈悲である」

「生きている人間が、死んでいるとみなされるのは、どのようなときか?」

「所有する富を、神々、客人、使用人、動物、先祖と分かち合わないときである」

「風よりも速いものは何か?」

「心である」

「草よりも多いものは何か?」

「思いである」

「黄金よりも価値があるものは何か?」

「知識である」

「富よりも望ましいものは何か?」

「健康である」

「最も望ましい幸福のかたちとは?」

「満足である」

「最高の偉業とは？」

「非暴力である」

「人間を測る尺度は？」

「行いである」

「寛容とはどういうことか？」

「最悪の敵の行為を耐え忍ぶことである」

「慈愛とは何か？」

「ありとあらゆるものの幸福を願うことである」

「簡素とはどういうことか？」

「平静を保つことである」

「人間が征服できる唯一のものとは？」

「おのれの心である」

「見捨てられた者を、好ましい者に変えるものは何か？」

「誇りである」

「見捨てられた者を、富んだ者に変えるものは何か？」

「願望である」

「人間にとって、最も恐ろしい敵とは？」

「怒りである」

ていることだ」

「毎日、多くの者が死んでいくのに、生きている者たちは、まるで自分は不死であるかのように生き
「この世界について、最も驚嘆すべきことは何か？」

「助けを求めるものを助けることである」

「慈悲とは何か？」

「貪欲である」

「最悪の病は？」


「真理の道は、どのようにして見つければよいか？」

「議論しても見つけられるものではない。なぜなら、議論を重ねても結論に達することはないし、先達から学ぶこともできないからだ。先達は自分の意見を与えてくれるのみだ。だから、真理の道を見つけるためには、人は沈黙と孤独の中で、自分自身の人生について熟考しなければならない」

ヤクシャはさらに、世界と社会と魂の本質に関する質問を続けた。ユディシュティラの答えに大いに感心したヤクシャは、ついにこう言った。「そなたの兄弟の一人を生き返らせてやろう。誰にするか？」

間髪を容れず、ユディシュティラは答えた。「ナクラを」

「母親の違う弟を？　なぜ、ビーマやアルジュナではないのだ。なぜ、お前の王権を守るために不可欠な剛勇の戦士たちを選ばないのだ」

「私の父には二人の妻がいた。その一人、クンティーの息子である私はこうして生きている。それならば、もう一人の妻マードリーの息子も生きていなければならないだろう」

ユディシュティラの公明正大な心映えに感動して、ヤクシャはその正体を明かした。ヤクシャは実はヤマ神、またの名をダルマ神、すなわちユディシュティラの実父だったのだ。ヤマ神（ダルマ神）は弟たち四人全員を生き返らせた。復活したパーンダヴァたちは気分も爽快に羚羊を仕留めると、その角に絡まっていた火おこし棒を持ち主の聖仙に返してやった。そして聖仙は、パーンダヴァたちに感謝を捧げる祭式を執り行った。

Column

❖ヤクシャが青鷺または雁の姿で現れることには重要な意味がある。なぜなら、青鷺と雁は知恵の女神サラスヴァティーと関係が深く、識別能力を象徴するからだ。神話に登場する青鷺と雁が水と乳を分離したように、識別能力に優れた者は、虚偽と真実を見分けることができるのだ。

❖ユディシュティラの弟たちはヤクシャを無視して、質問に答える前に水を飲んでしまった。言い換えれば、行動する前に考えようとしなかった。ユディシュティラもかつては無思慮にも弟たちと妻を賭けて博打をしたが、追放を経験したことで、明らかに人格が変わった。水を飲む前に、質問に答えたのだから。

❖インドでは伝統的に、木、洞窟、湖、池など、自然界のあらゆるものには、精霊が宿って守護していると考えられてきた。だから、土地を利用したり、果実をもいだり、水を飲んだりする前に、守護する神霊に供え物をしなければならない。これらの神霊は一般にヤクシャと呼ばれ、肥満・短軀の異形の姿をしている。

❖ユディシュティラは賭博で、クンティーが産んだ同腹の弟たちよりも先に、マードリーが産んだ腹違いの弟たちを賭けて失った。このヤクシャとの問答の逸話では、ユディシュティラは異腹の弟を先に助けることで、賭場で犯した過ちを相殺したわけだ。

❖クンティーの三人の息子たちは、母の懐妊に関わりのある三柱の神々と森で出会った。ユディシュティラは父のヤマと、アルジュナは父のインドラと、ビーマは兄のハヌマーン（父である風の神ヴァーユの息子）と出会った。この出会いから受けた影響で、三人は大きく変わった。ユディシュティラはその公正明大さゆえに、アルジュナはその優れた武芸ゆえに、父なる神から愛と称賛を受けた。一方、ビーマは謙虚さの重要性を学んだ。明らかにパーンダヴァたちにとって追放は、波乱万丈の経験を通じて変容するための期間だった。

（下巻に続く）

◆著者

デーヴァダッタ・パトナーヤク（Devdutt Pattanaik）

1970年生まれ。神話研究者、作家。物語、象徴、儀式が世界中の古代および現代の文化の主観的な真理（神話）をどのように構成しているかを研究。40冊以上の著書がある。主な著作に、『ヒンドゥー神話ハンドブック　*Myth = Mithya: A Handbook of Hindu Mythology*』、『シーター　図説ラーマーヤナ再話　*Sita: An Illustrated Retelling of the Ramayana*』、『オリュンポス　ギリシア神話のインド式再話　*Olympus: An Indian Retelling of the Greek Myths*』などがある。また、神話学の視点を通しての現代インド社会と文化に関する言論活動も活発に行っている。TED India 2009のカンファレンスで行った講演「東と西　煙に巻く神話」East vs. West — the myths that mystify は動画配信されている。

http://devdutt.com/

◆監訳者

沖田瑞穂（おきた　みずほ）

1977年生まれ。学習院大学大学院人文科学研究科日本語日本文学専攻博士後期課程修了。博士（日本語日本文学）。現在、中央大学、日本女子大学、白百合女子大学非常勤講師。専攻はインド神話、比較神話。著書に『マハーバーラタの神話学』（弘文堂）、『怖い女　怪談、ホラー、都市伝説の女の神話学』（原書房）、『人間の悩み、あの神様はどう答えるか』（青春文庫）、共編著に『世界女神大事典』（原書房）などがある。

◆訳者

村上　彩（むらかみ　あや）

1960年生。上智大学外国語学部ドイツ語学科卒、同大学院国際関係論修士課程修了。翻訳家。『リーン・スタートアップを駆使する企業』（トレヴァー・オーエンズ他著、日経ＢＰ社）、『成長し続ける会社』（マイケル・トレーシー著、日本経済新聞社）『クラウド化する世界』（ニコラス・G・カー著、翔泳社）、『不平等について』（ブランコ・ミラノヴィッチ著、みすず書房）など訳書多数。

◆**カバー画像**

Devdutt Pattanaik

本書には現在では不適切とされる用語が使用されている箇所がございますが、『マハーバーラタ』の成立した時代背景およびその文献の性質等を考慮し、原書の記述に基づいて訳出しました。

インド神話物語《しんわものがたり》
マハーバーラタ
上

●

2019年5月6日　第1刷
2024年4月11日　第5刷

著者……………デーヴァダッタ・パトナーヤク
挿画……………デーヴァダッタ・パトナーヤク
監訳者……………沖田瑞穂《おきたみずほ》
訳者……………村上《むらかみ》 彩《あや》
装幀……………岡 孝治
発行者……………成瀬雅人
発行所……………株式会社原書房
〒 160-0022 東京都新宿区新宿 1-25-13
電話・代表　03(3354)0685
http://www.harashobo.co.jp/
振替・00150-6-151594
印刷……………新灯印刷株式会社
製本……………東京美術紙工協業組合

ISBN 978-4-562-05649-1, printed in Japan